Río de los
Pájaros Pintados

de
Tessa Bridal

Traducción de la autora con
Gustavo Camelot y Renée Milstein

Otros libros de Tessa Bridal

Ficción
The Tree of Red Stars (Las cinco puntas del lucero)

No ficción
Exploring Museum Theatre
Effective Exhibit Interpretation and Design

Contenido

Ciudad de Montevideo durante
el período colonial español

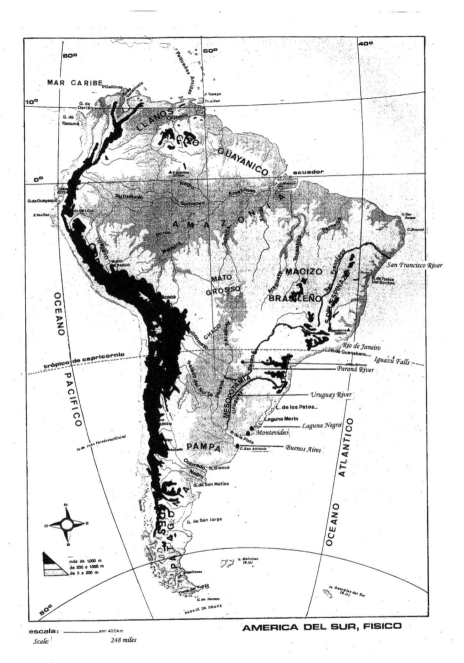

AMERICA DEL SUR, FISICO

escala: ─── son 400km
Scale: 248 miles

Río de los

Pájaros Pintados

Mate dulce…
tú estabas en las penas y en las alegrías;
tú sazonabas todos los acontecimientos;
en los velorios o en los casamientos,
—de mano en mano y de boca en boca—
con la bombilla como un arma al hombro
te pasabas en vela
como un buen centinela.

El mate dulce,
Fernán Silva Valdés

Todos saben que la verdadera literatura de un pueblo está en sus orígenes, en la reproducción exacta de los tipos, hábitos y costumbres ya casi extinguidos por completo.

Sin pasión y sin divisa, Prólogo,
Eduardo Acevedo Díaz

Capítulo I

—¿Boston? ¡Has embarcado para la otra América, muchacho!

No se me había ocurrido preguntar hacia cuál de las Américas viajaba el velero, y ahora, tres días después de partir, cuando el capitán me informó que navegábamos rumbo a Buenos Aires, un lugar del cual jamás había oído, entendí que esta última catástrofe era un castigo impuesto por Dios por mi crimen. Quizás lo mejor sería tirarme al océano y poner fin a mi miserable existencia.

Mi apuro por abordar el Buenaventura se debía al asesinato de mi esposo. Deseaba su muerte pero no lo había matado intencionalmente. A sangre fría sí, como si el asesinato fuese parte de mi vida diaria. Enterré su cuerpo en el sótano, me corté el cabello, me puse la vestimenta de mi hermano, y abordé el primer velero con destino a América.

Con la ayuda de mis primos en Boston y con el dinero oculto en la ropa y en el baúl, podría mantenerme durante el viaje. ¿Pero qué sería de mí en una colonia española? No hablaba ni una palabra del idioma y no tenía idea de lo que me esperaba allí.

Las palabras del capitán me afectaron tanto que casi no sentí el roce de una manga contra la mía. Pertenecía al dueño del velero, recostado como yo sobre la baranda. Había embarcado conmigo en Cork, luciendo un traje color verde jade, decorado con hilo dorado y un chaleco bordado en rosas. Un blanquísimo encaje caía como una cascada sobre su cuello y aparecía en pliegues en los puños. Noté el contraste entre la peluca blanca y su tez oscura, y recordé que había cargado su propio baúl, manejándolo con la misma destreza que un marinero común.

Alcé la vista y me encontré con un par de ojos color ámbar.

—¿Cómo te llamas? —preguntó en inglés.

Su acento me recordaba el de los marineros españoles y portugueses que se paseaban por las calles de mi ciudad de Cork.

—Michael Keating —mentí.

—¿Me permites aconsejarte, Michael?

Su inflexión tierna, tan diferente a la del capitán con su tono burlón me afectó, y bajé los ojos, a punto de llorar.

—Cuando alguien mira al mar con tanto anhelo y desesperación sé que desean que el agua los reclame.

—La muerte parece ser la única solución para mis problemas.

—Puede ser, pero por favor piensa en mí. Tendré que enfrentar preguntas inconvenientes si un joven se me cae por la borda. Y por la conmovedora despedida que te dieron en Cork, creo que hay quienes te quieren mucho.

—Unos viejos amigos.

—¿No te ayudaron a confirmar tu destino?

—Partí de prisa. Arreglé todo yo mismo. Mis parientes me aguardan en Boston.

Prendió la pipa y observé que tenía dedos fuertes y delgados, las uñas cortas y limpias.

—Nuestro primer puerto será la isla de Antigua. Aguardaremos contigo hasta encontrar un buque con rumbo a Boston.

—¿No sería más sencillo volver a Cork? Las palabras se me escaparon antes de haber pensado que lo último que quería era regresar a Irlanda.

—Los buques dependen de los vientos y de las mareas. El Buenaventura sigue los vientos alisios, rumbo sur hacia las Azores, la misma ruta que tomó Cristóbal Colón. Nos demoraría por varias semanas dar la vuelta.

Me refugié en la cubierta inferior, acurrucada en mi litera escuchando los crujidos del casco y el jugueteo de lo que sabía serían cientos de ratas en las bodegas. Mi cabina no era más que un gabinete sin ventanas, una litera encerrada, dos yardas por una, con un ojo de buey hacia la cubierta. Casi no podía estirarme en el espacio y para acceder a mi baúl tenía que abrir la puerta, arrastrándolo al pasillo, donde los sombreros y las botas de la tripulación ocupaban los rincones, y las vigas sostenían las redes llenas de papas y quesos, colgadas entre las ristras de cebollas.

Encontré mi diario y guardé el baúl, encerrándome a la luz turbia de un pequeño farol. Me acomodé en el restringido espacio abrazando el diario. Viejas costumbres habían asegurado que la cama estuviera bien hecha, con las frazadas que me habían regalado mis vecinos los O'Neill cubriendo el escaso colchón, y la funda bordada por la señora de O'Neill en la cabecera.

Los acontecimientos de estos últimos días habían alterado tanto mi situación que mi vida parecía una ilusión. Temía que mi diario estuviera en blanco y que la memoria se negara a asegurarme que no había elegido convertirme en una asesina impostora y mentirosa. Me forcé a abrir la gastada tapa y mi alivio al ver mi letra fue tal, que me reí de mis temores.

Mi última anotación llevaba la fecha del 29 de abril de 1745, el día en el cual mi vida había tomado un giro precipitado. Me habían llamado a una casita en las afueras de la ciudad. Como si fuera ayer, recordé el peso del recién nacido muerto en mis brazos, el frío, una carga palpable sobre la tierra. Las tinieblas cubrían el campo, como humo sobre el matorral. Ni una brisa agitaba las ramas desnudas del único árbol cercano y los pájaros no cantaban. Era como si hubiese entrado en una pintura triste y desolada, un reflejo de mi propio paisaje interno.

Me acerqué a la sepultura recién excavada detrás de la casita, y me arrodillé sobre la tierra fría para depositar al cuerpecito envuelto en trapos. Casi no pude alcanzar el fondo y al bajar los brazos, se abrieron los trapos revelando una manito.

Retrocedí y me puse de pie, recogiendo la pala recostada contra la pared de zarzo y barro. Recé con prisa y llené el agujero, haciendo la señal de la cruz y volviendo a la casita a través de la cortina hecha harapos que servía de puerta. Me persiguió un soplo de viento, revolviendo el olor a excremento, podredumbre y vómito que impregnaba el cuchitril que era el hogar de Bridget y su familia.

Este era el tercero de sus recién nacidos que había enterrado. Otros cuatro vivieron unas horas. Bridget casi no tuvo la fuerza para dar el pujo necesario para que este último entrara al mundo, y era posible que pronto también ella lo siguiera bajo tierra. ¿Qué pondría en mi diario cómo la causa? ¿El hambre? ¿La desesperación? ¿El agotamiento?

Me senté sobre el único banquito en la casucha y quité mi diario de la canasta. A través de los trapos con los cuales había forrado mis botas sentí la tierra helada bajo los pies al escribir: *Bridget O'Connor, veinticuatro años, dio a luz una criatura muerta. Nuevemesina, pero muy pequeña. Madre malnutrida.* Di vuelta la página, leyendo mi nota previa. *Me llamaron hoy a las casitas junto al puerto. Pasé la noche allí. Dos nacimientos. Uno muerto. Hubiese sido mejor que el otro también lo fuera.*

Esas palabras me avergonzaron. La criatura merecía ser festejada, no descontada como otra víctima de la pobreza y del hambre que nos atormentaban.

Guardé mi diario y me preparé a despachar la placenta y los trapos sangrientos tirados sobre la cama, cuando dos de los niños de Bridget entraron a refugiarse del frío y buscar comida. No había, y con un susurro como de hojas muertas Bridget suspiró y se volvió hacia la pared. Los niños se acurrucaron junto al fuego, abrazándose a sí mismos y con los pies desnudos bajo el cuerpo, sus brazos tan frágiles como las ramitas amontonadas junto al hogar.

Con las mismas tijeras que había usado para separar al niño muerto de su madre, corté unas puntadas en el dobladillo de mi vestido y encontré un penique de cobre. Con cuidado volví a cerrar la abertura usando la aguja y la cuerda de tripa con las cuales cosía heridas, y me acerqué a los niños. Desperté al mayor, un niño de siete años, y le puse la moneda en las manos, diciéndole que usara mi caballo para ir al pueblo a comprar pan y queso, y advirtiéndole que no se lo comiera en el camino de vuelta. Salió corriendo y oí el sonido de cascos desapareciendo en la oscuridad. Demoraría por lo menos una hora y yo habría terminado mi trabajo.

Encontré un pedazo de frazada para la cama, y estaba afuera dándoles la placenta a dos perros esqueléticos cuando un vagón apareció a todo galope y vino a parar entre las casuchas. Los perros no sabían si ladrar o dedicarse al banquete de placenta. Ganó el hambre y siguieron comiendo sin prestarle atención al hombre que bajó del vagón. Le dio la bienvenida el débil lamento de una criatura desde uno de los agujeros que servían de ventanas.

Era un poco más alto que yo y vestía botas de cuero fino, guantes, y una elegante chaqueta diseñada para protegerlo del frío y de la nieve que había empezado a caer.

Los vecinos de Bridget salieron y se acercaron al vagón, haciéndole reverencias al acercarse.

«Un gran señor —pensé con rabia—, buscando extraer algún pago por parte de sus míseros arrendatarios». Entré y calenté agua, despertándola a Bridget, aliviada de que sus sienes y sus manos estaban frescas y que no sangraba más de lo normal.

—Te hice un té, Bridget, a ver si lo puedes beber.

—Escuché caballos.

—Vino un Lord.

A Bridget se le iluminó la cara.

—¿Charlie FitzGibbon?

—¿Estás loca, Bridget? ¿Qué haría él aquí?

La última hazaña de Charlie FitzGibbon había sido traer un sacerdote a Cork para celebrar una misa clandestina, y un gran número de personas se habían apiñado dentro de un ático para recibir su bendición. El piso se rindió bajo el peso colectivo de la muchedumbre y los enterró a todos en los escombros. Charlie organizó los vagones necesarios para transportar a los muertos y moribundos, y después, abordó al alcalde exigiendo reparaciones para las familias de las víctimas y encabezando un asalto a los depósitos de comida. No lo calificaron como traidor únicamente porque no pudieron encontrar testigos para probar que efectivamente había sido Charlie el cabecilla del asalto, agotando las reservas de comida para las tropas inglesas en guerra contra los franceses. El resultado fue una ola de dictámenes restringiendo aún más las reuniones de católicos, y aumentando la popularidad de Charlie.

Escuchamos risas y voces de bienvenida.

—¡Ve si es él, Isabel! —rogó Bridget.

Encontré el vagón descubierto, lleno de pan y aves asadas. Los vecinos rodeaban a Charlie, las caras libres, por el momento, de las preocupaciones diarias. Le golpeaban la espalda y repetían su nombre como un encanto mágico.

—¡Charlie! ¡Charlie! ¡Charlie!

Él reía mientras distribuía la comida.

—¡Rápido! —dijo—. ¡Pueden haberme perseguido!

El repique de cascos nos sobresaltó y varios hombres se armaron con piedras, mirando ansiosos hacia el sonido. Era el hijo de Bridget, y suspiraron aliviados.

—¡Dos panes y un queso, Doña! —dijo con orgullo antes de que sus ojos cayeran sobre el vagón—. ¡Santísima Madre de Dios!

Lo tomé del brazo y entramos a la casucha mientras le preguntaba si había visto a alguien. Me aseguró que no. Se había apresurado ya que quería llegar lo antes posible para evitar lo peor de la tormenta.

Antes de que pudiese detenerla, Bridget se levantó y se encaminó hacia la puerta, decidida a ver a Charlie. Él sonrió y saludó con la mano al pasar en el vagón, y nosotras quedamos mirándolo hasta que se perdió de vista, cautivadas por su fuerza luminosa, por la energía que irradiaba.

Una vez roto el hechizo, todos se retiraron a disfrutar de los regalos distribuidos por Charlie. Bridget y sus hijos comieron faisán, y dormían apaciblemente cuando prendí el farol y fui a buscar el caballo. El niño lo había dejado suelto, y tuve que vadear hasta los tobillos en nieve hasta encontrarlo cubierto por un manto blanco pastando en un seto.

Resultaría imposible llegar hasta mi casa durante la nevada y la idea de quedarme donde estaba me deprimía profundamente. Recordé la manito del recién nacido y me la imaginé moviéndose bajo la tierra, una noción que me convenció que tenía que apartarme del lugar en donde estaba enterrada la criatura. Tenía amigos en el castillo cercano. Había atendido a los trabajadores allí en más de una ocasión, y estaba segura de que me resguardarían en esta noche tormentosa y que nos darían a mí y a mi caballo un lugar para dormir.

Colgué mis alforjas y el farol en la silla de montar, me recogí la falda, y monté. Sentí la nieve en los tobillos, y los cubrí con mi falda y enaguas maldiciendo la ropa femenina y deseando poder usar un buen par de pantalones y botas hasta la rodilla.

—¡Vamos, Puck! —dije—. Nos aguardan comida y un lugarcito para dormir.

Puck se sacudió la nieve de la cabeza y no perdió tiempo en moverse hacia el camino que nos llevaría al castillo. Hacía más de treinta años que los lobos no merodeaban alrededor de Cork, pero cuando un viento helado barrió las nubes revelando las estrellas colgadas como carámbanos en la oscuridad, recordé los cuentos que hacía mi madre acerca de los lobos que entraban a robar niños de las cunas, o que rondaban los caminos como este, emboscando viajeros.

Me alegré al ver aparecer el castillo de Busteed a la luz de la luna en medio de los cientos de acres de bosques que lo rodeaban, sus torres un gris pálido contra el cielo oscuro. Unos ciervos corrieron sobresaltados del camino y los caballos relincharon un saludo para Puck desde la pastura junto a los establos. Oí música y vi que un ala del castillo estaba iluminada. Desmonté antes de llegar al patio donde aguardaban varios carruajes. El aliento de los mozos y sus caballos formaban nubes en el aire, y los cocheros golpeaban el suelo con los pies y se calentaban las manos bajo las cobijas de los caballos. Al ala iluminada solamente se podía llegar por un caminito rocoso entre unos enormes y antiguos siempreverdes, y a pesar del frío que me invadía, no pude resistir la atracción de los candelabros de plata, y de lo que me imaginaba era el destello de las joyas de las damas y las hebillas de los zapatos de los caballeros por detrás de las ventanas.

Até las riendas a una rama y trepé. Apenas alcanzaba a ver a través del primer vidrio.

Cientos de flores de invernadero adornaban las entradas que separaban el gran salón del comedor. Sobre una mesa, un cerco diseñado como centro de mesa, contenía una pequeña ternera, cuidada por una niña. Fuentes de carne de venado, pescado, aves, y carne de res rodeaban a la ternerita que protestaba como dolorida por tener que pararse en medio de los restos de su especie.

En el gran salón, un niño remaba en una piscina de champaña. Hombres y mujeres reían bajo un centenar de velas que goteaban cera desde las arañas. Yardas de tela desfilaron ante de mis ojos: sedas, satenes y brocados bordados en colores deslumbrantes. Pechos cubiertos de diamantes, perlas, zafiros y rubíes, brazos brillando con esmeraldas, y manos cubiertas de oro y plata. «Una sola de esas joyas serviría para darles de comer a Bridget y a su familia por varias semanas» —pensé—, deseando estar en esa sala aunque fuese por un momento, sintiéndome bella, rica, y cuidada, con un carruaje esperándome y una sirvienta para calentarme la cama y traerme el desayuno. Como para recordarme el abismo que me separaba de los danzantes, una masa de nieve se deslizó desde una rama, empapándome el cuello.

Solté a Puck y me encaminé hacia la parte de atrás del castillo donde golpeé a la puerta y le pedí permiso a Margaret, la cocinera, para poner a Puck en los establos. Le di de comer y lo cepillé, tan cansada, que a pesar de estar tan hambrienta como exhausta lo único que quería era tirarme sobre la paja sin moverme hasta el amanecer.

En la cocina del castillo, sentada en un rincón sobre un banquito, con una taza de caldo, pan con manteca, y un jugoso corte de carne asada, vi que el trabajo continuaba sin cesar a mi alrededor. Hombres en librea entraban y salían abasteciendo las mesas de banquete con jarras de agua y vino. Una fila de muchachas lavaba la vajilla en baldes mientras otra fila secaba la loza con trapos colgados junto al fuego, apilándola sobre bandejas de plata que los hombres devolvían al comedor.

Con el estómago lleno, dormité hasta pasada la medianoche cuando los sirvientes del conde aminoraron el paso frenético. Estaban deseosos de festejar el papel que habían jugado en las hazañas de esa noche. El vagón de Charlie FitzGibbon había salido del patio del castillo cargado con faisanes pertenecientes al conde, y Charlie había estado en esta misma cocina; un caballero irlandés sin par. Trataba a las sirvientas como si fueran damas, y a los hombres como iguales. En cuanto Charlie los convocara —dijeron—, todos se unirían a su ejército revolucionario.

—Charlie FitzGibbon tiene demasiado juicio —dije— para pedirles a campesinos muertos de hambre que se tiren sin armas contra el poder de Inglaterra.

—¡Pero tendremos armas, Isabel! ¡Charlie tendrá mosquetes para todos!

—Claro que sí —dijo Margaret—, ¡obtenidos sin duda cuando venda ese castillo arruinado en el cual vive!

— El obispo de Cloyne ha dicho que «un hombre obsesionado por el poder no puede ser un buen patriota».

El administrador del castillo estaba orgulloso de sus conocimientos. No solamente sabía leer, sino que podía repetir lo que leía.

Era justo —argumentaron los hombres—, que Charlie ambicionara el poder. Era una vergüenza que un lord irlandés, aun cuando la madre fuera española, no pudiera obtener un cargo público, votar, o comprar un caballo valorado en más de cinco libras, solamente porque era católico y rehusaba aceptar ser considerado uno de los protestantes, condenados como el conde a los fuegos eternos del infierno. Empezaron a brindar por Charlie, y yo recogí mi canasta y seguí a las muchachas a sus dormitorios donde nos metimos bajo las sábanas heladas, aprovechando el calor de los cuerpos cercanos.

Los acontecimientos del día me habían afectado el dominio de mis emociones, y a pesar del cansancio, no pude dormir. Me imaginé bailando bajo las arañas de cristal con Charlie FitzGibbon, nuestro amor, una gran pasión en plano de igualdad con el fervor de incitar a Irlanda a rebelarse contra Inglaterra. Se escribirían coplas acerca de nosotros en los años venideros, festejando a Charlie por sus logros e inmortalizándome a mí por mi coraje y por ser compañera de semejante héroe.

Mi esposo, Tobías Shandon, tenía solamente una característica en común con Charlie FitzGibbon: su aspecto. Pelo oscuro, ojos color del cielo, y una lengua siempre dispuesta a encantar. Nos habíamos casado seis años atrás, cuando ambos teníamos quince años. Tobías vino a Cork —nadie sabía de dónde— con dinero en los bolsillos y una caja de zapatero a la espalda, todo robado, como descubrí después de nuestra súbita boda. Él precisaba refugio, comida, y un ingreso, cosas que yo le podía proporcionar. Me casé con él por razones de soledad y lujuria.

Quedé huérfana a los catorce años, mi único hermano, muerto a causa de la misma fiebre que se llevó a mis padres. Rara vez me daba el lujo de pensar en mi familia o en mi niñez. Desconfiaba del pasado. Como a un pariente loco con hábitos imprevisibles, era peligroso sacarlo a pasear. Recordar el pasado junto a papá, mamá y mi hermano Michael era especialmente riesgoso después de casarme con Tobías. A veces daba gracias por el tiempo que habíamos gozado juntos, otras, emergía desconsolada de mis memorias, reconociendo que estaba completamente sola, y aterrada de que siempre fuese así. Lamentaba haberme enojado con mamá cuando empezó sus esfuerzos por convertirme en una joven casadera. Me escapaba de ella, vistiendo un par de pantalones viejos descartados por Michael por no ser presentables. Lucían varios agujeros y por despecho usé uno de los delantales que me había hecho mamá para remendarlos con puntadas desparejas e hilos de varios colores. Me trencé el cabello, me lo sujeté bajo un gorro y fui a rondar las orillas del río Lee.

A menudo jugaba en los bosques del conde de Busteed, el mismo conde en cuya casa descansaba esa noche. Era dueño de casi todas las tierras alrededor de Cork, y había que ir lejos para no internarse en ellas. Al conde le gustaba cazar, y cuando sus caballos y sus perros merodeaban, los niños huían. Abundaban los rumores de que el conde no se limitaba a la caza de venados y zorros, y a mi amiga Mary y a sus hermanos, los padres los disciplinaban con historias de lo que les pasaría si caían en manos del conde. Yo me consideraba demasiado lista para creer semejantes historias pero era a la vez lo suficientemente cruel como para atormentarlo a Michael, aterrándolo con descripciones de la caza de niños hasta que corría a esconderse en las faldas de mamá.

Trepaba los árboles más altos para ver desde lo alto los hermosos caballos del conde galopando con las crines al viento y saltando setos como si tuviesen alas. Un día, los perros de caza seguidos por el conde y su grupo de cazadores entraron en el bosquecillo donde me refugiaba. Llovía, y los truenos y relámpagos excitaban a los animales. Trepé, resbalándome, y caí desde lo alto a los pies del conde. El caballo me vio e intentó desviarse. No lo consiguió, y su enorme casco me golpeó la rodilla. Grité, al punto de desmayarme de dolor. El conde me maldijo y me acusó de espantar al caballo. Sin mirarme dos veces me dejó donde había caído. Llegué a mi casa varias horas después, arrastrándome y cayendo desmayada en el escalón de entrada.

Pasé las siguientes semanas en cama, una etapa que papá llamó «el largo invierno». Para distraerme del dolor me traía libros, papel y tinta, y se sentaba conmigo a la luz del fuego, enseñándome a leer y a escribir. Aprendí a leer usando la Biblia, y más tarde estudiando los folletos escritos por George Berkeley, el obispo protestante de Cloyne. Mamá, colérica, decía que papá y yo iríamos directamente al infierno por leer escrituras heréticas, pero papá se mantuvo firme en su opinión de que el obispo era buen amigo de los católicos. Fue él quien escribió que en toda la tierra no había una gente más mísera y desdichada que los irlandeses comunes. Papá me informó que el obispo se refería a los católicos, y tenía razón. Éramos tan comunes como las ratas y menos inteligentes, pues las ratas no eran gobernadas por los sacerdotes. En cuanto papá empezaba a vociferar en contra de los sacerdotes mamá echaba el cerrojo y cerraba las persianas. Era ya bastante que su esposo nos sometiera a nosotros a estas peroratas, pero pensar que algún vecino o transeúnte lo oyera, era intolerable.

Mamá no podía acusarlo de borracho ya que papá no bebía, lo cual causaba sospechas en una comunidad donde la bebida era para muchos lo único que hacía la vida tolerable. Él argumentaba que era tan católico como el papa, pero que le daría vergüenza comer carne y beber vino todo el santo día luciendo un sombrero absurdo mientras su rebaño se moría de hambre y cuando cualesquiera de los objetos en el Vaticano alcanzaría para financiar un ejército capaz de echar a los ingleses de Irlanda y terminar con las leyes del código penal.

La mayoría de estas leyes, propuestas o reales, trataban de la invalidación de los matrimonios entre protestantes y católicos, tema de poca importancia para papá, pero venían acompañadas por un estatuto que apoyaba la creación de escuelas protestantes.

El objetivo del estatuto era el traslado de niños católicos a esas escuelas, para criarlos aislados de sus familias, fomentando en ellos odio por la patria, y aborrecimiento hacia sus creencias religiosas. Recordé estar sentada en la cama escuchando atenta mientras papá le explicaba la propuesta a Michael. Al principio estas escuelas fueron solventadas solamente con contribuciones voluntarias por parte de los nobles y los clérigos, pero habían empezado a recibir donaciones parlamentarias y algunas familias decidieron que había llegado el momento de esconder a sus hijos varones.

Excavamos un sótano, trabajando bajo el manto de la oscuridad, sacando la tierra en baldes y depositándola en el bosque detrás de la casa. Hacía tiempo que mamá quería un piso de lastra, y debajo de una de las piedras pusimos una trampilla con una escalera que conducía al fondo del gran hoyo. Mantendríamos el sótano bien abastecido con cerveza y pan, y en cuanto empezaran a acorralar a los niños, esconderíamos a Michael diciendo que había abandonado el hogar para hacerse marinero.

Michael dijo que preferiría hacerse a la mar inmediatamente antes de encontrarse encerrado a oscuras en un sótano lleno de ratas. Papá le explicó que viven más ratas a bordo que bajo tierra, algo que él sabía muy bien ya que se ganaba la vida abasteciendo los barcos de galletas y barriles de cerdo curado con sal, y había visto con sus propios ojos los ejércitos de ratas que vivían bajo las cubiertas.

Excavamos el sótano pero nunca lo usamos ya que los protestantes no vinieron a buscar a Michael, lo cual me apenó. A esa altura de la vida no me podía imaginar el día en que extrañaría su barullo y el barro que traía a la casa en sus botas.

Como entrenamiento en las artes femeninas, todas las noches mamá me obligaba a ayudarla a preparar la comida y poner la mesa. Michael se inflaba de orgullo cada vez que mamá me llamaba.

—¡Es hora de servirles a los hombres, Isabel!

Michael se sentaba sonriente con papá, alerta al hecho de que lo único que yo quería era echarle el guiso por la cabeza. Él y papá dialogaban acerca de cómo se les había prohibido portar armas a los ciudadanos protestantes empleados por católicos, y de cómo las familias adineradas, que hasta entonces dependían de sus sirvientes protestantes para defenderlos, ahora escondían armas en las bodegas aguardando el momento en que sus hijos, sus tierras o sus vidas fueran amenazados.

El momento no tardó en llegar. En 1733 fue introducida una ley que anulaba todos los matrimonios oficiados por clérigos católicos, efectivamente convirtiéndonos a Michael y a mí en hijos ilegítimos. A los siete años Michael no entendía los efectos de la ley, pero yo sí, y sabía que los hijos ilegítimos no podían heredar los bienes de los padres. De esta manera todas las tierras católicas quedarían a disposición de los protestantes. Ya hacía tiempo que el asunto de las herencias era molesto para los católicos, ya que las leyes penales dictaban que los bienes debían ser divididos igualmente entre los hijos, asegurando, en la mayoría de los casos, una continua desvalorización de la tierra a medida que con cada generación era dividida en parcelas más y más pequeñas. La ley de anulación de los matrimonios fracasó, pero la amenaza se mantuvo presente.

Fue entonces que el hermano de mamá, nuestro único pariente cercano en Cork, decidió emigrar a América, uniéndose a los cien mil compatriotas emigrados de Irlanda. Todos los años desde entonces este tío le había pedido a papá que nos llevara a Boston, y finalmente, cuando cumplí los catorce años, papá decidió vender el almacén y mudarnos. En cuanto lo hizo, cayó víctima de una fiebre que en el curso de tres meses se los llevó a él, a mamá y a Michael. De allí en adelante trabajé cuidando a las víctimas de la fiebre, durmiendo y comiendo cuando era imprescindible, hasta que el dolor se convirtió en algo opaco y distante.

Había cumplido los dieciséis años, uno de ellos casada, y me había convertido en hábil enfermera y partera cuando llegó el hambre de 1740 provocada por tres meses de sequía. Los escasos cultivos de los pobres murieron sin llegar a brotar. Sin provisiones, se comieron los gatos, y después los pocos perros que quedaban. Los niños cazaban ratas y ratones bajo los muelles y al costado de los caminos, comiendo ortigas y pastos cuando ya no tenían ni fuerza ni destreza para cazar.

Los ingleses impusieron restricciones sobre la importación de comida a Irlanda. Temían que los franceses, contra quienes habían declarado otra guerra más, se apoderarían de los barcos y distribuirían los comestibles entre su flota.

La peste corría desenfrenada, y doquiera iba, me encontraba con las carretas llenas de muertos tan verdes como los yuyos que habían ingerido, rumbo a los campos, donde engordaban los buitres gracias a los miles de cuerpos abandonados a la intemperie.

Recordando esos días en mi cama en el castillo, decidí escaparme a la tierra del sueño, lejos de tales morbosas memorias, y al darme vuelta en la cama sentí un dolor agudo en las costillas. El encanto de Tobías se había desvanecido hacía tiempo, y cuando le negaba lo que él llamaba «sus derechos», los exigía, frecuentemente con la inclusión de algún castigo por lo poco dispuesta que estaba a recibir sus burdas caricias. Tres embarazos fracasados y el derroche de casi todo el dinero que me había dejado papá, nos habían apartado aún más.

Con el correr de los años mi deseo de librarme de Tobías se había convertido en una obsesión y pasaba las horas pensando en cómo escaparme. Mis parientes en Boston, que no sabían nada de Tobías, me exhortaban a irme. Según ellos, en Boston el trabajo era duro pero abundante, no existía el hambre, y los hombres irlandeses buscaban esposas oriundas de la patria.

Junto con las monedas cosidas en el dobladillo, acumulé muchas más, algunas españolas, otras de origen holandés y portugués. No siempre me pagaban por mi trabajo, pero cuando podían hacerlo le mentía descaradamente a Tobías acerca de mis ingresos. Enterradas bajo el hogar y en varios escondites en otras partes de la casa y del jardín yacían esas monedas que un día me comprarían la libertad. Muchas noches no podía dormir, preocupada por si Tobías encontraba el dinero y me despojaba no solo de los frutos de mi labor sino también de la tan deseada libertad. Quería tener mi propia casa, un refugio seguro y mío, sin un marido cuyas costumbres me llenaban de asco, desde sus viles modales hasta el contenido de su orinal. Soñaba con volver a una casita con el fuego ardiendo, y a una cama perfumada, para mí sola. La única que conocía mi plan de escape era mi querida amiga y vecina Mary, compañera desde la niñez.

Mi trabajo me llevaba a las casas de los marineros y sus familias y ellos me contaban de los buques que iban y venían de América. Como hacía todas las noches antes de dormir, evoqué una imagen de mí misma a bordo de uno de esos buques, bajo las velas hinchadas por el viento, que me llevaría lejos de Tobías, a salvo, con el dinero bien escondido, mi baúl bajo la litera, y luciendo un par de botas resplandecientes.

———

Al otro día me desperté tarde y todavía vestida. Al levantarme mis pies tocaron mi diario, y vi que me había dormido sin haber agregado una palabra.

Me encaminé hacia la cubierta. Como un pájaro gigantesco el Buenaventura se deslizaba sobre la superficie del Atlántico. El horizonte lucía un cálido esplendor, y al cambiar la guardia, el buque cobró vida.

Encontré un lugar cerca de los corrales para observar el amanecer. Los animales despertaban y parecían satisfechos en los corrales, ignorando que estaban a bordo para hacer menos monótona nuestra dieta de res salada y galletas. Papá se ganaba la vida abasteciendo los barcos de galletas y fue en ellas que Michael y yo hincamos nuestros primeros dientes. Las galletas que vendía papá no se preparaban años antes del viaje, lo que era común entre otros abastecedores, pero igual estaban llenas de gusanos.

No me había percatado de lo bien escondida que estaba entre el corral de la vaca y los gallineros hasta que vi acercarse al capitán y al dueño del barco. Se detuvieron cerca de donde yo estaba sentada, hablando en inglés. El tema era yo.

—¿Cómo iba a saber que alguien sería tan tonto como para abordar sin saber que hay más de una América? —decía el capitán—. ¿Debo leer los pensamientos y servir de nodriza para todos los ignorantes que quieren emigrar?

—Usted sabe muy bien que a mí no me gusta llevar pasajeros. ¿Cuánto le cobró?

—Dos libras inglesas.

«¡Mentiroso! —pensé—. Me quiso cobrar seis libras por una cabina privada. ¡Le ofrecí dos y terminé pagando cuatro!»

—Se lo descontaré de su parte de las ganancias.

El dueño miraba hacia el horizonte y no vio el despecho con el cual lo observaba el capitán. Cuando se volvió hacia él, el capitán se había controlado.

—Quizás —dijo el capitán—, el muchacho tenga éxito en las colonias españolas. Allí hay muchas oportunidades para jóvenes ambiciosos y dispuestos a trabajar.

—Es mucho más probable que un joven tan afeminado termine en el fondo de la bahía como comida para los peces, y en cuanto lleguemos al primer puerto encontraré un velero con rumbo a Boston. Quizás sus parientes sepan qué hacer con él.

Ese día no lo vi más al dueño. Cenó en su cabina y yo en la del capitán, un suplicio que sufrí en silencio, ya que no hablaba ninguna de las lenguas usadas por él y su maestre. Ahora que conocían mi error acerca de las Américas hablaban en inglés, y me hacían el blanco de todas sus bromas.

—Deberías considerarte afortunado por haber abordado el Buenaventura —dijo Martínez, el maestre—. Si no, hubieras terminado en Boston con los ingleses. —Él era español y enemigo de los ingleses—. En las colonias españolas —rió— ¡podrás ir a misa todos los días!

—¡Y podrás intercambiar ese cuchillito —dijo el capitán, señalando el cortaplumas con el cual estaba intentando ensartar mi porción de carne— por dos caballos! ¡En la colonia la plata es más barata que el acero!

En cuanto terminé de comer me refugié en mi litera. Jamás me había sentido más sola. Al prender el farol, recordé que lo había dejado encendido la noche anterior y se había consumido todo el aceite. No quería volver a enfrentarme con el capitán, así que cerré los ojos y me imaginé en un viejo refugio, un bosquecillo mágico lleno de árboles vetustos creciendo entre rocas dispuestas artísticamente, sostenidas por las raíces de los árboles como por garras gigantescas. La gente decía que era aquí donde los druidas adoraban al dios del sol. La última vez que lo vi había nieve en la sombra y sobre las ramas, y una ráfaga de viento hizo que cayera en cristales resplandecientes sobre mi roca favorita. No sé lo que significaba para los druidas, pero para mí, esa roca negra con la forma de una figura encorvada representaba a la mujer, poderosa y todavía erguida a pesar del tiempo. Regresaba allí siempre que me sobrecogía esa sensación que me hundía y hacía mi vida insufrible. Lo hice después de la noche que pasé en el castillo y antes de volver a la casa donde había nacido y vivido toda mi vida. Llegaba la hora de escaparme y precisaría ser tan firme como la roca. Traía un manojo de las flores de invernadero desechadas por los danzantes la noche anterior, y las esparcí sobre la nieve a sus pies antes de despedirme.

Al acercarme a mi casa vi humo saliendo de la chimenea indicando que Tobías estaba allí. «Fue aquí —pensé al abrir el portón—, donde Tobías me empujó por primera vez torciéndome el brazo hasta quebrarlo». Había oído el crujido antes de sentir el dolor, y cuando volví en mí, mis vecinos, los O'Neill estaban a mi lado con el médico.

Me toqué el codo, torcido después de la fractura, y abrí la puerta. Tobías estaba sentado junto al fuego. La piedra bajo la cual guardaba la mayor parte de mi dinero estaba fuera de lugar y Tobías jugaba con un montón de monedas a sus pies. La trampilla hacia el sótano estaba abierta y los cajones del aparador también. Evidentemente había buscado en todas partes.

Me había enfrentado a Tobías amenazador antes, pero nunca lo había visto tan maligno como ese día. Se puso de pie, puso las monedas de lado y vino hacia mí. Mis oídos zumbaban y vi todo negro con el golpe que me llenó de sangre la boca. Me caí contra la mesa y vi el cuchillo. Cuando Tobías me tomó por el pelo y me enderezó, me di vuelta y le lancé una cuchillada. Tobías saltó hacia atrás, tropezó y se cayó al sótano. Temblando cerré la trampilla y me senté encima, aguardando sonidos y movimiento por debajo.

Tobías era lo suficientemente alto para alcanzar la trampilla, así que arrastré el baúl que había sido de mi madre y lo coloqué sobre ella. La cabeza me pulsaba y la lengua, donde me la había mordido, me ardía como un fuego. Jadeaba de miedo, rabia y alivio. Quizás, pensé jubilosa, lo había matado.

Tomé el balde de agua y me lavé la cara. Me sangraba la lengua y tragué la sangre mientras llenaba una palangana y me enjuagaba la boca. ¿Les pediría ayuda a los O'Neill? Eventualmente tendría que soltar a Tobías, y ahora que él sabía que tenía dinero escondido se apoderaría de mi pequeño tesoro en un instante. Si había muerto, me mandarían derecho a la horca.

Escuché un golpe en la puerta. ¿Y si Tobías también lo había oído e intentaba abrir la trampilla?

Otro golpe.

—¿Isabel? Es Mary. ¡Te vi volver! ¡Sé que estás allí!

Cubrí la palangana con un trapo para ocultar el agua teñida de sangre y entreabrí la puerta.

—¡Déjame entrar! —dijo Mary.

—Estoy bien, Mary.

Mary empujó la puerta y entró. Vio el cuarto vacío y su mirada descansó sobre mi cara hinchada.

—¿Dónde está?

—Se fue. —Las palabras sonaron como de lejos.

Del sótano no se oía nada.

Mary vio las monedas desparramadas.

—¿Encontró el dinero?

—Se lo di casi todo. Me dejó estas monedas.

—¡Qué extraño siendo él!

—Me importa solamente que se haya ido. Espero que sea para siempre.

Mary miró hacia el baúl fuera de lugar.

—Buscó por todas partes —dije.

Su mirada se encontró con la mía.

—Sería bueno que durmieras con nosotros esta noche.

—Iré más tarde. Preciso arreglar la casa.

Pensé que Mary no se iría. Si se quedaba no podría resistir la tentación de descargar el torrente de dolor que durante años había acumulado, y eso sería demasiado riesgoso ahora que lo tenía a Tobías a mi merced. Mientras Mary vacilaba, supe que había llegado el momento de actuar. Tobías sobreviviría en el sótano por unos días. Cuando lo encontraran, yo ya habría desparecido.

—Le diré a mamá que vendrás a cenar —dijo Mary.

Eché el cerrojo detrás de ella y subí las escaleras. Las camas estaban deshechas, los cajones vacíos, y los armarios abiertos, con los contenidos derramados por el piso, pero Tobías no había encontrado mis escondites. Ni el libro de catecismo ahuecado ni la bolsa enterrada en la maceta junto a la ventana.

Volví a la cocina y me serví una taza de sidra mientras contemplaba el baúl. Silencio desde el sótano. Era raro que Tobías se quedara callado por tanto tiempo. ¿Y si la caída lo había matado? ¿Me perseguirían por asesina adónde sea que fuese?

El cuchillo yacía sobre la mesa donde lo había dejado cuando atendí la puerta. Me lo coloqué en el cinturón, prendí el farol y lo puse junto al bastón de papá cerca de la portezuela del sótano.

Me temblaban las manos cuando empecé a arrastrar el baúl, alerta a cualquier sonido. Desde el sótano, nada. ¿Era Tobías lo suficientemente astuto como para esperar que abriera la portezuela para asaltarme? El impulso de fugarme era casi irresistible, pero sabía que mi futuro dependía de ese momento en el cual la abriera. Una ola de aire fresco emanó de la abertura. Empuñé el bastón y acerqué el farol.

Allí estaba, su cuerpo retorcido en el lugar donde había caído rompiéndose el cuello.

Por segunda vez en dos días, cavé una fosa. Requirió toda la tarde hacerlo. Puse en ella el cuerpo de Tobías, lo cubrí, y recé por los dos.

A la luz tenue que se filtraba a través del ojo de buey a bordo del Buenaventura, abrí mi diario y tracé una línea a través de la página. Debajo de ella, escribí el nombre de Tobías, encima dibujé la trampilla con el baúl. Quizás su peso alcanzaría para mantener a Tobías bajo tierra, liberándome por fin de él.

Capítulo II

El pendón celeste con sus estrellas amarillas flameaba desde el mástil cuando el maestre gritó.

—¡Desplieguen las velas! ¡Frente, mayor y mesana!

El viento las hinchó, sentí alzarse la cubierta y oí la voz del dueño. Hoy vestía una chaqueta corta con una doble fila de elaborados botones de plata, un par de pantalones largos, los bordes decorados con puntilla, y un par de botas sin los tacones de moda entre los caballeros del día. Esta vez me saludó en castellano.

—Solamente hablo inglés, señor.

—Entonces te daré clases de castellano. Nos ayudará a pasar las horas.

—Usted habla inglés muy bien para un español.

—No soy español, y tengo acento pésimo, pero tú me ayudarás a mejorar. Mientras tanto, ¿me harías el favor de asistirme con los arneses?

—Si puedo. No sé nada de arneses ni de vacas.

—Tienes mucho que aprender, joven. ¿Has estado antes a bordo de un velero?

—Como pasajero no, señor.

Me explicó que los animales a bordo de los buques frecuentemente se caían, quebrándose las patas, lo que obligaba a sacrificarlos, privando así a los marineros de su carne cuando más la necesitaban a lo largo del viaje.

—Pues bien, señorito Michael, preciso probar este arnés. Lo he diseñado para sostener a la vaca cuando llueve y la cubierta se pone resbalosa.

Le señalé que el arnés estaba conectado a una laña que se movía junto con el buque.

—¡Sí, sí, pero la vaca estará en el aire y por lo tanto no se caerá ni se quebrará las patas!

—En mi opinión su artefacto causará justo lo que quiere evitar.

Echó la cabeza hacia atrás y se rió. Se le cayó el sombrero revelando una cabellera larga y negra, sostenida por una cinta colorida. El viento se llevó el sombrero por la cubierta y corrimos riendo detrás de él. Cuando volvimos al corral me alcanzó una cuerda y colocó un pedazo de lona bajo la vaca.

—¡Tira! —me ordenó.

Con la ayuda de la polea levantamos la vaca. Protestó, pero el arnés impedía su retroceso, y el dueño del barco se enorgulleció igual que un niño con su primer penique.

—¿Puedo preguntarle su nombre, señor?

—Garzón Moreau.

—¿Es usted francés?

—Mi padre lo era.

Satisfecho con el resultado de su experimento, hizo bajar a la vaca y se excusó abruptamente, desapareciendo debajo de cubierta. Me preguntaba qué habría hecho para causar ese cambio tan repentino en su actitud, cuando oí gritos y trepé unos barriles para ver lo que pasaba en la cubierta de proa.

El capitán arrastraba a uno de los marineros hacia las cuerdas usadas para trepar los mástiles a la vez que daba órdenes de extender al hombre a través de ellas, atándole las manos y los pies.

El maestre empuñó el látigo mientras otros le quitaban la camisa al marinero. Horrorizada vi caer el látigo rajándole la piel al hombre y salpicando a los demás con sangre. Retrocedí tropezando con una soga y caí extendida sobre la cubierta. Sentí que me levantaban y me ponían a un lado como si fuese un niño.

El ruido le había llegado a Garzón, y cuando vio lo que ocurría saltó sobre unos fardos y le ordenó al capitán que parara los azotes. Se enfrentaron y temí que estallara una pelea pero el capitán frenó la rabia, retrocedió y dio la orden de liberar al marinero. Sus compañeros le echaron encima un balde de agua salada que se tornó rosada al resbalar por su espalda y caer a la cubierta. Garzón dio la orden de llevarlo abajo, y en cuanto estuvo solo con el capitán tomó el látigo y lo tiró sobre la borda. La cara del capitán se convulsionó y un chorro de saliva cayó a los pies de Garzón.

—Lo relevo del mando. Retírese y quédese en su cabina hasta llegar a puerto. Señor Martínez —dijo Garzón dirigiéndose al maestre—: encárguese.

—Sí, *monsieur*!

Se hizo mediodía antes de que me animara a volver a salir, con tanta hambre que me temblaban las piernas. Tomé mi ración de pan y guiso y me senté sobre un barril, balanceando la fuente de madera en la falda. Garzón pidió permiso para acompañarme, y comimos en silencio por un rato, él con mucha elegancia, a pesar del viento y del vaivén del barco. Me enderecé y puse distancia entre mi boca y la fuente, preguntándome si podría comer como él sin mancharme la camisa. Estaba muy concentrada en ello cuando Garzón habló y me derramé la salsa sobre el pecho.

—Siento mucho que hayas tenido que ver semejante escena.

—He visto castigos antes —dije, frotando la mancha con mi manga—. Mi padre era abastecedor de barcos.

—Tendría que haber sabido que no tomarían en serio mis órdenes prohibiendo los azotes —dijo, alcanzándome su pañuelo—. Los capitanes no saben cómo controlar a los hombres sin la amenaza del látigo. ¡Como si la vida a bordo no fuera ya lo suficientemente dura! Es difícil dormir, la comida es pésima, y siempre hay alguien enfermo con un sarpullido o sufriendo de gangrena. ¡Y ni hablar de los mareos que afectan tanto la mente como el cuerpo y hacen que los hombres se vuelvan impredecibles y violentos! Paró súbitamente y se rió cuando vio el resultado de mis esfuerzos con la mancha.

—Ven, lavaremos esa camisa.

Su cabina era espaciosa. Una mesa ocupaba casi todo el piso y estaba cubierta de cartas de navegación, lupas, un cuadrante y un microscopio.

—Sácatela —dijo, indicando mi camisa.

Horrorizada, me cerré la chaqueta sujetando las solapas.

El gesto le hizo gracia y me trajo una de sus camisas limpias.

—Ponte esta —dijo—. Puedes ir detrás del biombo si deseas privacidad.

Oí que arreglaba la mesa mientras yo me cambiaba, y cuando salí anunció que era hora de empezar mis clases de castellano. Me puso delante dos mamotretos sobrecogedores titulados *El paraíso en el nuevo mundo*.

—Identifican la banana como la fruta prohibida, sitúan el jardín del Edén en el centro de América del Sur, e incluyen un mapa con el sitio desde el cual partió el Arca de Noé.

Quedé asombrada y Garzón sonrió.

—Fueron escritos por un abogado sinvergüenza. Le habrán pagado por palabra, ya que hay que leer diez páginas antes de encontrar un párrafo que valga la pena.

—¿Y yo voy a aprender castellano usándolos?

—A menos que tengas otros libros que podamos utilizar.

—Los libros han sido mis compañeros desde que papá me enseñó a leer, y traje cuatro volúmenes de las obras del señor Swift y dos novelas: *Moll Flanders* y *Robinson Crusoe*. ¡También poseo las tragedias de Shakespeare, regalo de mamá, y una colección de las obras de Molière traducidas al inglés!

—¡Una verdadera biblioteca! ¿Dónde empezamos?

—¿Con el señor Swift?

—Una selección muy sensata.

—¿Lo ha leído?

—Al señor Swift le apasiona el tema de Irlanda, y como yo visito el país a menudo, he intentado aprender todo lo que puedo acerca de sus costumbres y su historia.

Era buen maestro, paciente y alentador, y dejé su cabina para encontrar los libros del señor Swift creyéndome una lingüista extraordinaria, capaz de dominar el español en un abrir y cerrar de ojos.

Al buscar los libros descubrí varios artículos que podían revelar mi identidad, y dediqué varios minutos a esconderlos. En el proceso encontré un collar, regalo de mi hermano Michael. Lo envolví en mis manos, incapaz de controlar las lágrimas. Sigiloso en sus emboscadas, el dolor me había sorprendido.

El collar estaba hecho con perlas del tamaño de una arveja, cosechadas por los pescadores del río Lee cerca de las ruinas del castillo de Carrigrohan. Las perlas se encontraban en los mejillones de agua dulce y se vendían en Cork por una nadería, pero Michael tenía tan solo ocho años cuando me compró el collar y había trabajado muchas horas para juntar el dinero. La idea de fingir ser Michael me surgió cuando estaba eligiendo las cosas que me llevaría de la casa y encontré el collar envuelto en su ropa.

Ese día había descartado la falda y las enaguas y me había probado su camisa y sus pantalones, sintiéndome tan liviana que subí y bajé las escaleras a las corridas por el puro placer del libre movimiento, algo que no sentía desde la niñez. Me quité la cofia y me solté el cabello, colocándome frente al pequeño espejo en el cuarto que había servido de dormitorio a mis padres. Me miré cuidadosamente por primera vez desde su muerte siete años atrás. Me sorprendió ver reflejada a una anciana muy seria, sin canas ni arrugas, pero con una mirada tan vieja y tan cansada como la de Bridget. Estaba tan descolorida como las colinas sobre las cuales vi a Charlie FitzGibbon por primera vez. Con razón no se había fijado en mí.

Tomé las tijeras, y cuando terminé había oscurecido y el piso estaba cubierto de pelo. Me puse el sombrero de papá y salí por la puerta de atrás, apreciando el alto seto que crecía tan cerca de la casa que me permitió salir sin que me viesen los O'Neill.

Caminé por una hora, sorprendida por lo rápido y fuerte que me latía el corazón. Esperaba ser reconocida pero nadie me prestó atención hasta que llegué a uno de los muelles y desde un callejón oscuro una mujer me invitó a compartir su vaso de cerveza. Orgullosa del engaño, sonreí y me pavoneé al pasar a un grupo de criaturas pidiendo peniques. Les tiré uno y los saludé. Se dieron vuelta para observarme y me di cuenta que tendría que tener más cuidado, profundizar la voz y hablar solamente cuando me hablaran.

Cuando los O'Neill me vieron vestida como Michael no podían creer que parecía un muchacho como cualquiera, y la señora O'Neill rió y dijo que si hubiese tenido veinte años menos se habría enamorado de mí. Mary quiso probarse la ropa, pero su figura era tan femenina que los pantalones no le cerraban, y no había manera de ocultar sus altivos pechos.

Era mejor así —dijo Mary—, porque si no sus padres nos hubieran perdido a las dos. Trataron de convencerme de que no intentara mi alocado plan. Ahora que Tobías se había ido —dijeron—, no había ninguna razón para escapar. Solamente Mary entendía que no podía quedarme ni en mi casa ni en la ciudad de Cork.

Tobías no tenía muchos amigos y nadie preguntó por él; los que me preocupaban eran sus enemigos. Le debía dinero a media ciudad y el día después de haberlo enterrado aparecieron dos de sus acreedores más desagradables. Les regalé sus botas pero me aseguraron que volverían y esperaban ver a Tobías o recibir lo que se les debía. Preferirían lo último.

Mary y yo nos dedicamos a coser ropa interior con costuras y bolsillos escondidos, y el señor O'Neill construyó un fondo falso para mi baúl. También fundió mis monedas de oro y las convirtió en una estatuilla de la Virgen María. La ocultó dentro de una de yeso y la señora O'Neill la pintó, convirtiéndola en algo que una joven devota hubiera hecho para pasar las horas.

Tomé la estatuilla con su hábito blanco, manto celeste y manos extendidas. Tenía un rostro delicado, una sonrisa dulce. Mi escepticismo acerca de la Virgen había crecido con el tiempo, pero mamá me había inculcado suficiente sentido religioso como para besarle los pies descalzos y pedirle que me protegiera antes de volverla a guardar en las profundidades del baúl. Recogí los libros y volví a la cabina del dueño del barco.

———

Cuando cruzamos el trópico de Cáncer ya sabía unas cuantas palabras y frases en castellano y lo entendí a Martínez cuando vino a decirme que los marineros habían capturado un tiburón. Estaban muy contentos, ya que un pescado de ese tamaño nos alimentaría a todos, y la carne de tiburón, me aseguró, era muy apetitosa.

Llegué a la cubierta en el momento en que abrieron la bestia. Martínez puso las manos dentro del cuerpo y con un grito de triunfo alzó un brazo humano medio digerido, preguntándole a Garzón si lo quería para sus estudios. Vomité, confirmando la opinión de los marineros de que yo era el joven más sensible que jamás habían conocido.

Sin el capitán aguijoneándolos, las bromas de los hombres se habían tornado mejor intencionadas y se esforzaban por incluirme en sus actividades durante los tiempos libres de trabajo. Encontraron una caña de pescar y le pusieron un cordel con un gancho y una pluma blanca. Me explicaron que la pluma era para engañar a los peces voladores haciéndoles creer que era una de las merluzas que tanto les gustaban. A mí me apenaba capturar peces voladores y fingí torpeza, lo cual inspiraba a Garzón a pararse a mi lado ayudándome a enhebrar el gancho con la pluma una y otra vez. Me gustaba ver sus movimientos delicados y seguros. Me recordaba a papá y pensé en cómo a los dos les hubiera gustado comparar sus ideas acerca del mar. Eran muy parecidos. No en su aspecto físico, ya que Garzón es moreno y alto, un rasgo heredado de su padre francés, mientras que papá era rubio y de estatura mediana. Garzón tiene pómulos pronunciados, y una nariz al estilo romano. Debo admitir que nunca he visto a un romano en persona y según el único libro que leí acerca de ellos, creo que vivieron hace mucho tiempo y probablemente estén todos muertos, pero Garzón me recuerda a una pintura que vi en la casa del conde.

Como papá, Garzón piensa que la mayoría de los males que sufren los marineros podrían ser evitados si se les proporcionara ropa y comida adecuada. Cuando papá intentaba convencer a los dueños de los barcos que se abastecieran de vegetales frescos, de naranjas y zanahorias, se reían de él, llamándolo un diablo astuto tratando de enriquecerse vendiéndoles artículos caros en vez de la carne salada y las galletas de siempre.

Aunque el escorbuto era una aflicción más común en el Pacífico que en el Atlántico, Garzón vigilaba nuestro régimen dietético. Comíamos la res salada, junto con vegetales y malta, y en cada puerto nos abastecíamos de cinco cajas de naranjas y cinco de limones. Garzón le daba suprema importancia al bienestar de los hombres y todos bebíamos una infusión de malta —yo me tapaba la nariz— y ventilábamos la ropa de vestir y la ropa de cama. Para mí esto presentaba un desafío durante mi menstruación y tuve que idear una forma de lavar y secar la ropa interior dentro de mi pequeñísima recámara, una inconveniencia que no había anticipado.

Baldes de agua salada aparecían con regularidad para bañarnos, y se limpiaba el barco con ollas humeantes en todas las cubiertas. Cada uno de los cuarenta hombres tenía una chaqueta Magallanes, cuyo nombre —creo—, viene del maestre portugués de dos siglos atrás, y ninguno iba descalzo a menos que esa fuera su preferencia. Muchos elegían hacerlo, ya que se habían criado en los barcos y se sentían más a gusto usando los dedos de los pies para balancearse.

A principios de junio el mar se volvió colorado y Garzón bajó un balde. Cuando lo pusimos sobre la cubierta vimos que estaba lleno de bichitos nadando en el agua. Garzón los observó bajo el microscopio y me invitó a mirar. Retorciéndose bajo el lente vi unos seres parecidos a unos diminutos camarones. Deberían ser muy sabrosos porque cuando volví a cubierta el mar estaba lleno de toninas y de ballenas. Casi no lo pude creer. El barco flotaba en un mar colorado, rodeado por seres gigantescos cuyas espaldas aparecían como crestas negras sobre las cuales se zambullían las marsopas plateadas, a veces solas, a veces en grupos, como rayos de luz. Y nosotros, pequeños e indefensos, a su merced, y sin que nos prestaran la más mínima atención.

Me acostumbré a seguirlo a Garzón de uno a otro de sus experimentos científicos, sintiéndome libre por primera vez desde mi niñez de satisfacer mi curiosidad y de apreciar las maravillas del mundo, como los seres que Garzón estudiaba en una serie de baldes. Me explicó que los coleccionistas mataban sus especímenes y los disecaban para clasificar y comprenderlos, pero a él le interesaban mucho más vivos. Los mantenía cautivos durante uno o dos días y después los soltaba.

Al haberme criado entre marineros había pasado horas escuchando sus cuentos acerca de los monstruos con enormes tentáculos que habitaban las profundidades del mar, de medusas venenosas del tamaño de un plato, y de anguilas que daban luz. La colección de Garzón no representaba ninguno de estos. Él tenía medusas y peces pequeños en una extraordinaria variedad de colores y formas, plantas inusuales que parecían insectos, más los seres que las comían y a menudo se parecían a ellas. Él los nombraba y yo los dibujaba, no muy bien al comienzo, pero agregando detalles a medida que él me alentaba.

Poco después de haber pasado las cimas cubiertas de nieve de Tenerife, cerca de la costa oeste de África, Martínez anunció que pronto saldríamos de la zona tropical para entrar en el Mar de las

Damas, llamado así por la ausencia de tempestades. Le comenté que en ese caso no lo habían nombrado por las damas que yo conocía, y Garzón estuvo de acuerdo. No había mencionado tener una novia, y yo no había visto nada entre sus pertenencias que indicase que fuese casado, pero de repente me sentí malhumorada y celosa. ¿A qué damas conocía? ¿Y con qué grado de intimidad?

Las nubes oscurecieron el sol poniente y una ráfaga de viento me desequilibró. Recibí la orden de refugiarme debajo mientras los hombres trepaban a los mástiles y se apoyaban sobre las vergas para arrizar las velas.

Estaba por prender mi farol cuando el barco se bamboleó y perdí el equilibrio, cayendo sobre la litera. El farol, mis botas, jarra, y todo lo que no estaba clavado a la pared, volaron hacia la puerta. Escuché un rugido y me agarré de la barandilla de la litera. El barco empezó a crujir y a lamentarse como si los árboles sacrificados durante su creación hubiesen cobrado vida. No podía ver para afuera y casi no había luz debajo. Me aferré a la litera, murmurando Ave Marías, oyendo solamente los aullidos del viento, los latigazos de agua, y los chirridos que emanaban del buque en su lucha por mantenerse a flote.

Atemorizada de morir atrapada y sola, salí a tientas de mi cabina. Oí al capitán golpeando y pidiendo que lo dejaran salir del camarote donde estaba encerrado. Afuera, el viento soplaba con tanta fuerza que casi no pude abrir la escotilla y cuando lo hice, me empapó una lluvia fría. Un relámpago iluminó el cielo y grabó para siempre en mi memoria las expresiones horrorizadas de los hombres. No emitían ningún sonido, o si lo hicieron no lo oí por sobre el rugido del viento y el agua. Todos miraban hacia arriba, boquiabiertos y con ojos incrédulos.

Casi encima nuestro se abalanzaba una ola tan alta que la cresta desaparecía en la oscuridad. Una pared de agua, levantada del océano por la fuerza del viento, golpeó el velero y lo volteó, empujándome una vez más a la base de la escalera. El agua entraba por todas partes rompiendo los tablones.

El barco se enderezó, mandándome rodando hacia el otro lado del angosto pasillo mientras luchaba por respirar. Requirió toda mi fuerza volver a subir la escalera hacia la cubierta. Cada vez que nos golpeaba una ola, el agua me cubría, y estaba medio ahogada cuando llegué y pude ver lo que la tormenta había destrozado.

Las ráfagas de lluvia habían extinguido el farol de la toldilla, y podía ver a los hombres solamente a la luz de los relámpagos. Martínez se había atado al timón y varios marineros a los mástiles, donde parecía que le estaban rezando a la estatua de la Virgen y el Niño Jesús clavada a la pequeña plataforma sobre la cual me había parado unas horas antes.

Era imposible oírlo con el chillido del viento y el martillazo de las olas, pero Garzón daba órdenes indicando con las manos a la vez que se arrastraba por la baranda de la borda. Por un momento desapareció bajo una ola y sé que grité porque sentí un fuego en la garganta, pero ni un solo sonido se oyó por encima del rugido de la tormenta.

Garzón salió de la espuma y encontró la vela de estay mientras un marinero agarraba la vela conductora y juntos las trajeron hacia la mesana. El barco se enderezó y enfrentó el viento, proporcionando la única esperanza de poder sobrevivir semejante tormenta. Pero el mar no había terminado con nosotros. Otra ola gigantesca nos golpeó y una vez más los mástiles se inclinaron hacia el agua negra, los marineros aferrándose a lo poco que quedaba sobre la cubierta.

La escalerilla que me sostenía se desprendió y vi el océano acercándose a medida que me precipitaba hacia él. Con un temblor, el barco se enderezó y la escalera y yo nos deslizamos en dirección opuesta. Sentí la superficie rígida de un mástil a mis pies a la vez que varios de los barrotes de la escalerilla se rompieron, salvándome del impacto inicial.

Con una ráfaga de despedida el viento amainó, dejándonos a la merced de una lluvia torrencial. Una vez más la única iluminación la proporcionaban los relámpagos, y por lo que me pareció una eternidad, los sobrevivientes quedaron sentados, acostados o de pie donde estaban sin atreverse a perturbar el equilibrio del buque. Cuando empezamos a movernos escuchamos gemidos y pedidos de auxilio, sonidos distantes y sobrenaturales entre el silbido de la lluvia. Las superficies estaban resbalosas y los hombres arrastraban los pies, tratando de no caerse al bajar a las bombas.

Me incorporé y sentí una puñalada de dolor en la rodilla. Me acerqué a la escotilla rengueando y arrastrando la escalera rota. Abajo, el agua me llegaba a las pantorrillas y al unirme a los otros vi que habían liberado al capitán para que ayudase a sacar el agua. El esfuerzo parecía inútil pero trabajamos sin descanso hasta que el buque se asentó, volviendo a su acostumbrado ritmo. El silencio era extremo después del rugir de la tormenta, y mis pies chapoteaban en el agua cuando volví a subir a ver el amanecer.

La cubierta estaba desnuda. Habían desaparecido los corrales, la estatua de la Virgen, y la polea y su arnés. Pedazos de las velas que los hombres no habían tenido tiempo de enrollar, colgaban en jirones. Dos hombres habían caído por la borda. Uno estaba inmovilizado bajo uno de los mástiles trabado contra la baranda de la toldilla. Dos más tenían brazos rotos. Otros sufrían cortes y moretones, resultado de la lucha por mantenernos a flote.

Los que no estaban lastimados rescataron al marinero atrapado bajo el mástil y empezaron a bombear y a ordenar el buque. Garzón fue a la cocina, donde nos quedaba un barril de agua y un recipiente de arroz. Llenó una olla y la puso a hervir. Trajo tazas y le sirvió aguardiente a la tripulación. Los hombres temblaban de frío y temor.

Hasta ese momento no había dicho nada acerca de mis habilidades de enfermera, pero ahora me necesitaban. A Garzón le sorprendió mi propuesta de asistir con los heridos, pero estaba demasiado ocupado para interrogarme y simplemente les dijo a dos de los marineros que limpiaran una mesa y que me trajeran a los heridos. Desaté mi baúl y saqué todo lo necesario. Por primera vez me di cuenta de que mis dedos punzaban y vi que se me habían roto varias uñas.

El primer hombre que me trajeron tenía un tajo profundo en la pierna. Le di un palo para sostener mientras le cosía la herida, y los nudillos se le pusieron blancos con el entrar y salir de la aguja.

—¿Dónde aprendiste esto, joven? —me preguntó.

—Me lo enseñó una irlandesa de nombre Phips. Una vez me elogió, diciendo que cosía con la prolijidad de una monja.

La señora Phips no hubiera reconocido mi trabajo. Me dolían las manos y la hinchazón causada por las uñas desgarradas me hacía torpe e inepta. Me pesaba la chaqueta empapada y me la quité mientras Garzón entraba con otro hombre en los brazos. Me volví para asistirlo y vi que tenía la vista fija sobre mi pecho. Me miré y me di cuenta de que bajo la camisa mojada mis senos se veían como si estuviese desnuda. Me sonrojé, dándole la espalda mientras buscaba la chaqueta. Me ayudó, asegurándome de que me encontraría ropa seca.

Me temblaban las manos al pasarlas sobre el marinero inconsciente.

Parpadeó, y le pedí que abriera la boca. No vi sangre, y sentí un gran alivio ya que parecía no estar sangrando internamente. Las heridas que tenía en el pecho no eran profundas, y ya las había limpiado cuando Garzón volvió con una chaqueta seca. Los dos estábamos más serenos y pudimos trabajar juntos vendándole las costillas al marinero con vendas hechas con la lona de las velas.

Enderecé dos brazos rotos y no di para más. Me dolía todo el cuerpo, especialmente los codos golpeados cuando me había caído por la escalera. Sentía un rugido en la cabeza y mientras comía la taza de arroz que me trajo Garzón empecé a temblar. Él quitó el colchón mojado de mi litera, encontró una manta medio seca y me dejó acurrucada sobre los tablones de la cama.

—

Me desperté helada, con la boca seca y la ropa húmeda. Con un gran esfuerzo me deslicé al piso y me encontré de pie en un charco de agua. La sed y el hambre me impulsaron a dejar la cabina y subir a la cubierta desnuda del Buenaventura, donde lo que quedaba de las velas se movía en la brisa y los hombres trabajaban arreglando tablones y transportando lonas mojadas desde abajo.

Intenté abrocharme la chaqueta pero me dolían tanto los dedos que tuve que sostenerla sin mirarlo a Garzón cuando me sirvió mi porción de arroz y cerveza. Después de comer y beber me sentí mejor y bajé a visitar a los heridos. Estaban doloridos, pero fuera de peligro, y después de darles de comer y cambiarles las vendas, asistí en sacar agua y limpiar el buque.

Esa noche, cuando reinaba el silencio, fui a cubierta y me apoyé en la baranda, esperando que Garzón viniera como lo hacía todas las noches, a darme mi clase de castellano. Estaba por darme por vencida cuando apareció, cansado y serio. Le pregunté si pensaba abandonar mi educación ahora que conocía mi identidad y no contestó.

—Hasta el día de hoy usted me consideraba simplemente un muchacho ignorante. ¡Solo mi sexo ha cambiado! ¡Todavía soy ignorante y preciso instrucción!

—Nuestras clases cambiarán. Pero comencemos con una explicación, por favor. Tosió, nervioso, y miró el agua pasando por debajo.

—Dígame quién es y qué hace a bordo de mi barco.

Me sorprendió lo fácil que fue desahogarme de mi historia, y le conté acerca de mis padres y de Michael, omitiendo a Tobías y contándole cómo me había convertido en enfermera y partera. Le dije que había quedado huérfana a los catorce años y cómo, a través de la desgracia de la fiebre que se llevó a mi familia y a muchos de mis vecinos me había llegado el trabajo que me sustentó. Había empezado cuidando a los enfermos y moribundos, después hice un aprendizaje con una partera. La partería me parecía una ocupación gozosa, y lo era cuando asistía al nacimiento de niños deseados y bienvenidos. Aprendí rápido cuán raro esto era. Las mujeres, desesperadas, me pedían medios para prevenir los embarazos y terminarlos. En casi todas las casas escondían dinero en los lugares que no tocaban los maridos: las cunas, recipientes llenos de harina, los trapos que usaban cuando sangraban. Era raro que estuvieran los maridos durante los nacimientos, volvían cuando habían pasado los dolores, cuando se había ventilado la casa y lavado el piso. Algunos besaban a sus esposas, algunos trataban de besarme a mí, unos pocos se acercaban a ver al recién nacido. Si venía un sacerdote era para bautizar al niño o darle la extremaunción a la madre, desapareciendo después de confiar la familia al cuidado de Dios.

—Cuando empecé a acumular las monedas que me facilitaron el escape de Irlanda, fue con la intención de asegurar mi independencia. La única esperanza que tenemos las mujeres de ser independientes, es quedarnos solteras y poder controlar nuestras finanzas. Cuando nos casamos, nos convertimos en un bien mueble. Lo había visto todos los días entre ricos y pobres igual.

Fijó sus ojos en mí y escuchó mis palabras como si no existiera nada en el mundo excepto nosotros dos apoyados en la baranda del barco. Cuando terminé, sonrió, y algo más allá del movimiento del barco me elevó hacia las estrellas.

No había pensado en contarle tanto y cambié de tema, pidiéndole que me hiciera su historia.

Me contó que a su padre lo habían mandado a navegar de niño y a servir bajo un capitán mezquino con la comida y generoso con el látigo. Sobrevivió gracias a un marinero llamado Jacques, un veterano tuerto. Jacques abandonó el barco un día llevándose al muchacho con él. Los dos terminaron en un velero con destino a Buenos Aires, donde

Jacques se convirtió en mercader, y él y el padre de Garzón llegaron a ser dueños de sus propios buques. Se enriquecieron gracias al contrabando, proporcionándole a la provincia las primeras parras y olivos. Como no era español, el padre de Garzón no sentía ningún deber hacia ese reino y se negaba a pagar un precio veinte veces mayor por los vinos y aceite que él mismo podía hacer. Los españoles lo capturaron un día cuando su buque quedó atrapado por falta de viento y lo mataron.

Garzón me explicó que a los colonos no se les permitía competir con la patria fabricando bienes o plantando cultivos iguales a los importados desde España. Los bienes importados no solamente tenían que zarpar de un puerto español y ser transportados a las colonias en un buque español, sino que por cada uno se cobraba un diezmo. La mayoría de los dueños de los buques comerciaban con un barco autorizado, obedeciendo las reglas y pagando los impuestos, y con otros tantos que efectuaban sus operaciones fuera de los límites de la ley. Estos iban y venían en completa armonía con las autoridades, quienes también se beneficiaban de ello. Algunos funcionarios utilizaban los buques para el contrabando y la venta de sus propios bienes, otros recibían dinero o mercancías. Todos se beneficiaban y no sentían ningún escrúpulo cuando violaban las leyes impuestas desde lejos por codiciosos mercaderes españoles deseosos de monopolizar nuevos mercados.

Se calló.

—La estoy aburriendo.

—¡Oh, no! Le aseguro que…

—Me he descuidado tanto con mis modales como con mis palabras.

—¡Se ha portado con generosidad y mucha bondad hacia mí! Sería una ingrata si me ofendiera con usted cuando lo engañé.—Le toqué el brazo—. ¿No dejará de enseñarme, verdad?

—A cubierta —dijo tomando un paso hacia atrás—. Estudiaremos las estrellas al aire libre.

—¿Y las clases de castellano?

—Estudiaremos las estrellas en castellano.

Deseoso de escapar, tropezó con un balde antes de desaparecer en la oscuridad.

Después de la tormenta quedamos anclados durante un día, mientras Garzón y Martínez evaluaban los daños que había sufrido el Buenaventura: un mástil roto, y varios tablones sueltos en la popa. Habíamos perdido todas las sogas y los faroles pertenecientes a la cubierta, nos quedaba poca agua, y nuestra reserva de comida se encontraba peligrosamente disminuida. Garzón impuso una ración de dos tazas de agua y una taza de arroz por día hasta poder abastecernos. El depósito donde se guardaban las velas estaba inundado así que subimos toda la lona a cubierta para secarla antes de cortar y coser velas nuevas. Nuestro cargamento de hierro, que valía más por libra que el oro en las colonias españolas, era la razón por la cual el barco se asentaba en el agua, una ventaja durante la tormenta; pero casi toda la canela, la pimienta, los clavos de especies y el macis se habían estropeado.

Llegamos a la isla de Antigua tres días después de la tormenta. El capitán recibió su salario y desembarcó, tan contento de despedirse de nosotros como nosotros de él. De aquí en adelante nos dedicaríamos a los arreglos, al abastecimiento de las bodegas, y a emplear marineros. En cuanto a mí, no había apuro —dijo Garzón—. Quedé aliviada ya que ahora que había llegado el momento de despedirme no lo podía concebir.

Recibimos noticias de que Inglaterra y España estaban en guerra una vez más. Me contó Garzón que esta pelea entre los antiguos rivales era a causa de un capitán inglés y su oreja. Hasta hacía poco, los españoles accedían a una gran cantidad de esclavos por medio de los piratas ingleses que los traían como contrabando desde África. Los gobernadores españoles toleraron la práctica hasta que sus propios traficantes de esclavos se quejaron y capturaron varios buques negreros, el Rebecca y a su capitán Jenkins entre ellos. Como una advertencia para los ingleses, los españoles le cortaron una oreja a Jenkins. El capitán se ofendió e hizo alarde de la oreja —la llevaba consigo en una botella a todos lados— delante de la barra de la Cámara de los Comunes. Indignados ante esta afrenta a un compatriota inglés, el parlamento exigió compensación por parte del rey de España. Él, a su vez, opinó que esta actitud era una impertinencia ya que los ingleses le debían una enorme cantidad de impuestos por los miles de esclavos que habían importado a sus colonias. La Guerra de la Oreja de Jenkins resultó de este regateo sobre los esclavos y sus sufrimientos.

«Malas noticias para Irlanda» —pensé—. Cada vez que los ingleses participaban en una guerra creían que nosotros nos sumaríamos al enemigo, ofreciéndole nuestros servicios. Se mantenían empecinadamente ignorantes de lo obvio. Un país destrozado por la pobreza y un pueblo degradado por la servidud consideraban estas luchas con una indiferencia total. No obstante, yo no tenía ninguna duda de que como consecuencia de este último disparate pronto se presentarían al Consejo del Rey una ráfaga de proclamas y propuestas, todas relacionadas con la masacre inmediata de los católicos.

—Es la cuarta vez durante este siglo que los ingleses y los españoles se han declarado la guerra —dijo Garzón—. Nos hace la vida peligrosa a todos. Ni pensar que Ud. pueda embarcar para Boston ahora.

—¿Tendré que quedarme aquí hasta que termine la guerra?

Estábamos sentados en la ladera de una colina mirando el puerto desde lo alto. Garzón arrancó una brizna de pasto y demoró unos momentos en contestar.

—O se podría ir hacia el sur. América esta llena de oportunidades.

Antes de que pudiera analizar la emoción que me inundó o pensar en cómo contestarle, nos llegó una voz.

—Disculpen, pero ¿hablan de América del Sur?

Un joven escocés, con gorra y falda, conduciendo un caballo con manta de tartán, se acercó a nosotros.

—Hamish MacBean —dijo, haciéndonos una reverencia.

—Encantado de conocerlos. ¿Era cierto —nos preguntó—, que la Provincia de Buenos Aires era más extensa que Alemania, Italia, Francia, y todos los Países Bajos, y que inmensas manadas de ganado la recorrían, cubiertos en valiosos cueros, y llenos de grasa que se podía convertir en sebo?

—Se calcula que hay aproximadamente veinticinco millones de cabezas —dijo Garzón.

MacBean silbó.

—Y las manadas de caballos suman diez mil o más.

—¿Y la tierra?

—Abunda, a un dólar por cabeza de ganado apacentado.

—¡Increíble!

Estaba ansioso de irse de Antigua —nos dijo—. Se había escapado después de la derrota del «joven pretendiente» Carlos Estuardo, cuando los ingleses impusieron medidas severas contra los escoceses.

—¡No nos permitían usar telas de tartán ni en nuestras casas!

Yo no había hablado, pero ese comentario me fastidió.

—¡A los clanes irlandeses hace años que los reprimen! ¡Se les prohíbe a los católicos educarse fuera del país, y no se nos permite comprar tierras! ¡No me quejaría acerca de una falda si eso fuese todo lo que los ingleses me hubieran prohibido!

—¡Insolente! ¡Si fueras un caballero te retaría a duelo!

—¡Si usted no fuera un burro, yo aceptaría el reto!

Estaba tan enfadada que no vi la gracia que esto le hizo a Garzón. Me tomó del brazo y me apartó antes de darse vuelta hacia MacBean.

—¿Es usted católico?

—¡Por supuesto que no!

—Considere bautizarse o relegue América del Sur a sus sueños. A los españoles no les gustan los protestantes.

Rió al bajar la ladera y cuando llegamos a la bahía yo también reía y mi enfado había desaparecido.

———

Era una locura pensar en la Provincia. ¿Qué haría allí? Garzón hablaba de las oportunidades, pero, ¿existirían para una mujer sola?

Desde que descubrió mi identidad yo no había visitado su cabina y estaba nerviosa al acercarme a la puerta. Estaba abierta, y Garzón, inclinado sobre un gran mapa extendido sobre la mesa. Me vio e hizo un gesto para que entrara, señalando el mapa.

—Esta es la Provincia de Buenos Aires. ¿Ve esta bahía? Allí hay una pequeña ciudad llamada Montevideo. Y aquí —indicó el noreste—, más allá de los llanos de la costa, hay una laguna, alimentada por las mareas oceánicas, llena de peces y camarones. Le brillaban los ojos cuando me contó como al amanecer el rocío brillaba como diamantes esparcidos sobre la hierba y los caballos agrestes se revolcaban y se sacudían haciéndola volar. De sol a sol el canto de los pájaros llenaba el aire, y de noche, bajo las estrellas, uno podía captar lo que significaba el infinito y sentirse pequeño y resguardado dentro de él. En los montes alrededor de la laguna, los jaguares se deslizaban como sombras doradas en un mar esmeralda, y las pampas ondulaban hasta el horizonte como un océano.

—¿Tiene su hogar allí?

—Lo tendré en cuanto pueda convencer a mi amigo el padre Manuel que me ayude.

Me explicó que el padre Manuel era jesuita, y por lo tanto tenía muchos enemigos, aunque era raro que se quejaran abiertamente de él.

—Los nobles españoles han mantenido muy bien oculto el secreto de sus actividades en América. Descuentan como exagerada la historia sangrienta de la esclavitud de los indios, manteniendo que es necesaria para civilizar a los paganos y un resultado inevitable de las guerras. Los colonos consideran a los indios tan indignos que abusan de ellos con impunidad. Jamás he escuchado tan siquiera una insinuación por parte de un funcionario español o portugués de que quizás los nativos sean sus iguales. Es tan absurdo como sugerirles que tendríamos que liberar a los caballos o al ganado y otorgarles derechos.

Millones de indios —me contó Garzón— habían sido capturados; los habían quemado en la mejilla con el hierro de marcar de sus dueños, les habían robado sus bienes, y habían saqueado sus tierras. A la mayoría de ellos se los puso a trabajar en las minas de plata o en las plantaciones de azúcar, grandes fuentes de ingreso para los reyes de España y de Portugal. Casi todo el rendimiento de las minas y de las enormes plantaciones iba a parar en los mercados europeos y el precio en sufrimiento humano era tan grande por la plata como por el azúcar.

Cuando agotaron a los esclavos nativos en sus propias colonias, los portugueses invadieron las tierras bajo el control de España, capturando y esclavizando a cientos de miles más. Fue en ese momento que los jesuitas le pidieron al rey de España permiso para que sus conversos portaran armas y recibieran entrenamiento en el uso de ellas y de los cañones. Así, forzaron la retirada de los invasores portugueses, permitiendo que las misiones jesuíticas entraran en esta, su etapa más próspera, pacífica y productiva. Pero los que se beneficiaban de la esclavitud difundieron leyendas acerca de las riquezas de la Orden, afirmando que los sacerdotes defraudaban al rey de sus ganancias cristianas obtenidas de los productos de las misiones, y que sus cofres rebosarían si los hacendados pudieran usar a los indios de las misiones, pagándoles, no a ellos —como Garzón quería hacer—, sino al rey por el privilegio de usar a sus súbditos.

Me explicó que los changadores obtenían permiso en Buenos Aires, autorizándolos a matar miles de animales, pero nadie hasta el momento había organizado esa matanza para crear una industria bien regulada. El hombre que lo lograra —dijo Garzón— sería más rico que Creso en menos de un año. Algunos lo habían intentado, acompañados por soldados suministrados por el gobernador de Buenos Aires para protegerlos de los indios inconversos. «Fracasaron —Garzón pensaba— por no haberles pedido ayuda a los únicos amigos del indio, los jesuitas».

—Yo no me equivocaré de esa manera. He hablado con él, prometiéndole que si les permite a sus conversos trabajar a sueldo, podrá establecer una misión en mis tierras para convertir a los demás.

—¿Hay irlandeses en la provincia?

—Algunos.

— ¿Los españoles no nos consideran sus enemigos?

—A los irlandeses católicos, no. Son bienvenidos en las colonias.

—Es la primera vez que oigo que existe un lugar donde a los irlandeses católicos se les da la bienvenida. —Me quedé mirando el mapa, armándome de coraje.

—Tengo dinero. ¿Puedo invertirlo para comprar una parte de su empresa?

—Señorita Keating…

No me llamó Michael como había hecho hasta ahora, ni Isabel, sino «señorita Keating». Esto no era un buen presagio, pero no me iba a dar por vencida. Encontré su mirada.

—¿Se opondría acaso su esposa?

—No tengo esposa. Pero no se me había ocurrido vender partes de mi empresa. Ud. me sorprendió.

—Me dijo que América del Sur está llena de oportunidades. Soy trabajadora, puedo hacerme responsable de las facturas y dirigir los negocios. Lo hice por mi padre.

—Sería mi única inversora.

—Me gusta la idea.

—¿Seguiría disimulada?

—Por ahora sí. ¿Le molestaría?

—Al contrario. Nos facilitaría todo. A dos hombres no nos harían demasiadas preguntas.

Vacilé solo un instante, simplemente para saborear el hecho de que tomaba mi primera decisión como una mujer libre de su pasado. Instintivamente había contestado que seguiría disimulada. Una de las razones era obvia e incuestionable. La ropa de hombre era cómoda y me permitía moverme libremente. La otra razón tenía que ver con el pasado: cuando descubrí que era más adepta que mi hermano en ayudar a papá con su negocio, pero que no importaba lo bien que trabajaba ni lo mucho que hacía, finalmente sería Michael quien heredaría y dirigiría todo lo que yo había establecido. Si el disfraz de hombre me permitía poner en uso mis habilidades, así sería.

Nos dimos la mano y en ese momento supe que me había despedido para siempre de todo lo conocido.

Capítulo III

Tres meses y medio después de salir de Cork llegamos al Atlántico sur donde las corrientes son traicioneras y los barcos corren el peligro de naufragar sobre la costa protuberante del Brasil, por lo que pusimos a un centinela en la cofa de vigía hasta que el peligro pasara.

Grabado en mi memoria quedó aquel amanecer en que apareció la selva majestuosa y salvaje de todos los verdes imaginables, distinto a cuanto había visto antes. Más allá de la cinta de arena en la orilla, los bosques impenetrables se extendían hacia el infinito, con gigantescos árboles desplegándose hacia el sol a través de las enredaderas que crecían alborotadas entre sus raíces.

Al acercarnos a la bahía de Río de Janeiro nos rodearon las barcazas, sus techitos de paja dándoles sombra a las pobres y mal vestidas familias que vivían a bordo. Quería comprar la fruta que ofrecían pero Garzón me lo impidió, señalando las aguas donde flotaban frutas, vegetales, huesos de pescado y panes desintegrados. Me enteré que toda la basura de la ciudad de Río de Janeiro terminaba en la bahía, incluso los restos de los mercados. Los habitantes de las barcazas la recogían para alimentarse y también para vendérsela a los buques que llegaban al puerto cargando pasajeros ignorantes, tales como yo.

El puerto bullía con gente ofreciendo monos, papagayos, cueros y pescados para la venta.

Percibí la agitación de los marineros cuando se pusieron las sandalias, se cepillaron las chaquetas, y se ataron el pelo con cintas de color, al mismo tiempo bromeando acerca de las tabernas y de las mujeres que pensaban visitar.

Garzón me miró, preocupado de que sus conversaciones me hubiesen ofendido, pero toda mi atención estaba enfocada en una gran goleta anclada lejos de los otros barcos.

—¿Hay alguna enfermedad a bordo? ¿Es por eso que amarraron tan lejos de puerto?

Garzón me contó lo que el barco cargaba.

—Huele demasiado hasta para el muelle.

El único que parecía entusiasmado era Martínez. Se acercó rápidamente a nosotros frotándose las manos. Uno de los maestres le había dicho que el barco negrero recién llegaba de Whydah, sobre la costa de Guinea. Le exhortó a Garzón a comprar a todas las mujeres que habían sobrevivido el viaje y a vendérselas a los mineros de oro, lo cual aseguraría que ninguno de los dos tuviera que trabajar durante el resto de su vida ya que a los mineros les parecía indispensable tener por lo menos una mujer whydeana para curarlos de las enfermedades venéreas. Si les ofrecían varias mujeres, los hombres pagarían una fortuna en oro.

Como mujer, jamás me hubiese animado a preguntarle si las whydeanas conocían un remedio para tales enfermedades, pero como él me creía un joven irresponsable, lo hice, ya que si existía un remedio estaba resuelta a conocerlo.

—Ellas son el remedio, señor Michael. ¡Acuéstese con una mujer whydeana y recobrará la salud en seguida!

—¡No diga disparates, Martínez! —Garzón le advirtió—. Lo único que ocurre es que la mujer también se enferma.

—¡Los mineros no lo saben, y el oro de un tonto pesa tanto como el de un astuto!

Garzón le prohibió comprar mujeres y traerlas a bordo, y Martínez se retiró, murmurando que quizás había llegado el momento de comenzar su propio negocio.

No vi a Garzón de nuevo hasta esa noche, cuando lo esperé tal como siempre junto al mástil. Me molestaban los gemidos que llegaban hacia mí desde el barco lejano y decidí abandonar mi puesto. Fue en ese momento que lo vi, erguido silenciosamente en la popa, su mirada alternando entre el barco negrero y la Cruz del Sur.

—Los españoles la llaman la Cruz de Mayo —dijo al verme—. La gente de mi madre cree ver el pie de un ñandú atravesando el cielo. El ñandú —agregó— es un gran pájaro incapaz de volar.

—¿Y cuál es la gente de su madre?

—Ella pertenecía a la tribu de los charrúas.

Hacía frío y me estremecí. Garzón se quitó la chaqueta y la puso sobre mis hombros. Mantenía el calor de su cuerpo y abrigué mi cara en el amplio cuello, aspirando una mezcla de lana y tabaco. Puse las manos en los bolsillos y sentí algo liso y duro. Lo saqué y vi que era un ágata pulida, de un marrón rico y oscuro y con la forma de una medialuna.

—¡Cómo brilla!

—Las ágatas son comunes en la provincia.

—¿Usted le dio esta forma?

—Fue un regalo.

Por parte de quién, no me dijo, y pensando que me había entrometido ya demasiado, le devolví el ágata y la chaqueta y le di las buenas noches. Me detuvo para decirme que al día siguiente pensaba desembarcar y me preguntó si desearía acompañarlo. Le dije que sí, y quedamos en encontrarnos temprano en la cubierta de proa.

—————

La combinación de olores de pescado crudo, sudor y huesos hervidos asaltó mis fosas nasales cuando puse pie en tierra. Por suerte llevaba un pañuelo perfumado y me cubrí la nariz al abrirnos paso entre los cánticos de los esclavos medio desnudos que descargaban la mercancía del Buenaventura. Caminamos a lo largo de calles angostas con casas de no más de cuatro pisos y sin un solo paño de vidrio. Detrás de las persianas de madera, de vez en cuando se veía la figura de una mujer. Observé que por estas calles solamente caminaban esclavas, a menudo al lado de sillas de mano cubiertas y cargadas por pares de esclavos. Si ese era el destino de las mujeres en las Américas —le dije a Garzón—, jamás volvería a ponerme ropa femenina.

Pronto caminábamos entre puestos que exhibían porcelana china, perfumes árabes, y espadas hechas en Toledo. Yo luchaba por absorberlo todo cuando entramos en el callejón de los sastres. Desbordaba de terciopelos y satenes, telas bordadas de origen holandés, sedas de Granada, medias napolitanas, cintas, encajes, y sombreros oriundos de Londres y de París. Casi me atropelló lo que parecía un ejército de sirvientes cargando comida en fuentes del tamaño de canoas. Garzón me tomó el brazo y me guió hacia el modesto frente de una tienda, custodiada como si fuera una fortaleza por dos hombres provistos de cuchillos, armas de fuego, y espadas. Una vez dentro, pensé que me había introducido en una gruta encantada. La habitación estaba repleta de barras de oro, diamantes de Ceilán, hebillas y botones de plata, y perlas panameñas en tintes que variaban entre blanco, rosado y gris.

Al salir una vez más al brillante sol fuimos separados por recaderos que abrían paso para un grupo de compradores. La primera visión que tuve de los grandes señores del Brasil fue la de sus caballos con sus altas cabeceras emplumadas y destellantes cascos incrustados con esmeraldas. Más plumas decoraban los sombreros de los hombres, y las cintas y el bordado que cubrían sus ropas eran tan elaborados que las prendas lucían tiesas; los faldones cubrían los flancos de los caballos y las riendas se asomaban de entre los pliegues de encaje que les ocultaban las manos. Ostentaban finas botas de cuero, las puntas dentro de estribos de oro.

Cuando pasaron, vi a Garzón llamándome desde el otro lado de la calle, donde había estado contemplando el mostrador de una tienda de cristalería. Me acerqué y me preguntó si tenía hambre. Nos sentamos bajo un toldo a rayas rojo y verde, y Garzón pidió bananas fritas. Mientras esperábamos, puso sobre la mesa una pequeñita gaviota de cristal.

—Es veneciana.

La recogí y me la puse en la palma de la mano. Se veía tan verdadera que no precisaba más que un mar pequeñito como ella para tomar vuelo y remontarse.

—Es para ti —dijo —, y se veía tan incómodo que por un momento la gaviota brilló, nublada a través de mis lágrimas.

—Nunca he recibido algo tan hermoso —le dije, envolviéndola cuidadosamente en el pañuelo.

Llegaron las bananas y estaba por tomar un trozo con los dedos cuando vi que Garzón usaba los cubiertos.

—Mi padre era muy estricto con los modales — dijo—. La primera vez que me vio comer con los dedos hizo levantar la mesa hasta que aprendiera a usar el cuchillo y el tenedor.

—Mis modales dejan mucho que desear. Quiero mejorar. Tomé mis cubiertos y me preparé a comer.

—Nunca toques la hoja del cuchillo —dijo, acariciándome la mano—. El puño de mi chaqueta le recordó que estaba disfrazada y se recostó, riendo.

Saciados luego de las bananas fritas y el café partíamos hacia el barco cuando de pronto escuché una voz dulce y alta, cantando:

> *So farewell to my friends and relations,*
> *Perchance I shall see you no more,*
> *And when I'm in far distant nations*
> *Sure I'll sigh for my dear native shore[1]*

Era *La doncella de cabellos castaños*, y la última vez que había escuchado esa canción había sido a orillas del río Lee. Seguimos la voz hasta llegar a una posada, donde vi con asombro que la voz provenía de un niño dentro de una jaula de mimbre colgada fuera de la puerta. No tenía más que cuatro o cinco años y cantaba con la dulzura de un canario mientras la jaula tambaleaba en el viento frío de agosto.

El posadero se acercó a nosotros, hablando portugués y ofreciéndonos alojamiento mientras se limpiaba las manos en un delantal sucio que le cubría la panza.

—¿Qué hace esa criatura en una jaula? —le pregunté en español—, usando las palabras que Garzón me había enseñado.

El hombre me entendió, explicándonos que lo estaba castigando por comer tierra.

—Quizás tenía hambre —dije—, indicando sus extremidades.

—¿Hambre, *senhor*? ¿No le ve el estómago? ¡Se parece a mi mujer cuando he cumplido con ella! ¡Y come tierra! Es peor que un animal, *senhor*, no se preocupe por él. Es feliz, ¿no lo oye cantar?

—¡Los abdómenes hinchados en los niños no indican que estén bien nutridos, idiota! ¡Baje enseguida a esa criatura!

---

1 Adiós a mis amigos y parientes, quizás no los vuelva a ver, y cuando esté en un país lejano, suspiraré por mi tierra nativa.

Tan enojada estaba que le hablé en inglés sin darme cuenta, por lo que me sorprendió ver que me obedecía. Desató la soga que mantenía la jaula en el aire mientras me explicaba que el niño estaba muy bien amaestrado.

—Si oye una canción, en cualquier idioma, la repite. No puedo venderlo por menos de un lingote de oro.

Garzón le dijo que no nos tomara por tontos.

El posadero le indicó al niño que saliera, pero sus piernas acalambradas por falta de movimiento no le permitían enderezarse. Quién sabe cuánto hacía que estaba enjaulado y las piernas se le habían atrofiado. Lo tomé en mis brazos, reposando la mejilla sobre su cabeza.

—No pesa más que una pluma.

Garzón me apartó.

—Si lo compra, el posadero obtendrá otro.

—¿Por lo menos podemos asegurarnos de que no lo devuelva a la jaula?

El posadero sonreía al guardar la moneda de oro que le dio Garzón, diciéndome que tenía el corazón tan tierno como el de una mujer. Entonces entendí que en cuanto nos diéramos vuelta pondría al niño en la jaula una vez más. La criatura me abrazó con fuerza cuando el posadero vino a llevárselo. Lo solté y salí corriendo, tragándome la rabia y la sensación de impotencia.

—

Como consuelo y distracción ante el triste final de nuestra primera salida juntos, Garzón obtuvo una invitación para cenar con un tal señor Foley, un mercader dublinés a quien conoció mientras les tomaban medidas a los dos en lo de su sastre. Era una persona agradable y cordial, y cuando Garzón le contó acerca de su compatriota llamado Michael Keating, recibió una invitación para llevar a su protegido a visitar la plantación de azúcar del señor Foley en las afueras de la ciudad. Lo seguimos por un angosto camino de tierra colorada, y me explicó que la tierra se volvía roja en Brasil cuando se cortaban los árboles. Cuando esto sucedía, la tierra no servía para los cultivos y se erosionaba durante las lluvias, creando zonas de desierto colorado que contrastaban con la selva que las rodeaba.

Nos guió a través de la selva, donde los árboles eran tan altos que las cimas parecían perderse en las nubes. Algunos estaban conectados por enredaderas que mandaban hasta la tierra brotes de más de cincuenta metros para echar raíces. Tenían la circunferencia de mi cintura y se entrecruzaban abrazando los árboles y atándolos los unos a los otros. Esta extensa familia de gigantes amarrados me recordó mi situación presente: amarrada a nadie y nadie amarrado a mí. Sentí una puñalada de desazón tan profunda que me olvidé de lo segura que me había sentido en la cabina de Garzón, y toqué la gaviotita que llevaba como un talismán junto al corazón.

La plantación yacía al pie de un cerro verde, y cuando llegamos, el esfuerzo necesario para sentarme erguida en la silla de montar requirió toda la fuerza que me quedaba.

—¿Se siente mal, Michael? —me preguntó Garzón.

Era el calor —le dije—, y desvié toda mi atención hacia la casa de adobe pintada de blanco. Tenía techo de paja y elaboradas barras de hierro en las ventanas, y creaba un contraste muy vistoso con la tierra colorada y los árboles tan verdes que la rodeaban. Era amplia y fresca, con persianas de madera, cortinas de encaje, y un piso de tierra barrida que me recordaba a las casitas irlandesas. Los cuartos que daban al patio tenían un aire de confort, y en el patio crecía un árbol con hojas redondas que proporcionaban sombra a prácticamente toda la superficie.

El señor Foley nos había invitado a pasar, cuando cinco niños entraron corriendo al patio, vestidos con pantalones y faldas rojas y amarillas. Cayeron sobre él como una lluvia de pétalos para revisarle los bolsillos, encontrando cintas, muñequitas de trapo, y animalitos tallados en hueso. Una de las niñas que se veía algo mayor siguió abrazándolo después de que los niños volvieran su atención hacia nosotros. Era evidente que el señor Foley estaba muy orgulloso de ella. Nos la presentó como la señora Foley, pero ella insistió en que la llamásemos Ismelda y él nos explicó que mientras los niños no hablaban ni una palabra de inglés, su esposa sí. Al verla más de cerca, me di cuenta de que no era tan joven como yo había supuesto; su forma de ser era tan juguetona que me había hecho creer que era una de sus hijas. Nos besó a los dos y comentó sobre la suavidad de mi piel, preguntándome si ya me afeitaba. Garzón la distrajo alabando a su familia; Ismelda golpeó las manos y los niños corrieron a servir refrescos mientras nosotros nos acomodamos en las sillas de mimbre.

Tomás, el menor, no le hizo caso a su madre y se quedó mirándome desde la puerta. Tenía una quemadura en el muslo y estaba por pedirle que se acercara cuando el señor Foley me preguntó si pensaba quedarme en Brasil.

—Viajo a Montevideo como socio de *monsieur* Moreau.

Garzón le contó su plan de emplear a los indios de las misiones.

—Es admirable lo que han logrado los jesuitas —dijo el señor Foley.

—Los indios de las misiones saben leer y escribir mientras que la mayoría de los españoles y portugueses en esta zona no saben. Muchos son artesanos expertos, y uno de los sacerdotes, de nombre Sepp, ha descubierto cómo extraer hierro de las piedras de *ytacurú* y ahora ¡lo funden en San Juan!

Claramente Ismelda temía que su esposo nos aburriera con sus historias, ya que en cuanto el señor Foley empezó a contar acerca de la maravilla mecánica instalada en la torre de la iglesia por el padre Sepp, —un reloj igualito al que el señor Foley había visto en Munich, con los doce apóstoles marchando a través de la cara del reloj todos los mediodías— Ismelda cambió de tema.

—Quizás a la gente del capitán no le fue bien durante esta lucha —dijo.

—Por favor discúlpeme si he sido insensible, capitán, dijo el señor Foley.

—La gente de mi madre todavía es libre, señor Foley.

La conversación hubiese fracasado de no ser por Ismelda. Sus padres —nos contó— habían sido esclavizados por los portugueses. Semejante comentario en una sala irlandesa nos hubiera sumergido en el más profundo de los silencios pero en esta parte de la colonia portuguesa no fue así. Los niños irrumpieron como una bandada de pájaros, abrazando a su madre y ofreciéndole fruta. Ella la aceptó, permitiéndoles cortarla y pelarla mientras que reservó para el más pequeño el privilegio de ponérsela en la boca. El señor Foley la invitó a contarnos su historia y los niños la alentaron.

—Cuéntanos, madre —dijeron—. ¡Cuéntanos cómo los portugueses atacaron tu aldea y cómo los resistieron!

Ismelda lo hizo, describiendo el ataque, con hombres y perros tan veloces y tan feroces que los guerreros no tuvieron tiempo de encontrar armas para defenderse. A las criaturas que no podían caminar las mataron. Los ancianos murieron gritándoles a los demás que corrieran y se escondieran, pero no pudieron escapar el círculo de azotes, de espadas y de perros. Mientras veía como a sus padres les ponían cadenas alrededor del cuello y de los tobillos y los unían a los otros sobrevivientes, Ismelda había presenciado cómo incendiaban su aldea.

—Los perros persiguieron a los que habían conseguido escapar y les trajeron los pedazos a sus dueños. Al resto, nos forzaron a caminar a través de la jungla durante el día, y por la noche nos dejaban tirados, tan rendidos que no hacíamos más que descansar los pies sangrantes y consolarnos con pedazos de pan llenos de gusanos.

El agua era insuficiente y con cada día que pasaba aumentaban los eslabones vacíos entre los que todavía podían caminar. Los muertos quedaban atrás en la humedad tórrida de la selva alimentando a las hormigas. Cuando llegaron al puerto de Seguro solamente quedaban vivos dos de los nueve niños. Uno de ellos era Ismelda. Llegó a Río de Janeiro encadenada de un lado a un cadáver putrefacto y del otro a una mujer enloquecida de dolor durante su batalla por defender a su criatura de las ratas bajo cubierta.

Me senté a su lado, consciente de que mi vestimenta de hombre me impedía hacer más que murmurar la pena que me daba su historia. Me sentí avergonzada por la envidia que había sentido cuando había visto su casa tan cómoda, su próspero esposo y sus bonitos hijos. Mi melancolía había hecho que me comparase con ella, sintiéndome tan desprovista de motivos de alegría que hasta ese momento me había comportado con una mínima cortesía hacia ella.

Garzón le dijo francamente cuánto la admiraba por querer que sus hijos supieran que una vez había sido esclava.

—William lo quiso así —dijo ella—, mirando a su esposo con afecto.

Ya que a su madre no le interesaba más la fuente de frutas Tomás me la ofreció a mí y le pedí que me identificara los mangos, papayas y cocos de que hablaba. Los probé todos, y los mangos resultaron ser mis favoritos. A Tomás le sorprendió que tales frutas no crecieran en Irlanda. Cuando le señalé su quemadura y le pregunté cómo se la había hecho, escondió la cara en la falda de su madre, mientras su padre me explicaba que Tomás había corrido demasiado cerca del fuego cuando le habían dicho que no lo hiciera, y se había quemado por desobediente.

Pedí vinagre y ceniza de cedro, y les expliqué que uno de los marineros me había enseñado ese remedio para las quemaduras y yo quería probarlo con Tomás. Hice un puré de banana, le agregué unas gotas de vinagre, un poco de manteca, y para prevenir las cicatrices, un puñado de las cenizas. Garzón distrajo a Tomás hablándole en portugués y mostrándole sus boleadoras. Me sorprendió el parecido entre el portugués y el castellano y pude entender casi todo lo que Garzón le contó a Tomás acerca de sus antepasados, los charrúas, quienes usaban las bolas con consecuencias mortíferas en sus batallas contra los soldados españoles. A veces —le contó—, tallaban piedras con puntas, llamadas «rompe-cabezas». Esperando capturar algún mono, Garzón había traído las boleadoras atadas a su recado. A mí me interesaban tanto como a Tomás, ya que había visto practicar a Garzón a bordo del Buenaventura. La primera vez que vi las piedras redondas atadas con tres tientos de tripa fue cuando volaron sobre mi cabeza hacia uno de los mástiles donde se enroscaron con tal fuerza que sin duda me habrían decapitado si hubiese sido más alta. Garzón no me había visto y pensé que se desmayaría de susto cuando se percató de lo que casi había hecho.

Antes de partir, le dije a Ismelda que le limpiase a Tomás la quemadura con agua tibia varias veces al día, renovando la cataplasma. Al haber hecho algo útil me sentía menos malhumorada durante nuestra cabalgata de regreso a la ciudad, aun cuando nos sorprendió una tormenta con truenos y relámpagos tan violentos que los caballos se espantaron y pararon de galopar solo cuando encontraron un seto dentro del cual intentaron esconderse.

Desmontamos bajo una cortina de agua, nos quitamos las chaquetas y cubrimos las cabezas de los caballos con ellas, calmándolos lo suficiente como para volver a la ciudad donde los canalones de los techos descargaban arcos de agua tan potentes que convertían las calles en ríos de barro colorado.

Esa noche me recosté en mi litera escuchando el crujido del barco y el chapoteo del agua.

La lluvia había lavado la bahía y reinaba el silencio. De vez en cuando los gemidos distantes del buque negrero flotaban sobre el agua.

Me sobresalté al oír pasos sobre la cubierta. Era demasiado temprano para cambiar la guardia y al escuchar un murmullo de voces, abrí la puerta.

El pasillo estaba oscuro y tuve que tantear la pared hasta llegar a la escalera. No bien puse el pie sobre el peldaño, sentí el redoblar rítmico de un tambor, y después, de otro, un llamado profundo e irresistible que hacía vibrar la madera bajo mis pies.

Subí los escalones y abrí un poco la escotilla. La luna iluminaba la escena. Tres tamborileros repicaban sobre la plataforma donde había estado la estatua de la Virgen antes de la tormenta que se la había llevado a la mar. Estaban descalzos y vestidos de blanco, sus manos como golondrinas lanzándose sobre los altos tamboriles.

Al intensificarse el ritmo, los marineros, usando barriles, baldes, cucharas de madera, fuentes, y la cubierta misma, convirtieron el barco en un gran tambor pulsante.

Garzón apareció desde las sombras de la cubierta de proa y los hombres, sin romper el ritmo, hicieron lugar para él junto a los tamborileros. Con los tacos de las botas comenzó un fuerte contrapunto al ritmo de los tambores. Al principio solamente movía los pies, las manos entrelazadas detrás de su espalda, pero al acelerarse el baile todo su cuerpo se unió al ritmo cada vez más potente. Se quitó la camisa, abrió los brazos y comenzó a hacer girar las boleadoras, tan rápido que se hicieron borrosas, su forma transformada por el movimiento circular alrededor de su cuerpo. El cabello negro le volaba y los hombros le brillaban de sudor.

Atraída al pulso que unía a los hombres en la cubierta, olvidé el temor que había sentido. La sangre me corría más rápido, creando una sensación de euforia que me hacía sentir parte del sonido mismo. Justo en el momento en que pensé que no podría quedarme abajo y tendría que unirme al frenesí, los tamboriles callaron y cesó el baile. Las bolas pararon lentamente, enroscándose alrededor de las muñecas de Garzón, y todos quedaron inmóviles, jadeando y escuchando.

Nos llegó un eco lejano del trueno del Buenaventura, una respuesta desde el buque negrero, y el sonido más valiente que jamás oiría, manos y pies encadenados mandándonos una débil respuesta. Un tambor libre del Buenaventura les contestó en suave despedida, y cayó el silencio.

Los tamborileros volvieron a tierra, sus mantos blancos susurrando sobre la cubierta y rozándome los dedos al pasar por el lugar desde donde estaba observando, mis ojos nivelados con los tablones. Se despidieron, y Garzón recogió su camisa, se secó el rostro, y con mucha delicadeza levantó un bulto que habían dejado los tamborileros. Dos manitas oscuras se envolvieron alrededor de su cuello, cayeron las envolturas y vi al niño enjaulado que había tenido en mis brazos ese mismo día.

Capítulo IV

Como había dicho el posadero, el niño aprendía idiomas sin esfuerzo y con perfecta pronunciación aunque no parecía entender ni una palabra de las que cantaba. No logró decirnos su nombre, por lo que seleccionamos unos cuantos y elegimos el que más parecía gustarle: Orlando.

Al principio, Orlando dormía bajo la mesa en la cabina de Garzón, sonriendo lastimosamente y con temor cuando yo me acercaba. Si le extendía los brazos, venía, y al cabo de unos días me permitió alzarlo. Fue entonces que se lo presenté a la tripulación. Al aumentarle las fuerzas, se empezó a agarrar de las barandas y a erguirse, y aunque yo temía que las piernas le quedaran para siempre deformadas, empecé a pensar que quizás llegaría a caminar algún día.

Salimos de Río de Janeiro en setiembre, pero un pampero nos desvió y forzó hacia altamar por cuatro días antes de lograr aproximarnos a Montevideo. Orlando se entusiasmó cuando vio aves que sobrevolaban la embarcación, y Garzón, que siempre le hablaba como si Orlando lo comprendiera perfectamente, le explicó que el que ya viésemos pájaros no implicaba que hubiéramos llegado todavía, ya que los pájaros vuelan hasta treinta leguas de la costa. Puso a un centinela en la cofa de vigía, y tres días más tarde, pasamos por la Isla de Lobos, donde cientos de lobos marinos yacían plácidamente tendidos al sol. Orlando demostró que su oído no era solo para los idiomas. Imitaba tan bien los sonidos de los animales, que cuando pasamos a su lado nos miraron sorprendidos.

Al acercarnos a la bahía, Garzón se preparó para sondear. Eran necesarias diez brazas para entrar, y como el río tenía una multitud de bancos de arena era importante encontrar el canal adecuado. Seguimos sondeando hasta que apareció la costa y en cuanto pasamos la pequeña Isla de Flores, viramos a la derecha. Al acercarnos a Montevideo y al gran Río de la Plata vimos cormoranes sobrevolar por encima de nuestras cabezas y unas toninas negras vinieron a darnos la bienvenida. Me hubiera gustado unirme a Garzón y los marineros cuando se quitaron la ropa y se tiraron al agua a jugar con ellas. Las toninas parecían comprender que era un juego y saltaban haciendo piruetas en el aire y desapareciendo bajo las olas, burlándose de los hombres con ojos pícaros, sabiendo que ellos se cansarían y no las podrían alcanzar.

Una vez que entramos al río tuvimos que asegurarnos que evitaríamos el traicionero Banco Inglés donde los barcos frecuentemente quedaban encallados.

—Es un nombre acertado, ¿verdad, Garzón? —le dije mientras esperábamos en la llovizna.

—¡Un banco de arena traicionero nombrado por un grupo traicionero como los ingleses!

Garzón estaba ocupado y no me oyó. Tenía las manos aferradas a la baranda, mientras con aire de seguridad daba órdenes de desenrollar una soga de varias brazas y echarla al agua. En un extremo había atado un pedazo de plomo, sumergido en cera.

—¡Veinte brazas de arcilla! anunció el sondeador cuando subieron la soga.

—¿Cómo sabe?

—Por el color del lodo pegado a la cera.

El sol salió a recibirnos mientras una torre cuadrada y toscamente labrada aparecía a lo lejos. Garzón se quitó el sombrero y sacudió las gotas de lluvia, revelando una cinta roja que le ataba el cabello y daba el único toque de color, contrastando con el azul marino de su abrigo. Indicó el arco iris que atravesaba los cielos, uniendo la pequeña ciudad apenas visible en el horizonte con nuestro barco que se balanceaba en las olas.

Alzó a Orlando y lo arropó bajo su abrigo.

—La gente de mi madre cree que los arcoíris nacieron cuando el murciélago era todavía un ser hermoso, y lucía una pluma de cada pájaro del planeta. Al volar sus colores pintaban el cielo.

Percibí un destello de algo parecido a la curiosidad en la cara de Orlando y le pregunté a Garzón cómo era que el murciélago había perdido sus plumas.

—Se volvió consentido y Dios lo castigó, devolviéndoles las plumas a los pájaros.

Bajamos un bote y varios marineros se prepararon para remar a puerto para gestionar la entrada del buque. Mientras aguardábamos el permiso, le dibujé la leyenda a Orlando, y estudió el dibujo fijamente hasta que la voz de Garzón lo distrajo.

—¿Están prontas las sedas? —Garzón le preguntó a Martínez.

—Sí, *monsieur*. Y las pistolas de duelo también.

—¿Cómo? —dije.

—¿Va a pelear en un duelo?

Garzón me explicó que las pistolas eran para el coronel de la fortaleza.

—Le traigo un obsequio cada vez que vengo. De esa manera sus hombres no piden ver el permiso.

Me di cuenta que igual que su padre, Garzón no tenía permiso.

—Todos esos cueros que lleva a Irlanda, ¿son contrabando?

—Los mercaderes españoles en Sevilla exigen un impuesto del cincuenta por ciento para todos los bienes exportados de las colonias, y solamente los podemos vender en España. El impuesto no sirve para nada a no ser para enriquecerlos a ellos. Las colonias no reciben ningún beneficio.

—¿Y si lo descubren?

—Me mandarán a la horca. No se permite importar mercadería por el puerto de Montevideo. Todo el algodón y hierro debe cruzar el océano Atlántico desde España a Panamá y de allí al Perú, donde se manda por mula a La Paz a través de los Andes, y de allí a Buenos Aires. Nada puede legalmente desviarse de esa ruta, que una vez que conozca algo de geografía, verá que es evidentemente absurda.

—¡Me lo podría haber dicho antes! ¡O quizás asumió que yo estaría de acuerdo!

Lo que dijo fue ahogado por el sonido del cañón anunciando que habíamos recibido permiso para entrar a la bahía.

El pequeño poblado de Montevideo tenía solamente veintitrés años, un año más que yo cuando eché pie a tierra en octubre del año 1746. Estaba construido sobre una angosta península protegida en tres lados por el río y en el cuarto, por un alto paredón. Sobre las praderas que lo rodeaban se veían ganado, caballos, y ovejas pastando. Los portones abrían y cerraban a la madrugada y a la puesta del sol, y los vendedores ambulantes pregonaban en la Plaza Mayor.

La vegetación cerca de las dunas a lo largo de la costa era una mezcla de árboles majestuosos y sedosos pastos, y la pequeña ciudad era dulce como una canción de cuna comparada a Río de Janeiro. La población estaba compuesta de soldados, sus familias, los sacerdotes jesuitas, algunos esclavos africanos y nativos, y varias familias traídas de las Islas Canarias para poblar este destacamento lejano del Imperio español.

La mayoría de las casas estaban hechas de adobe, con techos de paja y cueros. De vez en cuando aparecía una residencia más importante hecha de piedra y ladrillo. Por las catorce callecitas angostas se oía el pregonar de los vendedores ambulantes mezclándose con los gritos de las gaviotas que surcaban el cielo. Las ruedas de las carretas crujían y los bueyes que las tiraban mugían mientras arrastraban su cargamento dentro y fuera de la ciudad. Las horas no significaban mucho, excepto para el hombre cuya responsabilidad era abrir y cerrar los portones a la salida y puesta del sol, y para los que tocaban las campanas de la iglesia convocando a los fieles.

Los soldados españoles se agrupaban en las esquinas, haciendo ostentación de sus espadas y de sus sonrisas cuando pasaban las señoritas con sus chaperonas. Había algo en el aire perfumado de la ciudad, donde las flores asomaban en cada recoveco, que parecía llenar de paciencia a las acompañantes a pesar de su aspecto severo y de sus vestidos sombríos. Se paseaban descuidadas bajo los almenajes, permitiéndoles a las jóvenes aletear los abanicos e intercambiar miradas con los soldados enamoradizos.

Al igual que Cork, Montevideo disfrutaba de las ventajas de una admirable bahía, y de un comercio basado en muchos de los mismos artículos. Las principales exportaciones españolas eran la carne curtida y cruda, y el sebo. Lo mismo era cierto de Irlanda, además de la exportación de manteca y lana, huesos para los torneros y para los fabricantes de cuentas y juguetes en Holanda. Eso sí, el número de cueros era muy diferente. Todo el condado de Cork exportaba 37.000 cueros por año, la misma cantidad que Garzón llevó en un solo viaje a Francia cuando estableció su primera fortuna.

Era natural que el contrabando fuese común en ambos sitios. Los mercaderes en las colonias españolas trabajaban bajo severas restricciones y se les permitía tratar solamente con representantes de la Corona, quienes pagaban tan poco por la mercancía, que si no hubiera sido por el enorme número de cueros que había para vender, casi no valía la pena el esfuerzo. En Irlanda se pagaban impuestos y estaba prohibido exportar bienes a cualquier país en guerra contra Gran Bretaña lo cual efectivamente eliminaba a la mayor parte de Europa.

Como solía hacerlo para medir las ventajas y desventajas de las propuestas de negocio de mi padre, hice una lista comparativa entre ambas ciudades.

Cork	*Montevideo*
Población 60.000	*Población 300*
El río Lee corre por el centro de la ciudad y de vez en cuando entran los delfines, presagiando temperaturas agradables.	*El Río de la Plata abraza la ciudad, y las toninas saltan siempre, con sol o con lluvia.*
Las calles ascienden desde el río en todas las direcciones y los mercados abundan.	*Las calles son planas, rectas y angostas y se entrecruzan como en un tablero de damas. Hay solamente un mercado.*

Balcones al estilo español adornan las casas en ambas ciudades.

Papá usaba las paredes de Cork para ilustrar las etapas de su historia, enseñándonos a Michael y a mí a leer esas antiguas piedras como si fueran libros. Las murallas de Montevideo eran nuevas y su historia todavía no había sido escrita, recordándome a una mujer que había visto en la Plaza Mayor con un niño en brazos. Su historia se manifestaba en cada arruga, mientras que la piel del niño era lisa y sin marcas.

Como había anticipado, Orlando cobró fuerza y empezó a caminar un poco más lejos con cada día que pasaba. Descansábamos en la iglesia, sentados al sol, mientras los pájaros entraban y salían por las puertas y las ventanas, y una señorita paseaba con su chaperona echándome cálidas miradas. Garzón me recomendó que no saliera del barco a menos que quisiera encontrar una prometida.

Todas las tardes, antes de la bendición, un sacerdote entraba al confesionario hermosamente esculpido al fondo de la iglesia. Una tarde me uní a los fieles que aguardaban absolución, decidida a encontrar el coraje de arrodillarme frente a la ventanita cortinada y desahogarme del pecado de haber asesinado a Tobías. Ganó la cobardía, y antes de que la última persona recibiese su penitencia, corrí temblando fuera de la iglesia hacia la bahía. A lo lejos, las aguas del océano Atlántico se encontraban con el Río de la Plata. Hoy, el lugar donde los dos gigantes se unían estaba delineado en dos tonos de azul, como si el agua estuviese pintada en un mapa. Ayer, se habían combinado sin dejar el menor indicio, como una anciana pareja totalmente de acuerdo y adquiriendo rasgos uno del otro.

Todavía temblaba cuando respiré hondo y miré hacia el este, donde las playas se extendían hasta el horizonte. Detrás de mí y hacia el oeste yacían las pampas que deseaba explorar. Me había prometido a mí misma que empezaría mi nueva vida despojándome de la vieja con una confesión, y no fue la vergüenza la que me impulsó a salir corriendo de la iglesia, sino la comprensión de que no me pesaba que Tobías hubiese muerto. No había querido matarlo, y si lo hubiera podido salvar, probablemente lo habría hecho. Pero eso era antes de haber conocido a Garzón. ¿Podría arrepentirme ahora, cuando Tobías vivo hubiese significado quedar atada a él para siempre? Fue en ese momento, mientras ensayaba mi confesión, que me di cuenta que estaba perdidamente enamorada.

Desacostumbrada a estar ociosa, llevaba mi cuaderno de bosquejos siempre conmigo. En mi país, el dibujo había sido mi pasatiempo privado. No había tenido el lujo de que me hubiesen enseñado la técnica, ya que era una actividad reservada para las damas de familia adinerada. Pero aquí, mis esfuerzos por capturar la majestuosidad del río, el encanto de la ciudad, y los personajes pintorescos que la habitaban, provocaban mucha curiosidad y asombro, ya que no se consideraban dignos de ser representados por el arte. La muerte del rey Felipe ese año, dictaba una etapa de luto para todos, y hasta los niños usaban brazaletes negros, pero era imposible reprimir los arranques de color en los chales, el vislumbre breve de una enagua, y la flora natural del lugar, desbordando de los balcones y trepando por las paredes.

El dibujo que más orgullo me provocaba era uno a lápiz que hice del Buenaventura. A pesar de los defectos que un artista entrenado sin duda le hubiese encontrado, cada vez que miraba el dibujo sentía que había logrado captar la gracia del velero. Cuando lo terminé, escribí con tinta en letras pequeñas: *El Buenaventura, 90 pies de largo, 27 pies y medio de ancho, y 11 pies de profundidad.*

—¡Estoy impresionado por su capacidad de recordar todos esos números! —me dijo Garzón cuando se lo presenté en su cabina.

—Siempre tuve gran habilidad con los números. Era la mejor alumna y llevaba los libros mejor que mi hermano, y papá lo sabía. Éramos nosotros los que manejábamos los negocios, aunque a papá le hubiese gustado que Michael se interesara. Hablando de negocios —dije—, me gustaría ver lo que hay más allá de Montevideo.

—No hay nada más allá de Montevideo, contestó Garzón mientras buscaba dónde colgar el dibujo. La ciudad es una isla aislada y bien defendida, en medio de un mar de indígenas hostiles. Quitó un mapa y colgó mi dibujo en su lugar.

—¡Perfecto! Dio un paso atrás y lo admiró, sonriendo. Nunca he querido tanto al Buenaventura como ahora que usted lo hizo inmortal.

Me sonrojé de placer.

—Acerca de nuestra excursión…

—Apartarse de las murallas no es algo que se hace a la ligera.

—Usted salió a cazar perdices ayer.

—Y lo volveré a hacer mañana.

—Lo acompañaré.

—¡Bueno, pero si se la llevan los indios no será culpa mía!

Al otro día Garzón apareció con dos hermosos bayos, con monturas y riendas cubiertas de plata. Llevaba dos cañas con nudos corredizos en una punta, hechos con pelo de caballo. Describió la maniobra que se usaba para cazar perdices como «tan simple que se puede ejecutar sin que el caballo tenga que interrumpir su paso». Se le daba vueltas a la perdiz hasta que se detuviera junto a una planta, entonces se le ponía el nudo corredizo por la cabeza y se le daba un golpecito en la cola con la otra punta de la caña. La perdiz corría y se estrangulaba.

Las perdices nos hicieron el favor de corretear alrededor nuestro, evitando a los caballos, y más seguras de poder escapar que yo de poder agarrarlas.

Garzón empezó a darles vueltas, y como había pronosticado, una se quedó inmóvil junto a un arbusto. Él bajó la caña, la perdiz vio el nudo y se lanzó por entre las patas del caballo, desapareciendo en la maleza. Garzón repitió este ejercicio varias veces hasta que yo me reí tanto que cuando por pura casualidad le puse el nudo a una perdiz —algo que Garzón no había logrado—, me olvidé de darle el golpecito y con mucha destreza la perdiz se escapó junto con todas sus compañeras. Hoy no comeríamos perdices, pero al cocinero del barco no le molestó ya que la carne abundaba.

Orlando y yo estábamos abrumados por la abundancia de comida, y nos volvimos glotones. Él todavía no nos había dirigido la palabra, pero de vez en cuando cantaba, y en sus canciones empecé a oír las palabras que estaba aprendiendo. Desde su llegada a Montevideo, sus canciones habían sido acerca de todas las delicias que le gustaba comer.

El pescado que los dos pescadores encargados de suministrar a la ciudad traían todas las mañanas era de un sabor y variedad desconocidos para nosotros. Orlando y yo lo probamos cubierto en pan rallado y frito, escabechado en jugo de limón, hecho a la parrilla, y mezclado con arroz. En la plaza de la verdura elegíamos nuestros vegetales favoritos, y yo siempre pensaba en cómo le hubiese gustado a mi madre ver tanta abundancia. Esparcidas entre los conocidos nabos, lechugas, cebollas y ajo, se veían desconocidas variedades de maíz en varios colores, zapallos y calabazas de todo tamaño, frijoles, tomates, mandioca, y pimientos. El aire estaba perfumado por el aroma de las frutillas, duraznos, peras, higos, uvas, manzanas y melones. La primera vez que fuimos al mercado vimos huevos de gaviota, perdiz y ñandú, y cuando pasaron las pasteleras con sus bandejas y sus tacitas de azúcar para los que como nosotros, deseaban esparcir aún más dulzura sobre las capas de masa de mil hojas llenas de los dulces y las jaleas hechas de todas las frutas de la zona, compramos tres diferentes pasteles cada uno.

Los pantalones de Michael ya no me colgaban, y cuando Garzón llevó a Orlando al sastre para hacerle un traje, descubrimos que había crecido y aumentado de peso.

Al acercarse el momento del encuentro con el padre Manuel, de quien dependía gran parte de nuestro futuro, le pregunté a Garzón por qué se les permitía solo a los jesuitas y a los indios ir y venir libremente de las misiones.

—Los padres son muy cuidadosos con las visitas y lo que se permite ver. Ni siquiera el obispo puede entrar a una misión sin permiso.

Garzón me explicó que el rey esperaba recibir un peso por cada indígena bajo su jurisdicción, lo llamaban un «impuesto por cabeza», y el gobernador de Buenos Aires debía visitar las misiones cada cinco años para verificar las cuentas de los sacerdotes. El padre Manuel y sus colegas habían encontrado formas de impedirlo y de fijar el impuesto en un tercio de lo que se requería que pagaran.

—Tan sospechosos son de los forasteros que ni les tienen confianza a los funcionarios de su propia iglesia. Es por esa razón que permiten pocas visitas, incluso por parte del obispo.

—¿Cómo consiguió que le tuvieran confianza a Ud.?

—No creo que lo haya conseguido todavía, pero al padre Manuel le gusta mi idea de emplear a los indios de Santa Marta. Fue más fácil convencerlo a él que al jefe del cabildo. Él ha hecho todo lo posible por ponerle trabas a mi plan.

—¿Qué es el cabildo?

—El Consejo de Indios, encabezado por un hombre llamado Cararé. Un católico muy estricto, que jamás se desviará de su devoción a la Iglesia y al rey, aunque tanto la Iglesia como el rey lo consideran tan poco merecedor que no lo aceptarían ni como sacerdote ni como funcionario público.

«Al igual que las mujeres irlandesas» —pensé. Ellas también formaban la piedra angular de la Iglesia sin poder ejercer ningún poder dentro de ella.

—Así que no solamente no me informó de que ser su socia significa convertirme en contrabandista —dije—, ¿sino que todavía debemos convencer a las personas de quienes depende nuestro éxito?

Tuvo la cortesía de agachar la cabeza, pero cuando me miró fue con ojos muy alegres.

—¡Cuento con usted para encantar a don Cararé!

Santa Marta quedaba a varias horas de la ciudad. Al acercarnos, comprendí por qué las misiones podían despertar envidia. Pastando a mi alrededor había ganado, ovejas y caballos tan numerosos que habría sido imposible contarlos, y empalizadas de caña rodeaban el *tupambaé*, los campos sembrados que mantenían a los habitantes de la misión y que ayudaban con el tributo anual que se le debía a la Corona española.

La misión misma estaba rodeada de altas paredes de piedra, con atalayas en cada esquina. Desde ellas nos vieron a Garzón, Orlando y a mí un buen rato antes de que llegáramos a las puertas de casi veinte pies de altura que prohibían la entrada, y los guardias nos saludaron, pidiéndonos que esperáramos mientras pedían permiso para dejarnos pasar. Poco después escuchamos el sonido del cerrojo y las puertas se abrieron, revelando una gran plaza cubierta de pasto, con una cruz y un aljibe en el centro. Cruzando la plaza estaba la iglesia, un imponente edificio con varias campanas en lo alto de su campanario. Mientras los caballos eran llevados a los establos, yo estudiaba los talleres llenos de complejos y coloridos tallados, pintados con vívidos colores. A mi derecha, otros edificios, conectados por un pórtico formando arcos de piedra, se extendían a lo largo de la plaza.

Sentí que Orlando se me acercaba y observé que tenía los ojos clavados en un hombre que marchaba hacia nosotros. Vestía pantalones y camisa de algodón y un poncho tejido, y como Garzón, el pelo le llegaba a los hombros con una vincha cruzándole la frente. Traía un bastón alto y tallado, coronado con una manzana de plata. Apoyó el bastón en la tierra mientras nos estudiaba con sus grandes ojos oscuros. Nos hizo una reverencia y se dirigió a Garzón.

—Bienvenido a Santa Marta una vez más, capitán.

—Gracias, don Cararé —le contestó Garzón devolviéndole una profunda reverencia.

—¿Me permite presentarle a mis amigos?

Cararé inclinó la cabeza.

—El señor Michael Keating y el joven Orlando.

Temía no recibir el visto bueno. Cuando me enderecé después de hacerle mi reverencia a don Cararé tanto me desconcertó su mirada cálida y llena de buen humor que casi no escuché su invitación de acompañarlo a la casa de los huéspedes.

Orlando me detuvo en el camino, miró a don Cararé, y señaló hacia una mula con un palo adjunto a la montura, dando vueltas a una prensa que trituraba caña de azúcar. Don Cararé entendió que Orlando sentía curiosidad pero que no iba a formular su pregunta, por lo que le habló despacio, observando la expresión del niño. Le explicó cómo una vez que los baldes debajo de la prensa se llenaban de jugo los transportaban a varias ollas grandes colgadas sobre unas fogatas cercanas.

Allí, bajo un colorido toldo, tres mujeres llenaban moldes de madera con el almíbar y los alineaban hasta que el almíbar se endurecía. Del montón que llenaba las canastas a sus pies, una de ellas tomó un bloque de azúcar y se lo ofreció a Garzón, diciéndole algo en un idioma desconocido para mí. Su gesto fue recibido con carcajadas por parte de sus compañeras y una mirada severa de Cararé que me hubiera matado de vergüenza, pero en ella no tuvo más efecto que hacerla cambiar de idioma y hablarle a Garzón en castellano. Me había dicho lo que significaban esas palabras y que eran un saludo tradicional en la colonia, pero no me gustó la contestación: «Estoy a sus pies, señora».

—y menos lo que dijo ella—: «Le beso la mano, caballero».

A Cararé también le desagradó y le dijo que le iba a tener que explicar al Pa'I Mini dónde había aprendido semejantes saludos —más tarde supe que el Pa'I Mini era el padre Antonio, que trabajaba con el padre Manuel.

La joven, llamada Itanambí, inclinó la cabeza pero no con humildad, simplemente para ocultar su sonrisa. Cruzamos la plaza y le pregunté a Garzón cuál era el lenguaje que había hablado Itanambí y qué le había dicho cuando le dio el azúcar.

—Me habló en guaraní y me ofreció azúcar para endulzar mis besos.

Esta respuesta no mejoró mi opinión de ella como una coqueta descarada y me sentí casi tan severa como Cararé cuando se despidió para informarle al padre Manuel de nuestra llegada.

La casa de huéspedes era pequeña, limpia, y estaba amueblada con sencillez. Tenía dos camas contra una pared con mantas dobladas al pie y almohadas en la cabecera. Los soportes eran de madera, atados con tientos negros, marrones y blancos, entrecruzados y haciendo juego con los apoyabrazos y los asientos de las dos sillas. También había un lavabo y una mesa, y del techo colgaba una cadena con un candelabro. Era un buen ejemplo de metalistería, perfectamente balanceado para sostener tres velas y sus apagavelas, y se podía bajar o subir con una cadena fina conectada a la pared. La única ornamentación del cuarto era un crucifijo de madera colgado entre las camas.

Antes de irse, Cararé prendió el fuego y puso la caldera a hervir en la estufa. El chisporroteo de la leña y el resplandor de las llamas hicieron que el cuarto pareciese más acogedor.

Al poco tiempo apareció en la entrada un hombre alto y delgado vestido con pantalones y camisa simples y oscuros. No lucía la tonsura que había visto en los sacerdotes de Montevideo, y tenía el cabello recogido en la nuca con una cinta negra. Lo saludó a Garzón con calidez, abrazándolo y palmeándole la espalda.

—He vuelto, padre, y traje a mi amigo Michael Keating.

Me arrodillé frente a él y le pedí su bendición, manteniendo la mirada fija en sus sandalias de cuerda. Me tocó el mentón y me hizo alzar la cabeza. Al encontrar sus ojos quedé sorprendida al ver que uno era verde y el otro marrón.

—Bienvenido a Santa Marta.

Hablaba bien el inglés, con un acento más pronunciado que el de Garzón. Me ayudó a levantarme y dirigió su atención hacia Orlando.

—¿Y quién es este joven?

—Me llamo Orlando.

Garzón y yo nos miramos atónitos, y yo me arrodillé junto a Orlando y le dije lo encantada que estaba con sus palabras, pero agachó la cabeza y no dijo más nada.

—Creo que a Orlando le gustará algo que hay en este cuarto. El padre Manuel se acercó a un estante y tomó una caja, poniéndola sobre el cuero blanco y negro junto al hogar. Él y Orlando se sentaron con las piernas cruzadas y abrieron la tapa. Uno de los compartimientos contenía bolitas de vidrio de colores; otro, cuentas de arcilla para hacer collares, y el último un grupo de soldaditos minuciosamente tallados y uniformados con tanto detalle que hasta los botones, del tamaño de la cabeza de un alfiler, se podían desabrochar, revelando las camisillas por debajo. Orlando quedó inmediatamente cautivado y el padre Manuel se levantó y nos invitó a sentarnos a la mesa.

En ese momento entró Itanambí. Todo, desde sus ojos punzantes e inteligentes hasta el arcoíris de cintas alrededor de su falda llamaba la atención. Traía una calabaza marrón con una cuchara de plata saliendo de ella. La llenó de un té verde, finamente molido, y me di cuenta de que la cuchara no era una cuchara sino un utensilio hueco con agujeritos en la base bulbosa. Itanambí le prestaba tanta atención a Garzón que el padre Manuel le quitó el mate de las manos y la llevó a la puerta. Repentinamente mi intuición me dijo que ella y Garzón habían sido amantes. Quizás lo eran todavía.

—¿Le ha hecho conocer el mate al señor Keating, Garzón?

—Todavía no.

El padre Manuel tomó un sorbo y se lo ofreció a Orlando. Orlando no lo quiso probar y se lo pasó a Garzón, quien lo bebió y me lo pasó a mí.

—Convierte en hermanos a quienes lo comparten —dijo Garzón.

—Y en hermanas, agregó el padre Manuel.

El brebaje era amargo y sin querer hice una mueca.

El padre Manuel rió.

—Hay quienes lo prefieren dulce, como los besos de Garzón.

Lo miramos como si fuera adivino.

—En una comunidad tan pequeña como la nuestra no hay secretos y Cararé y tres de las mujeres me detuvieron para contarme del intercambio con Itanambí.

—Me parece mejor que sepa, padre, que el señor Keating es una mujer.

—Me hubiera sorprendido que le diera semejantes miradas a un hombre, Garzón.

Este comentario lo dejó a Garzón incapaz de formular una

respuesta, y a mí deseando que la tierra me tragara. El padre Manuel disolvió un pedazo de azúcar en la caldera y le agregó agua al té.

—Pruébelo ahora, señor Keating. Me dirigiré a usted de esa manera hasta que vista de mujer, si no me olvidaré y lo pondré en un aprieto.

Probé el brebaje y encontré que el sabor, junto con mi estado de ánimo, había mejorado.

—A uno de mis cuerpos celestes favoritos también le gustaba disimularse. Hace mucho, mucho tiempo —dijo mientras yo le devolvía el mate—, la luna quiso visitar la tierra. Jamás la había tocado aunque la podía ver desde su lugar en el cielo. Sus amigas las nubes se pusieron de acuerdo una noche y cubrieron el cielo mientras que ella se disfrazó de doncella y bajó a visitar la tierra. Caminó por las selvas, olió las flores y quedó maravillada con los animales. Llegó a una laguna con aguas claras y tranquilas que parecían llamarla. Nadó, y al salir del agua la atacó un jaguar. Un viejecito que había venido a llenar su calabaza, la defendió e hizo que el jaguar retrocediera. A esta altura la luna tenía mucha hambre y aceptó la invitación del viejecito de acompañarlo a su casa a comer con su familia. Cuando regresó a su lugar en el cielo, miró a través de la ventana de sus nuevos amigos y se sintió muy apenada al verlos sentados junto al fuego sin nada que comer. Habían usado toda la harina la noche anterior para hacerle comida a ella. Una vez más, la luna les pidió a las nubes que la ayudaran, y alrededor de la choza del anciano cayó una lluvia muy especial. Al amanecer la choza estaba rodeada de árboles cubiertos de flores blancas. Eran árboles de yerba y de sus hojas se hacía el mate. La hija del viejecito vivió para siempre. Es dueña de los yerbales y va por la tierra ofreciéndoles mate a todos los que encuentra en el camino.

Orlando escuchó cautivado, y el padre Manuel le preguntó si había entendido su inglés. Orlando volvió a jugar con los soldaditos.

—Tiene una aptitud especial para los idiomas —dije— pero la usa mayormente para sus canciones. Y usted, padre, ¿dónde aprendió el inglés?

—Aquí en Santa Marta, hace dieciséis años, en 1730, un joven inglés llamado Thomas Falkner llegó a Montevideo, encomendado por la Royal Society de Londres para el estudio de las plantas con propiedades curativas de la zona. Al poco tiempo se enfermó y estuvo grave por varias semanas. Lo trajeron aquí a la misión para que lo cuidáramos y mientras se recuperaba nos enseñó inglés a Cararé y a mí, y se enteró que la esposa de Cararé, Wimencaí, es curandera. El Dr. Falkner quería estudiar sus plantas así que le enseñó inglés a ella también. Se sintió tan agradecido hacia nosotros que se convirtió al catolicismo y decidió hacerse sacerdote jesuita. Fue a Córdoba para su entrenamiento y para ser ordenado, y allí se ha quedado hasta el día de hoy.

—¡A mí también me interesa el tema, padre! Me ganaba la vida como partera y me gustaría conocerla a.... —No pude pronunciar su nombre y el padre Manuel me ayudó.

—Wi-men-caí. En el idioma de su pueblo, los chaná, *wimen* significa sabia. Viaja durante cada estación a las zonas donde crecen las plantas y las semillas que usa. La conocerá cuando regrese.

Garzón estaba impaciente por hablar sobre su propuesta de emplear trabajadores de la misión y pronto conversaban en español. A mí me costaba demasiado esfuerzo seguir la conversación y me senté junto al hogar con mi diario. Escribí los nombres indios que había aprendido ese día: Cararé, Itanambí y Wimencaí, y a su lado dibujé el mate, el bastón con su manzana de plata, y un montoncito de azúcar.

Pronto, el mate volvió a mis manos y Garzón parecía muy contento.

—¡El padre Manuel va a visitar la laguna!

—Con tal de que venga Cararé también. Él jamás estará de acuerdo si desobedecemos a las autoridades y tomamos cueros sin permiso.

—Ese punto se lo concedo —dijo Garzón. Si una de las condiciones para hacernos socios es el precio y la molestia de un permiso, ¡lo obtendré con gusto!

———

Era invierno y la escarcha cubría el campo cuando Garzón, Orlando y yo salimos por los portones de la ciudad al amanecer. Miré hacia atrás, hacia las murallas, y los soldados me saludaron desde lejos. Les devolví el saludo, sintiéndome muy expuesta al dejar el abrigo de Montevideo para dirigirnos hacia Santa Marta, donde lo dejaríamos a Orlando en manos del padre Antonio.

Garzón y yo nos habíamos peleado por primera vez. Yo quería que Orlando nos acompañara; Garzón insistió que el viaje sería arduo y Orlando lo pasaría mejor en Santa Marta.

—Cobra fuerzas todos los días —dije—. ¡No tendrá ningún problema a caballo!

—No sabemos si puede montar durante tantas horas. Recién ha recobrado algo del uso de las piernas. ¿Qué pasaría si se cae del caballo y se lastima? En la misión estará seguro. Puede estudiar y quizás rodeado de otros niños vuelva a hablar.

—También puede retroceder en su recuperación. No está acostumbrado a estar con otros.

— Es hora, Isabel, de que el niño aprenda que tú no vas a estar con él para siempre.

— ¡Sí que lo estaré! ¿Por qué no?

Garzón sacudió la cabeza.

–Orlando nos demorará. No le va a hacer ningún daño quedarse en la misión.

Lo extrañé desde que perdimos de vista las paredes de la misión, y esa noche, sentada al lado del fuego, pensé solo en él, recordando cómo lo habíamos dejado en la casa para huéspedes con el padre Antonio, distraído con la caja de juguetes mientras nos escapábamos. ¿Qué pensó cuando descubrió que no estábamos? Le había explicado el propósito del viaje en inglés y en español, pero no tenía idea si entendió la frase que le repetí. «*I will be back soon!*» ¡Volveré pronto! Si entendió, ¿por qué habría de creerme?

Estaba preparando la manta que sería mi cama, cuando escuché a don Cararé diciéndole a Garzón que si él y otros en Santa Marta decidían encomendarse a su cuidado, abandonando la seguridad de la misión, precisarían más mosquetes y cañones.

—Los nuestros están hechos de tacuara. Los de hierro son mejores.

No me gustó lo que escuché. Garzón me había convencido de que el contrabando era común, por lo menos hasta que el padre Manuel le había dicho que Cararé jamás estaría de acuerdo. Por primera vez desde aquel día a bordo del Buenaventura, cuando Garzón y yo nos estrechamos la mano, las dudas y el temor me sobrecogieron. Estaba repitiendo mi pasado. Había matado a un hombre para escapar de la impulsiva credulidad que me había atado a Tobías, y ahora aquí estaba, sola, sin amigos, y una vez más a merced de un extraño.

—¿Por qué precisamos cañones? —pregunté.

No podía ver sus ojos a la luz del fuego, pero vi que don Cararé me miró e hizo un gesto para que me sentara junto a él.

—El rey nos ha armado desde la época de los mamelucos —me dijo.

— Después de ser derrotados por los portugueses en Guayrá —dijo Garzón con amargura—, junto con miles de los suyos, don Cararé, muertos o esclavizados por los mamelucos.

—¿Quiénes son los mamelucos? —pregunté.

—Traficantes de esclavos.

—Nombrados así por los esclavos guerreros de Egipto —dijo el padre Manuel.

—¿Los guerreros eran esclavos?

—No todos, algunos eran libres.

—Es cierto que el rey demoró en responder cuando los padres pidieron armas, capitán, pero cuando lo hizo —dijo Cararé con orgullo—, ¡nos equipó con armas superiores a las de los mamelucos! Cañones de hierro, mosquetes, sables, lanzas, y finos uniformes. ¡Cuando ahuyentamos lo que quedaba de ellos hasta Brasil, la tierra estaba cubierta por sus cuerpos!

— Muy conveniente para Su Majestad. Ahora tenía un ejército en las misiones dispuesto a pelear cada vez que alguien compitiera con él en el saqueo de las colonias.

Cararé sacudió la cabeza.

—Tanta amargura ha de ser una carga muy pesada, capitán.

—¡El padre Manuel la comparte! ¡Pregúntele por qué él y sus colegas les enseñan a ustedes el latín y el alemán y todos los idiomas que ellos hablan mientras les dicen a los españoles que ustedes son incapaces de aprender el castellano!

— ¡Lo hacen para protegernos de los mercaderes que nos quieren defraudar, no del rey!

—¡Son iguales!

El padre Manuel alzó la mano.

–Capitán, durante tres generaciones don Cararé y su familia han sido fervorosos servidores de Dios y del rey. Puede ser que usted no piense que el rey se lo merezca, pero don Cararé sí merece sentirse orgulloso de su lealtad. La gente de su madre no está de acuerdo con él, pero respetan su integridad. A usted le haría bien reflexionar sobre ello.

Garzón tiró lo que quedaba de su comida en el pasto y se apartó del fuego, preparándose a dormir bajo un árbol distante. Sus movimientos abruptos sorprendieron al lagarto que se deleitaba con las mariposas nocturnas atraídas por el fuego, y despareció como un destello fugaz.

Cararé sacó del bolsillo su libro de oraciones, entrelazó el rosario entre sus dedos, y también se retiró, pensativo.

Al percibir mi ansiedad, el padre Manuel me explicó que los traficantes de esclavos habían operado en las colonias durante casi dos siglos, sus esfuerzos malogrados solamente por los jesuitas y las misiones que abarcaban veinte poblados en el corazón de América del Sur.

—En las misiones viven casi cien mil indígenas, algo que no ha pasado desapercibido por los terratenientes que precisan esclavos. Durante años he pedido un milagro, y cuando Garzón se presentó hace unos meses con sus ideas revolucionarias, supe que Dios me había escuchado.

—¿Don Cararé no está de acuerdo?

—Cararé se niega a pensar mal de la familia real que considera ser sus protectores.

—¿Cuando en realidad son los jesuitas que han protegido a los indios, no el rey?

—Los reyes hacen lo necesario para complacer a los hombres que los mantienen en el trono. Estoy de acuerdo con Garzón que para que el oro y la plata sigan inundando España, esos hombres pronto van a encontrar formas de convencer al rey de que va a ser necesario cerrar las misiones y permitirles acceso a los dueños de las minas y plantaciones a los miles de indígenas que viven allí.

—¿Así que es poco probable que los planes de Garzón reciban el apoyo de esos hombres?

—Es posible que a un pequeño grupo no le moleste, pero si tenemos éxito con un plan de transición de los indígenas de las misiones a empleos pagos, se nos opondrán a todo nivel.

Miré hacia el árbol bajo el cual Garzón había hecho su cama. Oscurece rápido en esta parte del mundo, y ya no lo podía ver bien.

—¿Todavía quiere quedarse? —me preguntó el padre Manuel.

Observó mi indecisión y dijo sin rodeos:

—¿Sabe que la Iglesia ha prohibido los matrimonios de raza mixta?

—¡No! —dije—, confiando en que la noche ocultara mi rubor.

— Garzón sí lo sabe. ¿Cuánto le ha contado de su historia?

—Sé que su padre era francés y su madre indígena.

— Indígena charrúa. Se encuentran entre las pocas tribus que no se han integrado a las misiones.

—Pero él solicitó su ayuda.

El padre Manuel rió.

—¡Por razones de fuerza mayor! No para convertirse.

Desenrolló su hamaca y le ayudé a amarrarla a dos árboles, maravillándome de sus matices marrones y verdes, y de la estrella que reposaba en el medio.

—¿Es hermosa, verdad? Fue un obsequio de un joven amigo minuano de por aquí; mis sueños son vívidos cuando duermo en ella —dijo.

Desde que había vivido entre los indios guaraní años atrás, el padre Manuel se había interesado por el significado de los sueños.

—La Biblia contiene muchos ejemplos del poder y de la certeza del mundo que visitamos al soñar —dijo.

—Cuénteme acerca de su amigo.

—¿No está cansada?

—¡Sí, pero tengo tanto que aprender! Si usted quiere dormir esperaré, y como, puede hilvanar sus historias durante las próximas noche.

Sonrió, e indicó las estrellas.

—Casi nunca duermo en noches como esta. El cielo nocturno me atrae como el polen a una abeja. Estoy seguro de que todas las respuestas a mis preguntas acerca de nuestro lugar en el universo yacen allí. Todavía no las he descubierto, pero ante este espectáculo, pierden importancia. La primera vez que vi el cielo sureño de noche pensé que soñaba. Hasta ese momento no tenía idea de que existían tantas estrellas. Es una vista que me conmueve cada noche y doy gracias cuando está nublado, cuando no las puedo ver. Significa que me puedo dedicar a las tareas que debería hacer todas las noches y que ignoro cuando me llaman las estrellas.

Miramos el cielo juntos durante unos momentos en silencio.

—Pero usted quiere aprender y yo quiero compartir lo poco que sé acerca de los minuanos. Me tomó del brazo y volvimos a la fogata.

Me contó que el nombre de su amigo era Yací y que él había intentado establecer contacto con su tribu desde su llegada a la provincia dieciocho años atrás. Yací era niño cuando empezaron una rutina que seguirían durante varios años. El padre Manuel acampaba cerca de la aldea y le dejaba pequeños regalos: yerba, un serrucho, azúcar, un cuchillo. En su lugar Yací ponía plumas, caracoles, las turmalinas oscuras que usaban para el intercambio de bienes y unos tallados toscos pero originales en su diseño.

—Dominará el arte algún día, pero todavía está aprendiendo.

No hablaban, y el padre Manuel nunca lo veía durante estos intercambios, pero estaba seguro que Yací lo observaba. Desarrollaron una rara sensibilidad, y el uno sabía cuando el otro estaba cerca. Se prepararon para su primer encuentro creando obsequios muy especiales.

—Llegué como siempre a la laguna de los Palmares…

Mis ojos volaron del fuego hacia su cara.

—Sí, la laguna de Garzón. Y también de Yací. Tengo razones muy fuertes para vivir cerca de la laguna, aparte de mis preocupaciones acerca del futuro.

—¿La laguna les pertenece a los minuanos?

—Ellos no comparten nuestro concepto de propiedad. Para ellos es inconcebible que les pertenezca la tierra o el océano o el aire que respiramos.

—¿Entonces cómo es que la laguna es de Yací?

—La frecuenta. Pesca en ella.

—¿Vendrá si nosotros nos establecemos allí?

—Eso espero de todo corazón.

— Siga. Cuénteme acerca de la primera vez que se vieron.

—Como siempre bañé a mi caballo, sabiendo que cuando alzara los ojos desde la playa a la ribera rodeando la laguna, él estaría allí.

Y así fue. Lo aguardaba un joven de larga y negra cabellera, apoyado en su lanza. Se reconocieron, y Yací recogió un rollo y se acercó. Con un cuchillo que el padre Manuel le había regalado cuando era niño cortó las ataduras de pasto y desenrolló la hamaca a los pies del sacerdote. El padre Manuel admiró el trabajo y el esfuerzo que había requerido una hamaca tan fuerte y tan liviana a un tiempo, tan fácil de transportar. Con cuidado, la volvió a enrollar, y mostró sus obsequios.

—Hablamos casi toda la noche.

—¿Acerca de qué?

—¡De todo! ¡De nada! Casi no recuerdo. Uno terminaba las frases del otro, reímos, lloramos. Nos hicimos amigos. ¡Cuando se fue yo sentía tanto regocijo que bailé alrededor de la fogata de mi campamento!

—¿Yací se había convertido?

—Ni se me cruzó por la cabeza. Lo único que deseaba y deseo es protegerlo.

—¿De qué?

—De usted, de todos los que hemos venido a sus tierras.

—¡Yo no quiero causarle ningún daño!

—Pero lo dañaremos de todas maneras, simplemente con nuestra presencia, igual que las vidas de los ancestros de usted fueron transformadas por invasores, la vida de los minuanos cambiará. Y si nos dejamos guiar por la historia ese cambio no será para mejor.

—Mi gente ha perdido todo, aun el derecho a cultivar sus tierras sin pagar un diezmo. Ahora se mueren de hambre y se multiplican y viven en casuchas que ni siquiera merecen ese nombre, cubiertos en trapos y jirones llenos de piojos y pulgas, mutilados por las enfermedades y hechos responsables por todo el mal que los acosa. ¿Los minuanos son así?

Los minuanos —me dijo— todavía podían cosechar libremente la riqueza que los rodeaba, vivían en refugios adecuados a sus modos de vida y se sentían orgullosos de su salud y de la fuerza de sus cuerpos.

—Y mientras me quede aliento, lucharé por su derecho a vivir así.

Sacó un rosario del bolsillo de sus pantalones, besó la cruz de madera, y lo levantó, mostrándome las semillas enhebradas a lo largo del rosario.

—Me lo hizo mi niñera María. ¡No sé lo que hubiera sido de mí si María hubiese sido una mujer madura, devota y severa, con pelos en la nariz y corsé con varillas de ballena!

Pero su madre había elegido a una huérfana juguetona, pagana, y criada de forma muy descuidada por un hermano mayor que la trataba más como a un cachorro que como a una criatura, permitiéndole correr libre, y descuidando su educación religiosa. Pasarían muchos años antes de que el padre Manuel comprendiera que la selección de María no había sido un accidente por parte de su madre. Ella no quería que fuese sacerdote. Era su único hijo, y su madre quería nietos y una nuera que la acompañase junto a la estufa durante las noches largas del invierno.

—Fue en María que por primera vez vi lo que significa la reverencia, no hacia el Creador, sino hacia sus creaciones. Construíamos altares en los troncos huecos de los árboles, y nuestras divinidades eran las piedras de colores inusuales y las flores caídas, ya que María no era capaz de arrancar flores para verlas morir en el olvido. Recogíamos nidos vacíos de aves y de avispa, y las caparazones de los escarabajos cuando estos las descartaban dejando atrás una réplica perfecta de sí mismos para maravilla de María.

Algunas de sus primeras memorias —me contó— eran de sus paseos por los viñedos saboreando las uvas que cultivaba su padre, mientras María escuchaba los pájaros. Decía que podía descifrar, según los sonidos de sus cantos, cuáles uvas eran las más dulces y cuáles darían los mejores vinos. Si su padre les prestara atención —decía—, no tendría ni siquiera que probarlos, pues los pájaros jamás se equivocaban. A Manuel le parecía que su padre y los otros que probaban los vinos disfrutaban del trabajo tanto como los pájaros, y María estaba de acuerdo. Las uvas eran generosas con el placer que brindaban. Pero ni siquiera María podía cambiar el rumbo en que Manuel se había embarcado antes de conocerla.

Todas las mañanas, con lluvia o con sol, se levantaba temprano par ir a misa en la capilla cerca de su casa. A Manuel le encantaban la bóveda, el altar con sus candelabros resplandecientes, y la quietud de los monjes rezando, inmóviles como las estatuas que los rodeaban. Cuando cantaban, las voces resonaban por los pasillos y las paredes, y se alzaban hacia los arcos pintados del techo. En particular, lo atraía uno de los altares secundarios donde estaba San Francisco, un perro a sus pies y un gorrión posado en su hombro.

Fue allí donde vio por primera vez al hermano Andrés observándolo desde uno de los bancos. Años después el monje le dijo a Manuel que había estado tratando de decidir si su primera impresión de que existía un parecido sorprendente entre la estatua y el niño era acertada o si Manuel sencillamente le había copiado la expresión al santo. Estaba rodeado de espíritus le contó el hermano Andrés, unos seres coloridos, vestidos con retazos de telas. Al principio, pensó que eran demonios y se persignó, pero después se dio cuenta de que las vestiduras ondulantes de esos espíritus juguetones eran distintas, y nada más, exóticas, en tonos jamás vistos en el monasterio.

—Fui el único a quien le contó acerca de los espíritus que lo visitaban.

El hermano Andrés era de familia humilde, algo que ayudó a que no cuestionaran sus visiones. Era reservado y solitario, jamás hacía alarde de sus virtudes y rara vez hablaba sin que alguien le dirigiera primero la palabra. Manuel entendía el por qué. Un tío lo llevó una vez a ver a un hombre quemado en una hoguera por hereje y a Manuel la imagen le había quedado grabada en la memoria para siempre.

Comenzaron un respetuoso intercambio de saludos diarios que pronto resultó en una profunda amistad. Igual que la madre de Manuel, el hermano Andrés temía que el niño era demasiado serio para su edad, y le hizo una pelota de trapo. La pateaban en el patio del monasterio, el hábito del hermano Andrés recogido y la chaqueta de Manuel doblada sobre un banco de piedra donde el hermano Andrés le dijo que jugaban los pintorescos espíritus.

—Me hubiese gustado verlos, pero nunca se me aparecieron.

Su curiosidad acerca de la Iglesia aumentó con el tiempo, y a veces el hermano Andrés no podía contestar sus preguntas. Entonces, no sin desgano, consultaba a sus colegas jesuitas cuya educación era superior. Existía cierta rivalidad entre los franciscanos y la Compañía de Jesús, y cuando el hermano Andrés empezó a sospechar que Manuel algún día se ordenaría como sacerdote, le gustaba escuchar de Manuel que también quería ser monje. Sabía, en el fondo, que la vida monástica no sería para él, y comenzó a llevarlo a la biblioteca jesuita, donde Manuel podía investigar sus propias preguntas. Y como había tanto temido como esperado, Manuel atrajo la atención de los sacerdotes que trabajaban allí, y pronto caminaba por los corredores repletos de libros al lado de los hombres que podían contestar todas sus preguntas sin siquiera necesidad de consultar los volúmenes que estaban a su disposición.

—Me da vergüenza recordar que por un tiempo, olvidé a mi amigo. Me apena pensar que quizás me aguardaba con su pelota de trapo junto al banco donde siempre dejaba mi chaqueta mientras los minutos y después las horas pasaban y él sabía que yo no vendría ni ese día ni el siguiente.

A Manuel lo había cautivado una nueva amistad, más emocionante que ninguna otra que hasta ese momento hubiese tenido, y en su entusiasmo juvenil pretendía que el hermano Andrés estuviera tan entusiasmado como él. Manuel le pidió a su nuevo amigo que lo acompañara al monasterio donde le presentó al hermano Andrés. El padre Javier era joven y exuberante y abrazó al hermano Andrés felicitándolo por lo espléndido que era Manuel. La duda que Manuel había visto en la cara del hermano Andrés cuando vio al padre Javier, desapareció en cuanto el padre subió a Manuel sobre sus hombros y galopó hacia el patio diciéndoles que había venido a jugar con la famosa pelota de trapo.

—Me reí tanto cuando los vi a los dos, uno bajito y macizo, el otro alto y delgado, corriendo de un lado al otro ¡que no pude participar!

El padre Javier recién había vuelto de la misiones en América del Sur, donde había vivido durante siete años y a las cuales volvería en cuanto terminara de preparar a los jóvenes misioneros que lo acompañarían. Desde que el padre Javier empezó a hablar acerca de su trabajo en las selvas de la América española, Manuel supo cuál sería el trabajo de su vida. El viaje en sí prometía toda la aventura que un varón podría desear —piratas y puertos exóticos marcando la ruta hacia el sur. El padre Javier le hizo relatos acerca de los viajes a través de territorios que no estaban en ningún mapa, llenos de gente tan extraña y colorida como los animales salvajes y las aves que los rodeaban. Tuvo que aprender a predicar en dos idiomas, uno para los hombres, otro para las mujeres. Sus vocabularios eran tan distintos que hasta la palabra para madre no era la misma. Le contó a Manuel que los indios chiquitos también jugaban con pelotas que hacían de la goma de un gran árbol parecido a un sicomoro.

—La goma supura de la corteza, blanca y cremosa. Cuando se endurece se vuelve negra, y los chiquitos la alisan sobre sus brazos hasta que adquiere una forma suave y esférica.

No pateaban la pelota, sino que usaban la cabeza para jugar. Los tres lo probaron con la pelota de goma del padre Javier, pero él era el único con la habilidad de mantenerla en el aire. Este ejercicio le causó dolor en el cuello al hermano Andrés, y lo abandonó, mientras el padre Javier le enseñaba el manejo de la pelota a Manuel.

Cuando llegó el momento en que el padre Javier dejara Sevilla, el futuro de Manuel ya estaba decidido. Sería misionero jesuita y viajaría a la América española.

Fueron necesarios catorce años de estudio para ser ordenado como sacerdote, la mayoría de ellos lejos de su hogar. Visitaba al hermano Andrés cada vez que regresaba, contándole acerca de su vida en el seminario, las dificultades y los problemas de sus amigos y las excentricidades de sus maestros.

—Nunca le preguntaba acerca de su vida, ni caí en la cuenta de que el cabello se le había vuelto gris y que con cada año que pasaba se le encorvaba más la espalda. Esperó hasta que me ordené y cuando se enteró que pronto me iría, se retiró a su celda y se preparó para morir.

Cuando Manuel supo lo enfermo que estaba su amigo se apresuró a la abadía y rogó que le permitieran el privilegio de darle la extremaunción. El hermano Andrés repuntó después de la llegada de Manuel, y se incorporó en su cama, rodeado por primera vez de almohadas, un cálido ladrillo envuelto a sus pies, y comida en abundancia. Libre de temores, pasó sus últimos días compartiendo con Manuel su amor por el mundo de los espíritus, y contándole acerca de su descubrimiento, cuando niño, de algo que percibió como un error en la Iglesia que tanto amaba, la falta de reconocimiento de la dimensión espiritual de los otros seres vivientes que acompañaban a los hombres y a las mujeres durante su viaje por este mundo. Era esto que lo había atraído a San Francisco ya que el hermano Andrés creía que ambos sentían lo mismo. Le pidió a Manuel que dedicara su vida de misionero a profundizar la fuente de bondad en cada ser, recordando que son los que trabajan por el bien y no en contra del mal, quienes redimen el mundo.

—Hablamos durante tres días, y cuando ya no podía mover los labios le tomé la mano e hice todo lo posible por aliviarlo. Tenía un corazón fuerte que siguió latiendo aun después de dar su último respiro.

Manuel pidió permiso para quedarse en la celda y se lo otorgaron. Hizo abstinencia, rezó, y meditó acerca de la humildad espartana de la celda que había sido el hogar del hermano por casi toda su vida. Contenía la pelota de trapo, y un paquete con todas las cartas que Manuel le había escrito. Encontró un par de sandalias de cuerda, algunas semillas en una bolsita de paño, y un libro escrito por Bartolomé de las Casas, el primer sacerdote ordenado en el Nuevo Mundo, un fiero defensor de los indígenas, quien recriminó a los que por codicia convirtieron a Jesucristo en el más cruel de los dioses y al rey en un lobo hambriento de carne humana.

Dentro del libro Manuel encontró un papel, doblado y gastado por el uso y el tiempo.

—Dirigido a mí, era una copia del documento que la Corte española requería fuese leído a los indios del Nuevo Mundo, exhortándolos a adoptar una nueva fe.

«*Y si no lo hacéis, o con malicia postergáis en hacerlo, sabed que con la ayuda poderosa de Dios, emprenderé una guerra en contra de vosotros en todo lugar y de toda forma posible, sometiéndoles al yugo y a la obediencia de la Iglesia y de Su Majestad. Me apoderaré de vuestras mujeres y de vuestros hijos y ya como esclavos, los venderé y dispondré de ellos tal como Su Majestad decreta. Os quitaré vuestros bienes y os haré toda forma de mal*».

—A la luz de varias velas lo leí y releí, meditando sobre las palabras escritas en el libro, en el documento, y aquellas que había usado el hermano Andrés. Cuanto más estudiaba la exhortación de la Corte, más contradictoria me parecía, cada frase llena de palabras impensables en boca del hijo de Dios, en cuyo nombre era usada.

El padre Manuel pidió y recibió permiso para llevarse los artículos que había encontrado. Quemó las cartas y se puso las sandalias.

–Me quedaban pequeñas, pero no me molestó.

A los pocos días puso las semillas y la pelota de trapo en el baúl y embarcó para el Nuevo Mundo.

— Fue así que terminé aquí, junto a este río de los pájaros pintados.

Capítulo V

El día siguiente fue igual al anterior. Cabalgamos, descansamos, y les dimos de comer y de beber a los caballos. Sin querer hacerlo, ellos contribuían a incrementar la tensión ya existente entre Cararé y Garzón. Cararé montaba un caballo decidido a encabezar la expedición, mientras que el de Garzón no tenía inconveniente en cerrar la marcha. Garzón intentó solucionar el problema poniéndole espuelas, pero el padre Manuel se negó a continuar hasta que Garzón se las quitó. La vanidad —dijo— no era suficiente razón para causarles dolor a seres libres de tal defecto. Molesto, Garzón apretó su mandíbula y cabalgó varios cuerpos de caballo por detrás sin intercambiar una sola palabra durante toda la mañana.

Hacia el mediodía el sol calentaba lo suficiente como para que el padre Manuel y yo nos quitásemos los largos ponchos esenciales para protegernos del frío tanto a nosotros como a los caballos.

La tierra pantanosa de las afueras de la ciudad pronto se convirtió en pastizales ondulantes, y a la vez, estos cedieron a los añejos montes de butiá, donde nos unimos a los pécaris y a los pájaros hartándose con los coquitos esparcidos al pie de las palmeras. Las frutas amarillas colgaban en racimos en lo alto, y de noche eran los murciélagos quienes silenciosos como sombras, venían a deleitarse en las palmeras.

Pasamos la noche bajo las ramas de unos árboles bajos con troncos que se abrían en diferentes direcciones y ramas densas y cubiertas de vainas negras en forma de orejas cuyas semillas hacían que resonaran cuando soplaba el viento.

El aroma penetrante del océano inundaba el aire y la noche se llenaba de extraños gritos y aullidos que mezclados con el ruido de los grillos, se unían a los mugidos del ganado silvestre, y de vez en cuando, al relincho de algún caballo.

El agotamiento había hecho que finalmente durmiese la noche anterior, pero ese día varias culebras se atravesaron en mi camino. Garzón me aseguró que no eran venenosas, y cuando me estaba preparando para dormir, desplegó ante mí una piel de venado de campo, un tipo de ciervo abundante en épocas pasadas. Su madre le había asegurado que no existía víbora capaz de acercarse a una persona que durmiera sobre esa piel, por lo que siempre viajaba con una. Me acosté, con el cuero aterciopelado acariciándome la mejilla, escuchando el ulular de una lechuza y el silencio mortal que caía antes de escucharse el rugido del jaguar. Cuando me desperté y abrí los ojos, me encontré mirando a dos enormes orbes a ambos lados de un pico chato. Me zambullí en la frazada y escuché la risa de Garzón.

—Ya puede salir. Era solamente un ñandú. Son muy curiosos.

—En la primavera comeremos los huevos —añadió Cararé—. Uno nos alcanzaría para los cuatro.

La tensión del día anterior había aminorado, y continuamos por la costa, cabalgando sobre la arena firme junto al agua, mandando nubes de gaviotas a revolotear en el cielo. Yo me crié junto al agua, pero playas como estas me llenaban de asombro. Se extendían por delante y por detrás, hasta donde me llegaba la vista, milla tras milla de arena fina y blanca. A las orillas del Río de la Plata el agua se veía tranquila y a veces oscura, pero al perderse en el océano Atlántico daba lugar a olas claras y altas como torretas de capilla, que estallaban haciéndose espuma en las arenas, mientras que cientos de lobos marinos con sus resonantes ladridos yacían al sol sobre las rocas.

De niña caminaba por los bosques y las orillas del río en Cork, pero siempre, no importaba donde fuera, había seres humanos cerca. Ahora sentía la fuerza de la naturaleza en toda su solitaria grandeza, y esa tarde me aparté de los demás, y crucé las dunas para estar sola en la playa. El rugido del oleaje llenó mis oídos, y el viento se llevó mi sombrero. Me sentí como si tuviera nueve años una vez más, con el cabello despeinado y los bolsillos llenos de piedras y plumas. Quería quitarme la ropa y tirarme al agua, pero sabía que las olas serían más poderosas que yo. Me quité los zapatos y las medias y empecé a caminar sintiendo la gran desolación y majestad de ese paisaje infinito. Detrás de mí podía ver mi recorrido escrito con huellas en la arena, hasta que las constantes y arremetedoras olas borraron todo indicio de mi presencia en esas orillas. Había empezado a desvanecerse la luz cuando vi que a lo lejos algo se movía. Pensé que me engañaban los ojos, pero la sombra volvió a aparecer, y al acercarme escuché los familiares acordes de *The Maid with the Bonnie Brown Hair*.

Permanecí absorta en la orilla convencida de que la imaginación me estaba jugando una pasada cuando vi una pequeña figura montada a caballo, cantando con todas sus fuerzas. Corrí, Orlando me vio, y cayó del caballo como una hoja en el viento. Cuando lo alcancé estaba inconsciente. Lo alcé y crucé las dunas con el caballo exhausto, siguiéndonos.

Los dos necesitaban asistencia. El padre Manuel se encargó del caballo mientras Orlando volvía en sí y se comía todo un pan antes de acurrucarse en el regazo de Garzón para dormir mientras él le acariciaba la espalda.

—Usted tenía razón. No tendríamos que haberlo dejado.

—Quizás no entendió que íbamos a volver.

—Lo entendió, pero no lo creyó. Tendría que haberlo sabido. Yo tendría que haberlo sabido. Me lo dio y se apartó, como era su costumbre, alejándose para armar su cama a cierta distancia de nuestro pequeño campamento, y dejándome reflexionando sobre la importancia que él le había dado a ese «yo».

Al día siguiente, sabiendo que ni Orlando ni su caballo podrían seguir adelante tan pronto, los hombres fueron de caza, en búsqueda de carne fresca. El padre Manuel y Cararé apartaron varias reses de la manada y las empujaron hacia los árboles donde Garzón reboleaba sobre su cabeza con una mano y con gran velocidad dos de los tientos de sus boleadoras. Con la otra mano sostenía el tercer tiento, anclado entre los dedos del pie. Cuando las bolas alcanzaron inercia, soltó su anclaje, y el arma perdió nitidez al salir disparada hacia el ganado, enroscándose alrededor de las patas de una vaca que cayó tendida en medio de una nube de polvo. Llegaron en seguida adonde había caído el animal, matándolo con una estocada de la lanza de Cararé, y sin perder tiempo lo despellejaron y lo cortaron en pedazos. Orlando y yo hicimos un fuego y nos preparamos para cocinar la carne que le devolvería el color a su rostro. Al poco tiempo la carne chisporroteaba y el cuero estaba estaqueado para secarse. Si los perros salvajes y los buitres no se lo llevaban, lo recogeríamos a la vuelta.

Normalmente, dijo Garzón, nos habríamos comido el animal entero —la lengua, el hígado, los sesos— pero como éramos solo cuatro casi toda la res les quedaría a los animales carroñeros. Había solo un manjar que Garzón no abandonaría —el caracú. Raspó los huesos del espinazo y los puso a cocinar sobre el fuego hasta que la médula estuvo pronta. Entonces nos mostró a Orlando y a mí cómo usar un palito para sacarla del hueso. Le resultó sorprendente que a ninguno de los dos nos entusiasmase el sabor.

Al alejarnos de la costa nos rodearon las palmeras meciéndose en el viento; las bandadas de cotorras, chirriando, sobrevolaban a nuestro paso, y los helechos y enredaderas cubrían las orillas de los arroyos.

Los densos montes se mostraban tentadores, con sus musgos, sus lianas y sus silenciosas sombras. Cuando el sol irrumpía a través de la bóveda verde, pequeños insectos inundaban el espacio bailando frenéticamente.

La tierra empezó a parecerse a un mar verde, ondulándose suavemente, con islas de rocas que señalaban nuestro pasaje. Algunas eran demasiado lisas como para poderlas trepar, pero otras me permitieron explorar sus cuevas y sus grietas, siempre vigilada por el ojo protector de Cararé. Normalmente no me habría gustado que me vigilaran, pero había algo en su presencia calma y bondadosa que hacía que no sintiese nada más que agradecimiento. Desde aquella noche en que me asaltaron tantas dudas, se había convertido en mi protector y comencé a quererlo por ello.

Cuidar a Orlando ocupó toda nuestra atención durante unos días pero llegó el momento en que volvimos al tema del poblado que estableceríamos junto a la laguna y de cómo sería administrado, y las peleas entre Garzón y Cararé comenzaron una vez más. El padre Manuel estaba de acuerdo con la idea de pagar salarios, pero en las misiones no se conocía el dinero, ya que estaban modeladas según las comunidades nativas de donde se originaban los indígenas convertidos.

Cararé quería más tiempo para considerar cómo introducir la idea, pero Garzón no tenía paciencia para semejante cautela. ¿Qué era lo que precisaba considerar? —le preguntó agresivamente a Cararé—. ¡Si los salarios causaban problemas, los solucionaríamos! ¡Esclavos, no aceptaría! Y si no les pagábamos, serían esclavos. Cararé intentó explicarle la diferencia entre un ser humano vendido y comprado contra su voluntad, y un trabajador con la libertad de ir y de venir, trabajando para el bien de su comunidad. Cuanto más tranquilo se mostraba Cararé, más furioso se ponía Garzón. Observé que en tales ocasiones Orlando siempre encontraba cómo apartarlo del tema. A veces le pedía ayuda que no precisaba, y Garzón, picado por la culpa de haberlo abandonado en Santa Marta, no se la negaba. Orlando también pidió que le enseñara a tirar las boleadoras, e incluso empezó a trenzar sus propios tientos de cuero. En la medida en que ambos estaban entretenidos, la paz reinaba.

Cruzamos el arroyo Maldonado, atravesando densa maleza, y sorprendiendo a patos y chorlitos, y grandes cantidades de martín-pescadores y garzas. Vimos tortugas quietas como piedras entre los cristales de agua dispersados por las pisadas de los caballos. Las cotorras parloteaban, entrando y saliendo de sus enormes nidos comunales mientras subíamos la barranca en la ribera opuesta.

Estaba deleitada con los pájaros que veía y no le permití a Garzón que capturase ninguno. Entonces me trajo flores silvestres, y un día descubrió una pradera cubierta de macachines en flor, como una alfombra rosa y malva extendida hasta el horizonte. Me la mostró y mi asombro le dio tanto placer como si él mismo las hubiera plantado y cultivado.

Al dar vuelta hacia la costa entramos en la tierra de las plantas y de los nidos flotantes, con pájaros de todo tamaño y color volando entre los juncos y los pastos. Abundaban los jacintos, y los tonos de verde no tenían rival ni siquiera en Irlanda. Sobre el bañado florecido se alzaban los cementerios de los minuanos, rodeados de árboles adornados con musgos y orquídeas, que daban refugio durante las crecidas.

Dejamos atrás a las cigüeñas y los majestuosos ciervos del pantano, los *guazú-pucú*, y nos dirigimos hacia una cadena de tres lagunas a unas millas de la costa, donde se juntaba el agua de los bañados. Cararé me explicó que a tres días de viaje hacia el norte estaba la fortaleza portuguesa de San Miguel, arrebatada a los españoles nueve años antes. Allí vivían soldados que nos defenderían si resultaba necesario. No sería necesario —dijo Garzón—; nuestras tierras iban a ser un refugio, y nosotros mostraríamos ser merecedores de compartir su abundancia, capaces de beneficiarnos de ella sin abusar de sus riquezas.

Por fin llegamos al lugar que Garzón había escogido para este experimento audaz que transportaría a los indígenas de las misiones al siglo XVIII. Detenidos junto a las aguas oscuras de la laguna, alzamos la vista hacia las nubes de flamencos rosados y garzas blancas, mientras que una familia de carpinchos hacía lo mismo al son del aleteo de los patos. Detrás de nosotros, en la quietud del monte de ombúes, los lagartos y las mulitas entraban y salían de los acogedores huecos en los árboles. Los viejos ombúes, con ramas de más de cien pies de alto y troncos imposibles de abrazar, ni siquiera cuando Orlando y yo uníamos nuestros brazos, parecían arraigados en el tiempo, inmutables y sólidos como catedrales.

—

Cuando el padre Antonio nos vio volver con Orlando, lloró de alivio. No se había percatado de que Orlando no estaba hasta que habían pasado varias horas y alguien comentó que faltaba un caballo. Empeorando las cosas aún más, Orlando había dejado un rastro falso, por lo que el grupo que salió a buscarlo volvió con las manos vacías. No sé si Orlando comprendió la pena que había causado, pero al ver cómo disfrutaba de los abrazos que le dieron el padre Antonio y otros en la misión me di cuenta que de a poco, la idea de que ya no estaba solo en el mundo se iba asentando en él.

Nos alojamos en la casa de huéspedes mientras Garzón fue a Buenos Aires a reclamar la tierra alrededor de la laguna y a obtener el permiso que Cararé requería para empezar a cuerear. Orlando iba a la escuela, y yo lo acompañaba para seguir con mis clases de castellano y para asistir a los sacerdotes con sus alumnos más pequeños.

Descubrí que el padre Antonio no compartía la sensación de peligro del padre Manuel acerca del futuro de las misiones, y estaba de acuerdo con Cararé en que la Corona a la que habían servido con tanta fidelidad jamás los abandonaría. Postulaba que los jesuitas habían superado épocas muchísimo más difíciles que esta, y que se las habían arreglado para mantener su institución intacta. Más aún, consideraba la decisión del padre Manuel de mudarse como una violación a su voto de obediencia hacia Dios y hacia la Orden, y le sugirió que se preguntase si no estaba abandonando a ambos. El padre Manuel ya se había cuestionado lo mismo, pero le apenó que se lo señalaran, algo que me confió cuando un día fui a buscar leña para el horno y lo encontré talando troncos a un ritmo desmesurado. Se le veía acalorado, por lo que insistí que me acompañara a la casa de huéspedes, donde lo hice sentar a la mesita y le cebé unos mates, agregándole azúcar al agua y preparándolo como a los dos nos gustaba. Le serví luego una porción de tarta de frutas. Al finalizar el primer bocado, alzó los ojos al cielo, y dijo que era incapaz de hablar hasta haber terminado de deleitarse con el sabor de la miel y las frutas secas que yo había usado en la mezcla. Comía su segundo pedazo cuando admitió que se había peleado con cada uno de sus colegas sobre sus pronósticos acerca del futuro. No deseaba quedar en malos términos con el padre Antonio, a quien quería mucho, por lo que había decidido escribirle al padre Nusdorffer, el encargado de las misiones en la Provincia, para informarle de sus planes y pedirle su bendición ante este nuevo emprendimiento. El padre Nusdorffer era un pastor sabio y experto, con mucho conocimiento acerca de las elucubraciones de sus enemigos en la Corte española.

—¿Podría impedir nuestra mudanza? —le pregunté.

—No creo que eligiese hacerlo.

—¿Y si lo hiciese?

—Es impensable que el padre Nusdorffer reaccione de esa forma.

—¿Sería usted capaz de desobedecer?

— Primero haría todo lo posible para convencerlo.

—¿Pero usted nos acompañaría? —insistí, un nudo de llanto en la garganta—. ¿Y le permitiría a Cararé que nos acompañe?

En ese preciso momento Cararé golpeó a la puerta, por lo que rápidamente me sequé los ojos con el delantal y lo invité a pasar, cebándole un mate y advirtiéndole que tenía azúcar. No le gustaba el mate dulce pero aceptó el pastel cuyo aroma lo había atraído hasta la puerta de la casa.

—Don Cararé, Garzón me dijo el número de reses a las que tendríamos derecho una vez que reciba el permiso. Como a menudo hace bromas, le pido que me diga la verdad. Sé que usted no me mentiría.

—¿Qué número le dio?

— Doce mil cabezas.

—No fue una broma.

—Y ya que nadie las cuenta, ese número es solamente…, —empezó el padre Manuel.

—Yo sí las contaré, —dijo Cararé con firmeza, y en ese momento, cuando me miró directamente a los ojos, supe que él ya se había decidido y que nos acompañaría en esta aventura tan arriesgada.

Se nos hicieron eternas las dos semanas que Garzón estuvo en Buenos Aires gestionando el permiso mientras además aguardábamos la respuesta del padre Nusdorffer. El padre Manuel me enseñaba guaraní y me ayudaba con el castellano, y a la vez yo continuaba con las clases de inglés que él había empezado con su amigo Thomas Falkner.

—Usted aprende rápido, Padre.

—Sus palabras son un bálsamo. Thomas dice que mis cartas están repletas de palabras incomprensibles y con faltas de ortografía.

Me mostró la escuela de la misión, los depósitos llenos de harina y de cereales y los talleres donde trabajaban los tejedores, herreros y carpinteros. Visitamos la enfermería, los jardines y el arsenal, todos construidos por los indígenas con piedra y ladrillos secados al sol, y con techos quinchados de paja. Me dediqué a ayudar a los enfermos, y a cuidar a los animales en el pequeño zoológico. Me sorprendió su número y cantidad, y pregunté por qué estaban allí. El padre Manuel me explicó que formaban parte de diferentes festejos durante el año.

—¿No los sacrifican, verdad?

El padre Manuel estalló de risa.

— ¿Qué le han contado en Irlanda acerca de los sacerdotes españoles?

Me sonrojé y le expliqué que no pensaba que él participase en los sacrificios.

—¿Pensó que quizás lo hiciesen los indígenas? Permítame tranquilizarla. Los dioses de las pampas no requieren sacrificios y ya que Jesús tampoco, somos compatibles en ese aspecto.

Los animales eran valorados por todos, pues la mayoría habían sido criados por ellos y hasta los jaguares eran mansos.

El padre Manuel nos invitó a Orlando y a mí a acompañarlo a la pajarera, y cuando entramos en el gran quinchado y nos sentamos juntos sobre un banco, los pájaros descendieron de las ramas, posándose en nuestros regazos, sobre mis hombros y sobre la cabeza del padre Manuel. Me llenó las manos de semillas y de fruta y pronto los pájaros revoloteaban a mi alrededor, con sus uñas y sus picos cosquilleándome la piel mientras obtenían sus bocados favoritos.

—Ahora entiendo por qué a Garzón tanto le gusta mostrarle cosas —sonrió el padre Manuel—. Cuando está feliz se ve resplandeciente.

Mi placer no se podía comparar al de Orlando. Al principio, cuando los pájaros empezaron a bajar de sus nidos y sus posaderos, se asustó y escondió el rostro en mi falda, pero al verlos comer se le abrieron los ojos más y más y el padre Manuel le puso un gajo de naranja en la palma de la mano. Orlando se rió, y los pájaros se asustaron. Pronto volvieron, y con la esperanza de que Orlando le hablase al padre Manuel como lo había hecho el primer día cuando se conocieron, los dejé y me fui a sentar junto a mi estatua favorita en el cementerio.

Contemplé a Juana de Arco, con su piel dorada, cabello negro, pómulos salientes, y ojos oscuros, un pie plantado sobre el pecho de un soldado moribundo y un fuerte brazo alzado sobre la cabeza, espada en mano. Cararé nos había hecho la historia a Orlando y a mí de cómo Juana se había vestido de hombre y había salido a la cabeza de las tropas, y de cómo sus captores la habían vendido y luego fue condenada por bruja y hereje. Era muy querida por las mujeres de la misión, pero como no había sido canonizada y por ende no la podían adorar, Cararé había tallado esta estatua para ornamentar un rincón del cementerio. Mi cariño por ella le complacía.

Caminé a través del cementerio hasta llegar a la iglesia donde las columnas talladas y pintadas desfilaban como centinelas hacia el altar. Me encantaba el techo abovedado, donde cada pulgada estaba cubierta por cuadrados delineados en varios tonos de marrón, desde un caoba profundo hasta un cedro pálido. Cada cuadrado lucía una flor en diseños geométricos, y colores vivos. El confesionario rojo y dorado estaba adornado con réplicas de las doce columnas que sostenían el techo, cubiertas con espirales haciendo juego con las vigas. La base y el cuerpo del púlpito brillaban con flores doradas y azules talladas en un mar de verde, y los altares secundarios eran copias del altar principal, con estatuas de la Virgen María, el Niño Jesús, y varios santos a los cuales Cararé me había presentado cuando descubrió que carecía de educación religiosa.

Durante los días de fiesta, que me enteré eran seis o siete por mes, había conciertos, y mientras nuestro coro —según Cararé—, no podía competir con el coro establecido en el Paraguay por el padre Basco, yo quedé asombrada cuando cantaron aires de los maestros italianos Scarlatti y Caldara. Los cantos no fueron lo único que me causó asombro.

Durante la fiesta del guerrero San Martín, cuando Orlando y yo acudimos a la plaza, vimos que la entrada de la iglesia estaba decorada con siempreverdes, enredaderas floridas, orquídeas, claveles y rosas. Una vez dentro, varios aromas dulces nos recibieron. Las paredes y los bancos estaban cubiertos de frutas y flores, y volando libres entre las vigas vimos a los canarios, cardenales, palomas y calandrias que habíamos visitado. Los jaguares estaban atados a los altares secundarios, los tapires comían alfalfa junto al confesionario y los ñandúes estiraban el cuello para estudiarnos al pasar.

Evité a los chajás. El padre Manuel le había asegurado a Orlando que estas grandes aves con garras en las alas no le harían ningún daño, pero cada vez que le echaban una mirada Orlando reaccionaba como si lo estuvieran por atacar, así que lo cargué a la espalda hasta que nos sentamos. Pronto entraron los músicos con sus instrumentos, algunos caminando, otros sobre unas plataformas rodantes. Tocaban tambores, arpas, y flautas y los seguían bailarines enmascarados y con coloridos disfraces que representaban a jaguares, loros y monos.

La misa fue un exuberante festejo de Dios y la naturaleza unidos en un espectáculo de color y alegría desenfrenada. El altar estaba vestido con manteles minuciosamente bordados como si fueran pinturas, con candelabros en forma de pájaros con alas abiertas, cada pluma tallada y pintada con tanto detalle que parecía que tomarían vuelo bajo la luz de las velas.

Cararé se sentó junto a nosotros y poniéndolo a Orlando en su regazo nos contó que la música tocada durante la misa había sido escrita por el compositor Doménico Zípoli, difunto director de coro de la Sociedad de Jesús en Córdoba. La había escrito para celebrar las misiones y su riqueza de contraltos, tenores, y sopranos. Tres solistas cantaron durante el Gloria, y sus voces altas y perfectamente entonadas reverberaban entre las flores rivalizando con las de los pájaros.

Durante toda mi vida la misa católica había estado prohibida en Irlanda, pero como mi madre creía que nuestra salvación merecía el riesgo de que nos arrestaran por conspiración, asistíamos a servicios abreviados, o formábamos pequeños grupos en los bosques, donde apostábamos guardias, y traíamos sacerdotes a escondidas. Michael y yo juramos no decirle nada a papá, ya que se hubiera muerto de apoplejía si hubiese sabido dónde estábamos.

No sé cuán devota sería si no hubiese sido privada del derecho a practicar el catolicismo y sus rituales, pero esta misa que festejaba la vida de una manera tan exuberante, me resultó jubilosa. No me imagino qué hubieran pensado los sacerdotes irlandeses del padre Manuel, quien me hizo una guiñada cuando emergió de entre la cascada de flores alrededor del altar para celebrar la misa. ¿Qué hubieran pensado de los animales en la iglesia, de los bailarines y de la música animada, de una celebración de los sentidos tan desenfrenada? Me encontré en un mundo tan nuevo, tan sensual, que no fui capaz de captarlo todo a la vez. En ese momento decidí que esta sería la última vez que me quedaría con Orlando y los otros niños demasiado pequeños para comulgar cuando el resto de la comunidad se acercaba al altar.

Temblaba cuando después de la misa me acerqué al padre Manuel y le pedí que me confesara. Me preguntó si me gustaría sentarme afuera mientras preparaban el banquete. Cuando vio la sorpresa en mi cara, me aseguró que el confesionario no tenía nada de mágico. Les aseguraba la privacidad a los que la querían, pero como nosotros éramos amigos podíamos hablar donde nos gustase.

Yo tenía la boca reseca cuando llegamos al recinto de Juana de Arco, pero como si lo hubiese anticipado, él había preparado una jarra de agua llena de limones y azúcar y sirvió un vaso para cada uno.

—Cuénteme acerca de esa carga que lleva, Isabel.

—Maté a un hombre.

El padre Manuel se volvió muy serio.

—¿Cuáles fueron las circunstancias?

—Era mi marido. Me golpeó y lo ataqué con un cuchillo. Para

esquivarlo, tomó un paso hacia atrás y se cayó por una escalera al sótano, quebrándose el cuello. Lo enterré en el sótano y no le conté a nadie hasta ahora.

—¿Fue su intención matarlo?

—No, pero no me dio ninguna pena cuando murió.

—¿Ni ahora?

—Ahora que he dejado Irlanda, ahora que me he liberado de él, desearía que Tobías no hubiese muerto. Pero si me pregunta si deseo que todavía estuviera vivo, la respuesta es no, porque entonces...

El padre Manuel completó mi pensamiento.

—No estaría libre para volver a casarse.

—¿Es posible recibir absolución por semejante pecado?

—Para Cristo no hay pecado demasiado grande. Pero la confesión, Isabel, es muy simple y a la vez muy compleja. Para algunos es una fórmula, un método fácil para deshacernos de los pecados que hemos cometido. Pero no es tan simple. La confesión es acerca del conocimiento personal, y la absolución ocurre solo cuando nos hemos comprendido y nos hemos perdonado a nosotros mismos. Yo puedo repetir las palabras y cumplir con las formalidades, pero usted es la única que puede saber si se ha arrepentido de los pecados que le impiden sentirse en paz consigo misma.

—Necesito saber si piensa que lo asesiné.

—La Iglesia nunca ha considerado la defensa propia igual que el asesinato. Lo que usted me contó fue una muerte accidental.

—Pero usted, Padre, ¿usted cree que lo asesiné?

—Yo creo que deseaba matarlo, y con razón. También creo que es capaz de ver esto sin mi ayuda y que hay algo que no me ha contado.

— Le ponía láudano en la cerveza. No para matarlo, para impedir que... para que durmiera. Una noche se atoró mientras dormía. No lo ayudé. Se dio vuelta y se salvó a si mismo.

No pude aguantar el silencio.

—Eso sí hubiese sido un asesinato, ¿verdad?

—Creo que fue afortunada. Pensó en matarlo, deseó que muriese, pero al fin y al cabo, Isabel, fue la caída y no usted que lo mató. No tengo reserva en absolverla por lo que me ha confesado.

Lo abracé, volcando la jarra a los pies de la estatua, y el padre Manuel me sostuvo mientras lloré hasta empaparle la camisa.

Nos unimos al banquete y yo me sentía tan liviana como una pluma.

Era noviembre y signos de que el verano se acercaba ya se hacían sentir. Florecían los campos y en el azul eterno de los cielos apareció un arcoíris de ruidosos loros. La plaza parecía estar bañada en oro, y mis ojos no podían creer la abundancia y el brillo de las carnes, los pescados, y las aves; los vegetales frescos y cocidos; las frutas desbordando de las canastas; los panes y las tortas.

Al otro día comulgué por primera vez en muchos años y cuando salí de la iglesia me aguardaba Cararé vistiendo el uniforme de soldado de la misión, con una invitación para participar en una parodia de batalla en honor a San Martín. Mientras me ponía la chaqueta azul con ribetes plateados y dorados, observé que los hombres ejecutaban antiguas danzas guerreras y ejercicios militares, y prendían fuegos artificiales, para los cuales manufacturaban su propia pólvora. Al salir de la casa de huéspedes, un cuerpo de caballería y uno de infantería pasó por delante mío disparando hacia los blancos de madera. La infantería armada con arcos, flechas, espadas, ondas, y mosquetes; la caballería con carabinas, lanzas, y sables. Competían los unos con los otros, y el padre Antonio y Cararé les otorgaban premios a los ganadores, que marchaban resplandecientes bajo el estandarte real de España, una bandera púrpura con un escudo y corona dorados. Durante la parodia de batalla yo, como el joven Keating, fui capturado sin pérdida de tiempo. Sorprendí a Itanambí mirándome con recelo cuando me aparté para observar el resto de la batalla.

Orlando daba voces de júbilo y saltaba. Observé que cuando participaba en experiencias nuevas las absorbía con gran rapidez, temblando de emoción. Después dormía por varias horas, a veces hablando en el sueño y repitiendo palabra por palabra todo lo que había oído.

Esa noche, cansados y repletos de buena comida, el padre Manuel, Cararé y yo nos sentamos en los escalones de la casa recordando el pasado como viejos soldados. Yo describí los castillos irlandeses, construidos como fortalezas y diseñados, al igual que Santa Marta, para sustentar a los cientos de personas que dependían de ellos. Hablé con gusto y como si las hubiese presenciado de las batallas durante las cuales se les tiraba brea, piedras y agua hirviendo a los agresores, y del sitio de 1646, cuando ni las paredes de dieciocho pies de grosor pudieron resistir el efecto devastador de esa nueva arma —el cañón. Aquí se inspiró Cararé recordando cuando sus ancestros habían peleado contra los charrúas, aprendiendo a montar los caballos que les robaron a los españoles. Los cañones y los diferentes tipos de armas de fuego contribuyeron a su derrota pero lo que más los devastó —me dijo—, fueron las enfermedades traídas por los españoles y portugueses en sus barcos y las que sufrieron cuando se los puso a trabajar en las entrañas de la tierra.

El bisabuelo de Cararé volvió calvo y sin dientes después de dos años de trabajo en las minas, con las extremidades débiles y un temblor que lo terminó matando. Fue afortunado —dijo Cararé—, ya que la mitad de los indígenas obligados a trabajar en las minas de plata en los desiertos helados de Huancavélica jamás retornaban, morían después de tres o cuatro años de trabajo forzado, dejando viudas y huérfanos que se morían de hambre o se sometían a la misma esclavitud.

En las profundidades de las colinas los mineros se asaban, picando piedra para obtener la plata que cargaban sobre sus espaldas hasta la superficie a la luz de las velas, donde sus compañeros se congelaban, moliendo y lavando las piedras a la merced de los helados vientos que los castigaban. En un paraje desolado, producto de los miles de fuegos que cubrían más de seis leguas, el preciado metal se derretía, preparándolo para su traslado a España.

Después de ver a su padre morir víctima del trabajo forzado y sin tregua, el abuelo de Cararé mudó a su familia a la misión y les dijo que se arrodillaran y dieran gracias a Dios cuando oyeron cerrarse los portones detrás de ellos. Solo el rey podía acceder a quienes protegían los jesuitas, y durante tres generaciones, Cararé y su familia se dedicaron a ser fieles soldados de Cristo y del rey.

Estas historias me afligieron. La familia de mi madre eran plateros. Desde que empecé a caminar me habían llevado a la tienda de mi tío, enseñándome a dar vuelta los candelabros, las bandejas y las copas, buscando un barco entre dos castillos y la inicial del platero a la izquierda. Estas eran las marcas que identificaban la plata más antigua, trabajada antes de 1714. Fue así que aprendí cuál era mi mano izquierda y cuál la derecha. Antes de cumplir los diez años, cuando mi padre me enseñó a leer ya sabía reconocer las palabras «esterlina» y «dólar». «Esterlina» significaba que la plata satisfacía todos los requisitos; y «dólar» que era plata hecha de dólares españoles importados y refundidos, y de la máxima pureza. Hasta ese momento en que me enteré del sufrimiento humano que esta plata había costado, me había sentido orgullosa de ser descendiente de una familia de plateros y orfebres radicados en Cork cientos de años antes de Cristo.

Estaba exageradamente caluroso para ser primavera, y me refrescaba con un abanico hecho de pastos trenzados mientras el padre Manuel y Cararé hablaban de sus esfuerzos por conseguir una imprenta y un telescopio. Importaban los libros de las misiones norteñas, y no tenían telescopio.

—Envidio al padre Suárez, que en paz descanse, con su observatorio en San Cosme —dijo el padre Manuel—. Quizás uno de los miembros de su tribu, los que le ayudaron a construir sus telescopios, pudiera ser persuadido para unirse a nosotros por un tiempo, Cararé.

Cararé parecía creer que yo sabía de qué me estaba hablando cuando me contó que con la ayuda del padre Suárez, su gente había documentado más de ciento cuarenta observaciones de los satélites de Júpiter, y cartas astronómicas hasta el año 1840. Yo estaba a punto de confesar que no tenía idea de lo que era una carta astronómica cuando vimos al padre Antonio corriendo hacia nosotros bajo la tenue luz del crepúsculo, anunciando que Garzón había vuelto. Me levanté y estaba por ir a darle la bienvenida cuando el padre Antonio agregó que la historia se repetía.

—¡Trajo a un hombre medio muerto! Y no se parece en nada al Dr. Falkner, Manuel. Él era todo un caballero. ¡Éste tiene aspecto alocado!

Corrimos a la enfermería y vimos sobre una de las camas a un hombre barbudo, de pelo largo y enredado, el pecho cubierto de heridas.

—¿Le dispararon? —preguntó el padre Manuel.

—Lo atacó un jaguar —contestó Garzón—, acercándole un farol a la cara. Lo reconocí y me sumí en una avalancha de recuerdos que me invadieron e hicieron olvidar de cuánto había estado deseando la vuelta de Garzón. Me refugié en la oscuridad del cementerio detrás de

Juana de Arco, con mi espalda recostada sobre su base y mis rodillas apretadas contra el mentón.

¿Qué hacía Charlie FitzGibbon en la provincia? No había pensado en él desde aquel desolado día en que lo vi por primera vez fuera de lo de Bridget. No había razón para el temor que me poseía en ese momento, Charlie no sabía nada acerca de mí o de Tobías y por ende no podía revelar nada.

—¿Se siente mal, Michael?

Era Cararé, buscándome. Sacudí la cabeza incapaz de hablar, y se sentó a mi lado.

—¿Lo conoce?

—Se llama Charlie FitzGibbon.

—¿Lo conocía en Irlanda?

—Sabía de él. Odia a los ingleses y lo más probable es que lo hayan desterrado.

—¿Por qué estará aquí?

Sacudí la cabeza.

—El padre Antonio quiere saber si usted podría cuidarlo. Y Garzón ha preguntado por usted.

—Iré dentro de un momento, don Cararé.

Se puso de pie al escuchar risas desde la enfermería, y se le transformó la cara de alegría.

—¡Ha vuelto mi esposa!

Lo seguí, y cuando entré vi que la había alzado en el aire y daba vueltas con ella en un remolino de enaguas coloridas. En un instante reconocí que era Wimencaí la que había servido de modelo para Juana de Arco. Tenían los mismos rasgos, el pelo negro lacio y el cuerpo curvilíneo. En cuanto Cararé la depositó en el suelo, fue el turno de Garzón de recibirla; la besó calurosamente y Wimencaí rió y lo empujó. Él me miró y pensé cuánto me hubiese gustado que me besara a mí también, sabiendo que en todo caso mi disfraz lo prevendría.

Wimencaí se puso seria al acercarse a la cama de Charlie. Se remangó y pidió agua caliente.

—Yo se la traigo —dije.

Quería una excusa para salir, para esconder mis celos, mi desconcierto, y componerme antes de volver a la enfermería. Traté de no pensar en nada excepto en la simple tarea de llenar una palangana con agua de la caldera que mantenía junto al fuego en la casa, y mantuve los ojos fijos en el vapor que se desprendía mientras volvía a la enfermería.

A Charlie lo habían puesto sobre una mesa y ayudé a Wimencaí a lavar sus heridas y ponerles aceite de *cupay* para controlar la pérdida de sangre. Mientras lo curaba, me dijo en voz baja que en sus cartas Cararé le había contado todo sobre mí. Cuando cosía las heridas me pidió que moliera la corteza de *zuynandy* y me mostró cómo usarla.

—Es muy eficaz para las heridas de jaguar. Impide la inflamación y el envenenamiento de las heridas. También alivia el dolor, que va a ser intenso si el pobre llega a despertar.

Satisfecha con su labor Wimencaí se secó la frente con la manga, y me pidió que le alcanzara una jarrita llena de una sustancia espesa y rojiza que se estaba enfriando después de ablandarse junto al fuego.

—¿Qué es? —le pregunté.

— *Sangre del grado*, la savia de un árbol que crece junto a los arroyos y los ríos. La recojo en el invierno, durante los meses de julio y agosto cuando hay luna menguante. —Tomó un pincel y le pintó a Charlie el pecho y los hombros con la savia—. Forma un vendaje líquido. Se secará y le sellará la piel hasta que sane, para que las heridas no supuren.

Mientras Wimencaí se cambiaba de ropa, regresamos a Charlie a la cama y yo controlé su respiración. Si se despertaba, tenía que ponerle un paño humedecido con azúcar, jugo de frutas, y láudano en los labios, y exprimir. No despertó hasta la mañana siguiente cuando me miró sin reconocerme. No tenía por qué conectar al joven que vio junto a su cama con una mujer que apenas había visto fuera de una casucha en Cork durante una tormenta de nieve.

Durante mi siguiente visita me presenté como Michael, evitando darle oportunidad alguna de interrogarme, guiando la conversación hacia lo que le había pasado.

Su madre española tenía parientes en Entre Ríos —Charlie me contó—, y cuando los ingleses lo arrestaron, ofreciéndole la opción de emigrar o marchar a la horca, decidió emigrar.

—¡Hubiese elegido la horca si los hubiera podido estorbar más de esa manera! —sonrió.

Estuvo en Buenos Aires por varios meses estableciéndose como mercader de cueros, y cuando salió en busca de sus parientes, su guía se equivocó al navegar las corrientes y la canoa se dio vuelta. El agua se lo llevó mientras Charlie se aferró a un camalote, una especie de islote movedizo común en el Río Uruguay. No era el único que se había resguardado allí. En cuanto consiguió subirse a la masa de ramas y plantas se encontró cara a cara con un jaguar hambriento y sin ninguna intención de compartir su refugio.

—Me habían dicho que la única manera de enfrentar a un jaguar era orinarle en los ojos, pero en vez, agarré mi cuchillo.

Traté de reír como lo hubiese hecho mi hermano, pero Charlie cambió de tema, pidiéndome que le contara lo que le había pasado después ya que él no recordaba nada más.

—Creo que usted mató al jaguar y que lo encontraron unos camiluchos que lo oyeron pidiendo auxilio. Pensaban llevarlo a Montevideo, pero se encontraron con Garzón en el camino y cuando se enteraron que iba rumbo a Santa Marta le pidieron que lo trajera aquí.

Charlie me hizo muchas preguntas acerca de la misión y sus habitantes. Le gustaba tenerme cerca para conversar, pero su presencia me turbaba. Me parecía una casualidad fatídica que hubiésemos terminado los dos no solo en las colonias españolas sino en el mismo lugar, pero el hecho de que ambos éramos de Cork fomentó nuestra amistad. Mi disfraz me protegía del encanto que Charlie ejercía sobre toda mujer, pero a la vez significaba que Charlie se sentía con el derecho de golpear a mi puerta a cualquier hora. Me preguntaba por qué no podía compartir la casa de huéspedes con Orlando y conmigo. El padre Manuel le dijo que no estaba en condiciones de dejar la enfermería, pero a medida que sanaban sus heridas Charlie comenzó a sospechar algo y me preguntó si me había ofendido. Inventé una historia que tenía algo de cierto: Orlando le tenía temor a los extraños, y Charlie, con sus excelentes modales, la aceptó, aunque me dio la impresión de que no la creyó del todo.

—Un nombre poco común «Garzón» —dijo un día—. Le gustaba conversar mientras le cambiaba los vendajes, para distraerse del dolor.

—Es francés, escrito con zeta, no ç, —dije.

—Itanambí parece tenerle mucho cariño. Me imagino que es católico.

—¿Por qué quiere saber?

—No lo he visto en la iglesia y no se pueden casar si él no es católico ¿verdad?

Así que no eran los celos que me habían hecho sospechar que había algo entre ellos. Charlie también lo percibía. Yo sabía que a Garzón lo habían bautizado. Su padre había sido lo suficientemente convencional o práctico para asegurarse de ello, y una de las memorias más vívidas de la niñez de Garzón era el asombro de la banda de malhechores que trabajaban con su padre cuando trajeron a un sacerdote a bordo. El sacerdote era un viejo fuerte e intrépido que no tuvo temor alguno al encontrarse entre contrabandistas y piratas. Bebieron y bromearon toda la noche previa al bautismo.

Terminé mi trabajo y estaba por irme cuando llegó el padre Manuel a contarnos que la respuesta que tanto aguardábamos por parte del padre Nusdorffer había llegado.

Capítulo VI

Octubre de 1746

Hijo mío,

Hoy abrí su carta, y el contenido me turbó de tal manera que me apresuro a responder.

Primero le aseguro que no está Ud. solo en sus preocupaciones acerca del futuro de nuestros muy amados fieles convertidos. Por un lado me han acosado con súplicas recomendando acciones inmediatas para la protección de las misiones, y por el otro, he recibido órdenes de España indicando que no debo hacer nada para ofender ni al rey ni a sus representantes. Las negociaciones entre los ministros de la Corona y el padre Retz, nuestro general, son de carácter sumamente delicado y no debo ponerlas en riesgo.

Abundan los rumores, y uno de los más despreciables e insidiosos trata del destino de las tribus libres (una alusión profana a su falta de ilustración religiosa). Hay planes para eliminarlos si continúan resistiendo nuestros esfuerzos por convertirlos. Como siempre, las tribus cargarán con la culpa que se les echará por las masacres consecuentes. Nosotros sabemos que la razón de estos males continuará siendo la codicia por los recursos obtenibles en los territorios que estas tribus controlan.

Nos han acusado de impedir el progreso de la civilización

y de ser incapaces de ver el futuro, que para los mercaderes, les pertenece a los dueños de los bienes materiales. Debemos preguntarnos cómo será el futuro para un continente cuya historia está escrita con la sangre de sus pueblos nativos.

En cuanto a darles permiso a Cararé y a otros para que trabajen por un salario, sepa que confío en su juicio acerca de la integridad del capitán Garzón y su amigo Keating, pero quiero que piense que va a sentar un precedente peligroso. Es un paso irrevocable, y los hacendados menos escrupulosos pasarán a demandar acceso a la mano de obra en las misiones.

Nuestros enemigos en España y Portugal hacen circular rumores acerca de nuestras supuestas riquezas. No nos van a creer si les decimos que serán los indios y no nosotros quienes se beneficiarán de los salarios. De la misma manera que nos acusan de enriquecernos con las ganancias que obtenemos gracias a nuestras reses y la yerba mate, pensarán que todo lo que ganan los indios terminará en nuestros cofres.

Le encomiendo su decisión a Dios. Medite en ayunas antes de tomarla.

Suyo en Cristo,
Bernardo Nusdorffer, S.J.

—¿Nos ha dado permiso o no? —preguntó Garzón.

—No ha dicho ni que sí ni que no —contestó el padre Manuel.

—¿Es incapaz de ser directo?

—¡Capitán! —dijo Cararé—. ¡Ud. se está refiriendo al Padre Provincial!

—¡Me daría lo mismo si fuese el papa! ¿Por qué no es directo?

Antes de que se empezaran a pelear el padre Manuel alzó la mano.

—Recomienda la meditación. Seguiré su consejo.

Durante dos días Garzón marchó alrededor de la plaza, tiró las boleadoras, nadó de un lado a otro en el arroyo cercano, y comenzó un experimento con agua y vapor.

—Veo a un hombre —dijo Charlie mientras Garzón llenaba varios recipientes con agua del aljibe— o enamorado o con necesidad de un pasatiempo útil.

Casi perdí los estribos.

—¡Nuestro futuro depende de lo que decida el padre Manuel!

—Quizás. ¿Pero qué hace su amigo?

Garzón se alejaba de la plaza. Desde las torres lo vimos acercarse a un montón de leña sobre el cual había puesto unos escalones de piedra. Por lo visto Garzón intentaba hervir el agua que había recogido, con qué fin ni Charlie ni yo nos podíamos imaginar.

Dos días después, habiendo seguido los consejos del padre Nusdorffer, el padre Manuel anunció que se había decidido. Había rezado en ayunas y visto el futuro como si estuviese escrito en las baldosas a sus pies. Los días estaban contados y pronto los indios no podrían vivir libres sobre las pampas. Vendrían más y más colonos ansiosos por explotar las riquezas de estas tierras. Los indios de las misiones poseían muchas habilidades con las cuales beneficiar a la colonia. Eran carpinteros, albañiles, y granjeros. Leían y escribían en varias lenguas y muchos de ellos eran artistas y músicos.

Garzón, impaciente, golpeó el pie sobre las baldosas pero el padre Manuel no pareció darse cuenta. No tenía ninguna duda —dijo— de que triunfarían los enemigos de los jesuitas requiriéndoles que abrieran sus puertas para recibir el siglo XVIII con todos sus males y sus promesas. Sabía muy bien que la única esperanza para los indios yacía en los hacendados si les pagasen por su labor.

—¡Exactamente! —dijo Garzón—, pero el padre Manuel no se apresuró.

Atrás quedaron los días —dijo— en que el resto del mundo no existía y los sacerdotes podían continuar con su trabajo intocados por el tiempo. Hemos salvado de la esclavitud a los indios de las misiones durante dos siglos. Ha llegado la hora de que se integren a la vida colonial. Si no los incitamos a ello, la lucha habrá sido en vano. He consultado con Cararé y con el cabildo y estamos de acuerdo. El padre Antonio permanecerá aquí con los que no se quieran ir. Yo acompañaré a los que acepten trabajo.

La exuberancia con la cual Garzón lo abrazó, golpeándole la espalda hasta que el padre Manuel le rogó que parara, reveló la tensión que había sufrido.

—¿Y usted, don Cararé? —le pregunté—. Usted también nos acompañará, ¿verdad?

—Wimencaí y yo iremos con ustedes —dijo.

Lo abracé y él me sostuvo durante un momento mientras me hablaba al oído:

—¡Itanambí no vendrá!

—¡Gracias! —le contesté—, sin pensar por qué esta noticia habría de importarle a Michael Keating.

El padre Manuel se arrodilló frente al crucifijo y nos invitó a hacer lo mismo. Charlie, Cararé y yo aceptamos pero Garzón permaneció de pie mientras el padre Manuel le rezaba a su Dios crucificado.

—Los guaraní te dicen *Ñamandú* —el primer padre. Como todos los padres actúas en forma misteriosa, Señor. Frecuentemente me he rebelado contra los medios que eliges para obtener tus fines, y entiendo por qué el padre Nusdorffer se siente inseguro acerca de este empeño, pero yo creo que si no nos vamos, será imposible defendernos. Soy un buen pastor, y si resulta necesario daré la vida por mis ovejas. Si me equivoco me perdonarás. De aquí en adelante te tendremos a ti, nos tendremos los unos a los otros, y si conozco bien el carácter humano, tendremos al joven Keating y al capitán Garzón.

—¡Amén! —dijo Garzón—. ¡Partimos en tres días!

—————

Dos semanas más tarde Garzón, loco de impaciencia, parecía estar en varios lugares a la vez. Compró tres carretas y supervisó el trabajo de asegurar a cada lado de ellas los cajones que transportarían las gallinas, los patos, y los gansos. El cuerpo de cada carreta era del largo de dos hombres. Arcos de madera sostenían la paja que cubría el techo de cada lado, y varios cueros colgados por delante y por detrás nos protegerían del viento. Dos enormes ruedas, cuatro cabezas más altas que yo, las propulsarían mientras las yuntas de bueyes tiraban.

Recolectamos las valiosas semillas de yerba y las guardamos como si fueran oro, junto con los arados y las herramientas. Envolvimos en telas los libros del padre Manuel y los pusimos en la carreta que yo compartiría con Orlando. Estaba deseando dominar suficientemente el castellano para leerlos y darme un festín de Calderón de la Barca, Moreto y Cavana, Cervantes, y Tirso de Molina.

Los cien hombres, mujeres y niños que habían elegido acompañarnos separaron lo que se querían llevar. Se les permitiría únicamente lo que podían cargar. Entre Santa Marta y la laguna nos alejaríamos de la costa varias veces para evitar las rocas que dificultaban el paso de las carretas. Tendríamos que desenganchar los bueyes, cruzar las dunas, vaciar las carretas, y cargar el contenido cuando las ruedas se hundiesen en esa cinta interminable de arena junto al océano.

Charlie anunció que había decidido volver a Entre Ríos para seguir buscando a sus parientes, y Garzón se vio muy aliviado. Le había preocupado la idea de que quizás yo lo invitaría a unirse a nuestra empresa.

—Los socios no toman tales decisiones sin consultarse —dije—, disimulando la confusión que me causaba despedirme de Charlie.

Desde el momento en qué dejó la enfermería las mujeres lo habían rodeado de atenciones, de comida, y de vino. Le habían hecho ropa y un poncho rojo, negro y blanco, los colores del escudo de armas de los FitzGibbon. Más de una vez había visto a una madre llevándose a su hija, llorando, desde el pórtico fuera del cuarto de Charlie. Combinaba las cualidades fatídicas de ser a un tiempo extranjero, buen mozo, y con una historia trágica. Para muchachas resignadas a vivir la misma vida que sus madres, sin posibilidad de cambio, Charlie representaba un sueño romántico. En una época en que yo también me sentía restringida por circunstancias fuera de mi control, había sentido lo mismo.

También el padre Manuel debía prepararse para las despedidas, en su caso, de la misión que había sido su hogar durante más de diez años. En ella había casado a decenas de parejas y bautizado a cientos de niños, y antes de irnos, dio una misa en el altar que había ayudado a construir.

Más tarde, sus mejores amigos le pidieron una ronda final de los cuentos que tanto deleite les habían brindado a lo largo de los años. El padre Manuel eligió contarles de su primer encuentro con un grupo de indios guaraní. Quería convertirlos, y les presentó las enseñanzas de Jesús antes de descubrir que habían sido católicos desde que sus ancestros habían viajado con el apóstol Santo Tomás a través de los desiertos del Gran Chaco, cruzando los Andes, y llevándoles las palabras de Cristo a todos los pueblos que encontraron en el camino.

—Visité el lago cerca de Chuquisaca donde dicen que enterraron la cruz que traía Tomás. Me dijeron que igual que todos los jesuitas yo era uno de sus descendientes.

—Imposible —refunfuñó Garzón.

—¡La fe está compuesta de imposibilidades! — sonrió el padre Manuel.

Varias miradas severas fueron dirigidas hacia Garzón, y volvió a su mate mientras el padre Manuel continuaba.

Fue durante su estadía con los guaraní que aprendió acerca de la religión antigua que ellos practicaban. Había dejado su misión y viajaba con un guía hacia Asunción para visitar a su amigo de la niñez —el padre Javier—, cuando se enfermó, sintiendo escalofríos antes de sucumbir a la fiebre que lo acosaría por varios meses después.

Afuera de la casita adonde lo llevaron vio una rueda de hombres, mujeres y niños vestidos con la simpleza de las misiones. Luego se cambiaron a sus atuendos nativos y aparecieron varios hombres cantando, bailando, y agitando maracas. Los cantos y los bailes se intensificaron y el padre Manuel escuchó que cambiaban sus nombres cristianos por nombres guaraníes. La chicha, que él asociaba únicamente con la borrachera, pasaba de una mano a otra y antes de que la fiebre lo venciese, el padre Manuel comprendió que en este caso formaba parte del rito, de la misma forma que lo hacía el vino durante la comunión.

El padre Manuel permaneció inconsciente por varios días mientras la música y el baile continuaban. Cuando pasó la fiebre no quedaba nadie más que su guía, y el padre Manuel lo interrogó. El hombre no quería mirarlo, y dijo que no recordaba nada de lo que el padre Manuel había visto. Cuando llegaron a la misión en Asunción supo que no había estado delirante, pues reconoció a uno de los hombres que había visto bailar alrededor del fuego. Recordaba muy bien la ardiente resolución con que bailaba, su concentración, y el hecho de que cuando se despojó de su nombre cristiano y se puso un tocado de plumas lo hizo con el aire de un rey asumiendo su corona. El padre Manuel sabía muy bien que lo que había presenciado era un rito hereje y pagano, y que aparte de haber faltado a su deber permitiendo que el rito continuara, lo había comparado al más sagrado de los sacramentos, la comunión.

El padre Javier lo absolvió, asegurándole que había estado inconsciente y no podía estar seguro de que todo lo que recordaba hubiese ocurrido. El padre Manuel sabía que sí había ocurrido y aun más: no había intervenido en el rito porque permitió que lo absorbiera y lo conmoviera. Su angustia era tal que deseó haber pertenecido a una orden que promoviera la flagelación y pidió permiso para usar un cilicio que le atormentara el cuerpo hasta expiar su culpa. Le otorgaron el permiso y durante varios días el padre Manuel usó el cinturón de metal bajo su hábito hasta que el padre Javier, que había vivido largos años en las misiones, le recomendó leer los relatos de sus predecesores. El padre Manuel los encontró llenos de augurios, sueños, y visiones muchísimo más vívidas que las suyas. No era posible —le explicó el padre Javier— vivir entre indios cuyas vidas eran guiadas y formadas por los sueños y no caer víctima de las dudas. Los guaraní creían que mientras estaban despiertos se preparaban para los sueños significativos que traería la noche. Mucho se había hablado de que pueblos enteros, guiados por sus sueños, habían pedido el bautismo.

¿Qué significaba entonces el rito que había presenciado? ¿Eran los indios hipócritas y mentirosos o necesitaban dirección y consejo? ¿Y por qué aunque hubiese delirado o no, se sentía incapaz de juzgar lo que habían hecho y mal dispuesto a castigar al hombre que había reconocido?

El padre Javier le recordó de la Sagrada Congregación para la Propagación de la Fe, establecida por el papa Gregorio XV en 1622. La Congregación instruía a los misioneros acerca de que no debían «forzar a los pueblos a cambiar sus modales y costumbres a menos que sean contrarias a la religión y a la moral». No había «forma más segura de fomentar el alejamiento y el odio» —mantenía la Congregación— que un ataque a las costumbres locales». Estas costumbres, y el clima tropical, inflamaban los sentidos y cambiaban las percepciones de los europeos, le dijo el padre Javier mientras le untaba las ronchas causadas por el cilicio y le contaba cómo había hervido la corteza y las semillas de mboy caá en vino, para curarlo. La mezcla aliviaba las heridas y el padre Manuel debería usarla y abandonar el cilicio. También le recomendó que antes de cada almuerzo, comiera una gran cantidad de las frutas de guembe, y bebiera una taza de agua fría.

El padre Manuel lo hizo, con la misma desesperanza que había sentido de niño cuando su madre, intentando curar lo que llamaba sus humores melancólicos, le había pedido al cirujano que lo sangrara. No tuvo el efecto deseado y el padre Javier se dio por vencido y lo mandó a trabajar al clima templado de Buenos Aires con el padre Herrán que intentaba convertir a los minuanos y a los charrúa que continuaban atacando poblados en el interior y matando a quienquiera que se metiese dentro de sus tierras. El padre Manuel se regocijó. Éste era el trabajo misionero que siempre había deseado. Su trabajo pastoral con los guaraní ya convertidos era igual que el trabajo de un sacerdote en un pueblo en España. Pero con el padre Herrán se pondría en contacto con los que consideraba verdaderos indios.

El padre Herrán había conseguido hacerse amigo de los minuanos y de los charrúa, pero nada más. Aceptaban sus visitas, respetaban su conocimiento de su idioma y de sus costumbres, y le creían cuando les decía que si continuaban con sus ataques, los españoles los borrarían de la faz de la tierra. Se retiraron tierra adentro a las pampas y abandonaron las costas donde habían vivido de la generosidad del océano y habían aprendido, gracias al caballo, nuevas formas de sobrevivir. El padre Herrán había dedicado su vida a la conversión de los charrúa y de los minuanos sin éxito; esto, en vez de ayudar al padre Manuel a concentrarse en el trabajo misionero, lo impulsó aún más.

El padre Manuel rió al recordar al anciano, áspero como los seres a quienes se dedicaba.

—Fue él que me enseñó a hacer fuego con un pedernal, a cazar con arco y flecha, y a nadar bajo el agua para encontrar moluscos. Tal como yo, el padre Herrán llegó a la provincia convencido de que les traía la palabra de Dios a los herejes, abriéndoles las puertas del cielo. Lo que las distantes e inaccesibles tribus le estaban comunicando era que hubiese sido mejor no haber venido.

—Pero sin los jesuitas los indios serían esclavos —dije.

—De eso no hay duda alguna.

—¡Entonces les han hecho más bien que mal!

—No es a los jesuitas que los charrúa y los minuanos se oponen, es a todos los extranjeros. ¿Qué hacemos aquí? Cararé me dice que es el Diablo que me impulsa cuando sospecho que lo único que hemos hecho es encubrir la codicia del rey. Dios sacrificó a su único hijo por los pecados de la humanidad y desde ese momento puso en claro lo que cada uno debe hacer: salvar almas para Cristo. Medité y pedí consejo durante años para entender lo que quieren los charrúa y los minuanos, y a medida que gané la confianza de los guaraní y los chaná entendí que no todos habían llegado a las misiones atraídos por el poder de Cristo y su iglesia. Muchos vinieron para evadir lo que los seguidores de Cristo, los españoles y los portugueses, les harían si seguían viviendo y reverenciando a los espíritus como siempre.

—Se habrá sentido usado —dijo Charlie.

—Lo único que me importaba era que habían venido. Y en ese momento entendí que lo que yo podía hacer era mantenerlos sanos y salvos. Dios se tendría que encargar del resto.

———

Cuando salió de la iglesia después de oficiar su última misa en Santa Marta, lo rodearon hombres, mujeres y niños sollozando mientras le entregaban los obsequios que le habían hecho: un mantel para el altar bordado con cada uno de los pájaros y los animales que tanto amaba, y una vida de santos ilustrada comenzando con la propia Santa Marta, la amiga de Jesús.

Junto con Charlie y el padre Antonio, acompañaron las carretas que se llevaban a miembros de la familia y amigos que habían formado parte de la comunidad por varias generaciones. Cuando no podían ir más lejos, se quedaron con las manos en alto hasta que nos ocultó un recodo en el camino.

Charlie fue el último en dejarnos, y cuando se unió a los demás vi que lo acompañaba Itanambí.

Durante las primeras horas de viaje nos encontramos con varios carros y vagones llenos de abastecimiento para los habitantes de la ciudad, pero a medida que el paso de los bueyes nos alejaba , dejamos atrás todo indicio de las poblaciones.

Ahora que teníamos todos los permisos necesarios y nos estábamos por establecer junto a la laguna decidí revelar mi verdadera identidad. Esa misma noche, le pedí a Cararé que me acompañara de un fogón a otro, pero a pesar de los esfuerzos que hicieron por mostrarse sorprendidos, me di cuenta que en realidad no había engañado a nadie.

—¿Todos sabían? —le pregunté indignada a Cararé.

—¡Nadie sabía!

—¡No le creo! ¿Fue usted quien les dijo?

—Fue Garzón.

—¿Garzón les contó?

No sabía si enfadarme o regocijarme cuando Cararé respondió.

—No fue necesario. Igual que el Padre se percataron en cuanto vieron cómo la mira.

Parábamos de noche y una vez durante el día para comer, descansar, y darles agua a los animales. Después de varios días acampamos y los hombres salieron a cazar. Volvieron con varias reses y un guazúbirá, un pequeño venado que encontraron a la orilla de un arroyo. Mientras las mujeres hacían los fuegos, los hombres despellejaban a los animales detrás de una cuesta que los ocultaba. Me pusieron de vigía, mientras una jauría de cimarrones esperaba impaciente el festín que les proporcionarían los restos. Estos perros eran descendientes de los mastines de caza españoles que se habían usado para perseguir presas animales y humanas, y cuando sus dueños murieron o los abandonaron, se cruzaron con los perros salvajes produciendo el formidable cimarrón, grácil, fuerte, y más difícil de capturar que el mercurio.

Cada vez que los miraba me daba la impresión de que se iban acercando. Iba a largar un tiro de advertencia cuando vi que los hombres habían desaparecido. Me volví hacia los perros y ellos tampoco estaban.

Me invadió el miedo y la sangre me golpeaba en las sienes. Tuve la sensación de que no estaba sola y cuando me animé a mover los ojos vi que dos minuanos me observaban. Parecían plantados en la tierra, con la piel curtida como las cortezas de los árboles. El viento agitó las plumas de ñandú que colgaban alrededor de sus cuerpos y decoraban su cabello largo y suelto. Uno de ellos lucía una cruz.

Balbuceé unas palabras en guaraní. No parecieron entenderme y me contemplaron hasta que rompieron el silencio con un silbido largo. Dos caballos que pastaban cerca alzaron las cabezas y vinieron hacia ellos. Los minuanos montaron y se alejaron sin apuro.

Me quedé mirándolos hasta que desaparecieron en el monte. No sé cuánto tiempo me hubiese quedado allí, esperando que volviesen, de no ser que los cimarrones habían vuelto a gruñir y ladrar mientras se peleaban por los huesos y las entrañas desparramadas detrás de mí.

Durante mi ausencia, había llegado de Santa Marta un mensajero, y tuve que esperar hasta que distribuyó los paquetes y las cartas antes de poder hablarles al padre Manuel y a Garzón. Traté de impartir la emoción que había sentido al ver a los indios.

—¿De qué color eran las plumas? —me preguntó Garzón.

—¿Las plumas? Blancas. ¿Por qué? ¿Es importante el color?

—Usan plumas de color si van a pelear.

— Debería visitarlos —dijo el padre Manuel. Parecía a la vez nervioso y exaltado.

—¡Permítame acompañarlo, Padre! —dije.

—Yo también iré —agregó Garzón.

—Cararé lo precisará para organizar una defensa si deciden atacarnos.

—Si existe ese peligro Isabel debe quedarse.

—No tendrá ninguna dificultad si se viste como mujer.

—No me parece buena idea. ¿Qué ocurriría si deciden que no pueden volver?

—Sin duda usted nos rescatará —sonrió el padre Manuel.

Me mudé de ropa, tan nerviosa que no podía abrocharme los botones de la blusa. Orlando me ayudó, sus deditos diestros y seguros mientras le explicaba adónde iba.

—Garzón te precisa. ¿Comprendes?

Me indicó que sí con la cabeza, y le besé la frente.

—Eres el único que puede mantener la paz entre don Cararé y Garzón.

Guié al padre Manuel al lugar donde había visto a los dos hombres. Lo había oído hablar acerca de las habilidades que había aprendido del padre Herrán y me imaginé que seguiría las huellas de los minuanos, pero no. Empezó a caminar, explicando que porque habían visto extraños en su territorio pondrían guardias alrededor de la aldea y que aparecería alguien a interrogarnos. Tenía razón, y pronto nos encontramos cara a cara con un minuano. Un palito del tamaño de un clavo le perforaba el labio inferior, y en la cintura le colgaban trofeos de guerra. Gracias a Cararé sabía lo que era ese racimo informe, ya que me había contado acerca de su costumbre de despellejarles las caras a los enemigos muertos.

El padre Manuel y él intercambiaron unas palabras y los tres abandonamos los llanos y nos dirigimos hacia el monte, abriéndonos paso entre la maleza, a la vez que intentábamos ver el claro lleno de sonidos y aromas que percibíamos a la distancia. Los contornos del poblado y sus colores armonizaban con el entorno, y era difícil ver dónde empezaba la aldea y dónde terminaba el monte. Mi primera impresión fue que consistía de unos veinte refugios hechos de palos y cueros, pero al entrar en la aldea nos recibió un sonido como un susurro de viento. Eran las persianas de junco, que al cerrarse hacían cambiar el aspecto rústico de las viviendas, transformándolas en casitas y ocultando a sus habitantes. Desde las hamacas colgadas entre los árboles varios pares de ojos nos vieron pasar. Las mujeres estaban agachadas junto a los fogones cuidando la carne, y vi que a algunas les faltaban falanges en los dedos. Varios hombres hablaban en una ronda, y se nos dio la orden de sentarnos cerca de ellos.

Esta era la primera vez que el padre Manuel visitaba una aldea minuana y era un momento decisivo para él. Absorta en mis propias emociones no había notado lo tenso que se mostraba. Se veía preocupado, apretándose las manos sin cesar. Me indicó a Yací sentado junto al fuego, y lo reconocí en seguida. Era uno de los hombres que había visto ese mismo día. Ya no lucía la cruz que me había dado el coraje de hablarle. Ahora tenía puesto un collar hecho de los dientes de algún animal.

El padre Manuel tradujo lo que pudo de la conversación y entendí que nuestra situación era precaria. La mitad de los hombres querían hacernos volver, la otra mitad, encabezados por Yací, quería permitirnos pasar.

—¿Ahora qué hacen? —le pregunté al ver que Yací y un hombre musculoso, con una larga cicatriz en el hombro, se ponían de pie, desechaban las armas, las plumas y los taparrabos, hasta quedar desnudos frente a nosotros.

—Van a luchar.

—¿Por qué?

— Para decidir el resultado. Si gana Yací pasaremos. Si no, tendremos que volver.

¿Nuestro futuro dependía de una lucha? Los dos hombres se apartaron y el padre Manuel sacó el rosario. Lo guardó en seguida. Sus manos reflejaban la lucha y lo hubiesen roto de no ser que Yací, brillando de sudor, había logrado inmovilizar a su adversario. La lucha fue tan rápida que casi no tuve tiempo de apreciar que había pasado el peligro. Los hombres volvieron a formar su círculo, y al caer la noche Yací invitó al padre Manuel a unirse a ellos. Traté de imaginar lo que sentiría al quitarse el sombrero y acercarse al fuego. Hacía más de una década que esperaba este momento.

Uno de mis pies se adormeció, y empecé a sentir frío. Trataba de entrar en calor soplando en mis manos cuando oí un crujido. Me volví y me encontré con un par de ojos verdes, acentuados por tres líneas azules pintadas desde el nacimiento del cabello hasta la punta de la nariz y sobre cada sien. Los únicos indicios de que la mujer agachada a mi lado tenía sangre europea eran sus ojos y la piel menos oscura que la de las otras mujeres. Su cabellera era larga y negra, vestía una falda corta de cuero y una capa, y lucía pendientes de conchas marinas y pulseras de nácar. Me ofreció una calabaza. Deseando que fuera algo caliente la tomé y me la acerqué a la boca. Emanaba un olor a semillas fermentadas y probé con cuidado. Me quemó la garganta y quedé sin aliento.

—¿Eres española? —me preguntó en castellano.

—Soy irlandesa.

No sabía lo que significaba esa palabra y le conté acerca del viaje que había hecho para llegar a Montevideo.

—Mi madre visitaba Montevideo todos los años.

—¿Para ver a su familia?

—Nosotros éramos su familia. Iba a ver su aldea. De pequeña la acompañaba. Tenía cabello amarillo como el tuyo.

—¿Vestía como tú? —le pregunté, intentando no mirarle las piernas y los senos desnudos.

—A veces —señaló a Yací—. Ese es mi esposo.

—Es muy buen luchador.

—El mejor. Ese es su hermano, Abayubá.

Me sorprendió.

—¿El otro luchador?

Lo descartó con un gesto.

—Todo lo que Yací propone Abayubá lo niega. Ha sido así desde niños. Abayubá acusaba a mi madre de fomentar la curiosidad de Yací, y es cierto que la alimentaba, pero Yací nació curioso e inquieto.

—¿Cómo te llamas? —me preguntó cambiando repentinamente de tema.

—Isabel. ¿Y tú?

—Atzaya. Tienes frío.

Me extendió la mano, conduciéndome a su choza en las afueras de la aldea. Apartó el cuero que servía de puerta y múltiples ojos brillaron desde una variedad de candeleros de arcilla, algunos en forma de lechuzas, lagartos y carpinchos, otros fantásticos y sin ningún parecido a los animales que yo conocía.

No podía incorporarme en el pequeño espacio y Atzaya me indicó un montón de cueros junto a un respaldo hecho de los mismos juncos que formaban las paredes. Se sentó frente a mí con las piernas cruzadas y puso una fuente de fresas al alcance de mis manos. Retiró de una canastita un trozo de piel de gamuza donde había envuelto dos desvanecidas rosas de seda, y me las puso en las manos.

—Eran de mi madre.

El vestido que habían decorado ya no existía, pero Atzaya lo recordaba en vivo detalle. No tenía igual en la aldea, era pálido como un cielo invernal, suave y lustroso, con ramos de rosas cubriendo el borde del dobladillo. Atzaya había intentado reproducir la seda con cuero. Eligió los pedazos más suaves y los machacó durante varios meses, frotándolos con grasa, y amasándolos hasta que le dolían los dedos. Creó un cuero fino y suave pero no se parecía a la seda del vestido. Tocó mi falda.

—Era más suave aún que esto.

—Pienso que estaría hecho de seda.

—¿Tú sabes hacer esa seda?

Le dije que no. A pesar de la desilusión escuchó atenta mientras le expliqué lo poco que sabía de cómo la seda hilada por los gusanos para crear sus capullos se desenrolla, se lava, se tiñe, y se convierte en tela.

—Es fina, liviana y muy, muy fuerte.

Era cierto —me dijo—. Aún después de que el vestido le había quedado ajustado, ya que era una muchacha cuando se la habían llevado los minuanos, su madre lo había seguido usando, alejándose de la aldea para caminar junto al océano. Atzaya la seguía temerosa de que no volviera. Cada otoño, se ponía su único vestido y la llevaba a Atzaya a Montevideo. Nunca entraban —dijo Atzaya—. Se detenían donde podían ver las murallas, y observaban cuando los portones se abrían y se cerraban con el ir y venir de la gente y de las carretas. La madre nunca le explicó a la hija el por qué de estas visitas, pero el padre le dijo que su madre precisaba ver si todavía existía el mundo que en una época había habitado.

Con el pasar de las estaciones, el vestido había sido transformado en una falda y después en una capa, pero las rosas sobrevivieron. Atzaya adoraba ese vestido que brillaba en el sol y ondulaba en el viento. Cuando la madre quemó los restos, desparramó las cenizas, pero guardó las rosas para su hija.

Atzaya destapó una canasta y empezó a desenrollar semillas, caracoles, cuentas de madera, huesitos, dientes de animales y pescados, todos perforados cuidadosamente y enhebrados en una cuerdita.

—Yací piensa que este collar de memorias explica la vida de mi madre.

Me lo dio y sentí que si pudiese leerla tendría entrelazada entre mis dedos la historia de una mujer. «¿Qué significado tuvo para ella este caracol violeta? ¿Le había conmovido su belleza, o indicaba un evento importante? ¿Y esa raíz tallada con las letras M, V y S?»

Ojalá mi madre también hubiera creado su propio collar de memorias. Yo no conocía toda su historia. Era simplemente mi madre, la que se ocupaba del confort y el orden de nuestras vidas, la que nos consolaba sin buscar consuelo, y cuyos deseos yo no conocía. Nunca había intentado descubrirlos, ya que me resultaba impensable que tuviese deseos que no incluyesen a mi padre, a Michael y a mí. Quizás su collar de memorias hubiese incluido misterios y deseos igualmente profundos a los de la madre de Atzaya.

—¿Encontraste respuestas aquí, Atzaya?

Sacudió la cabeza, señalando un huesito de pescado.

—Aquí empecé mi propia historia. Es un hueso de *pacoú*. Lo talló Yací para conmemorar nuestra primera comida. Tocó un pequeño bultito en el collar:

—Éste es por mi madre. Es uno de los pétalos de las rosas. Lo envolví con pelo de caballo.

—¿Cómo se llamaba tu madre?

—Mariana.

—¡Qué extraordinario! ¡Mi madre se llamaba Marion!

Nos sonreímos y pensé que no había disfrutado de la compañía de una amiga de mi edad desde irme de Irlanda, y no había esperado encontrarla aquí, en este lugar salvaje. Hablamos y comimos las fresas y me olvidé del frío y de mis preocupaciones. A la luz oscilante del fuego, hablando en una lengua extranjera para las dos, nos comunicamos como si nos hubiésemos conocido de toda la vida.

—¿Cómo vino tu madre a vivir con tu padre?

—Después de una batalla con los colonos, ella y sus dos hermanos vinieron a vivir con nosotros. Sus hermanos eran menores que ella y tenían pelo y tez oscura. Mi madre era blanca, y tenía pelo del color de los aromos. Una vez le pregunté cómo era que miembros de una misma familia podían ser tan diferentes y me dijo que sus parientes eran marineros y traían esposas de lugares lejanos.

Atzaya había heredado los ojos color verde de su madre, y mientras que su tez y su cabello eran oscuros, no lo eran tanto como los de su padre, Calelián, y de pequeña se había revolcado en las cenizas para parecerse más a él. Una vez se cortó el pelo con la esperanza de que cuando volviera a crecer sería negro, no ese marrón que la destacaba cuando las tribus se reunían y tenían curiosidad de examinarla de cerca. No entendía que curiosidad y desaprobación no son lo mismo. Con cada mirada creía que la acusaban de tener la sangre de los invasores en sus venas. Si querían verla enfadada —dijo Atzaya—, mencionaban su ascendencia y se enloquecía de rabia. Solo Yací lograba calmarla. Él sabía que era el deseo de pertenecer, de ser igual a los demás lo que le impedía mostrar el cariño que sentía hacia la madre. La sensibilidad que compartía con Yací era algo nuevo para los dos, y al madurar, Atzaya comprendió lo desolada que se habría sentido su madre.

Le conté de mi resentimiento cuando mi madre me empezó a enseñar cómo cocinar y coser, cuando lo que a mí me apasionaba eran las columnas de cifras y las listas en el almacén de mi padre. Concordamos en que algún día, cuando nosotras fuéramos madres, quizás nuestras hijas también desearían cambiarnos.

Atzaya hizo un gesto hacia donde estaba sentado el padre Manuel.

—¿Eres su esposa?

—¡No! Es sacerdote. Los sacerdotes no se casan.

—Tiene una cara muy hermosa, casi tan oscura como las nuestras.

—Creo que es por el sol.

—¡Sus ojos me asustaron la primera vez que los vi!

—¡A mí también me sorprendieron! Nunca había visto a un hombre con un ojo marrón y el otro verde.

—Los chamanes dicen que con el verde el padre Manuel ve el pasado y con el marrón el futuro.

—Lo respeta mucho a tu marido. Todas las noches duerme en la hamaca que le hizo Yací.

A Atzaya le complació saberlo y me contó que Yací había pasado semanas recogiendo los juncos necesarios para la hamaca, y días tiñéndolos y entrelazándolos para crear la estrella en el centro.

—Jamás lo he visto dedicarle tanto esfuerzo a algo. Pero me dijo que valió la pena. En cuanto vio cómo el padre Manuel la tocaba, supo que le gustaba y que respetaba todo el trabajo que Yací le había dedicado.

Hacía calor en la casita y me vino sueño. Bostecé y Atzaya me ofreció una mezcla de hojas molidas con un polvo blanco.

—Toma.

—¿Qué es esto?

—Hueso con tabaco. Nos ponemos un trozo bajo el labio superior y cuando sentimos sueño lo chupamos para no dormirnos.

Antes de que tuviera que decidir si quería probar el remedio, Yací apartó la cortina de cuero y entró junto con un aroma de humo y sudor. Tan cerca de mí estaba que hubiera podido tocarlo.

–Manuel quiere saber si tienen hambre.

Sacudí la cabeza. La imagen de él luchando desnudo se entrometía en mis pensamientos y observé aliviada que se había puesto el taparrabos. Se sentó y tomó un manojo de fresas.

—Estaban hablando de mí, en castellano.

—Le conté a Isabel acerca de la hamaca que le hiciste a Manuel.

—Él me regaló una cruz. Yací hizo un gesto hacia uno de los postes que sostenía el techo y vi que allí colgaba la cruz.

—Me regaló algo más también. Un obsequio misterioso.

Esperé, hasta que entendí que deseaba que le preguntara cuál era el otro obsequio, y le dí el gusto.

—Era un hombre —dijo en voz baja inclinándose hacia mí—, un hombre pequeño, tallado en madera y pintado, y supe en seguida que era yo, erguido sobre una roca, recostado en mi lanza. Me vio buscando la estatua con la mirada y sacudió la cabeza.

—No está acá.

—La tiene en una cueva llena de murciélagos —dijo Atazya.

—Al principio le temía. Cuando el agua se lleva mi imagen, me la devuelve si me alejo, pero el tallado es algo que cualquiera puede tocar. Tiene poderes mágicos —pausó.

—¿Qué tipo de poderes? —le pregunté.

—¡Canta! No con palabras pero con música, como agua sobre las piedras. Y solo cuando se lo pido.

—¿Cómo se lo pides?

—En la base tiene un pedacito de oro. ¡Cuando le doy vueltas, la estatua canta!

«Una cajita de música. Era muy ingenioso el padre Manuel —pensé».

Al principio Yací se preguntó si el padre Manuel habría usado algún poder maligno para hacer que la estatua cantase, pero los sapos chillaban y el viento susurraba igual que siempre. Los ojos del jaguar brillaban en el cielo y la tierra se mantenía firme bajo sus pies. A la Madre Tierra no parecía molestarle el poder que tenía el padre Manuel para obtener sonidos de un pedazo de madera ¿y quién era Yací para cuestionar su sabiduría? La Madre siempre señalaba su desagrado. A veces con señales sutiles y difíciles de interpretar hasta por los más sabios.

—Pero cuando está realmente enojada —dijo Yací —, su voz es fuerte y clara— manda inundaciones que nos empujan hacia las cimas, o reseca la tierra hasta que se parte y los pájaros son los únicos que pueden alcanzar el agua. Pero siempre nos avisa. Los que viven dentro de la tierra son los primeros en sentir su furia y abandonar su cuerpo. Los pájaros callan, y los gatos se vuelven cautelosos.

Hechizada con el relato, me sobresalté al oír la voz del padre Manuel.

—¿Isabel está allí?

Yací apartó el cuero e hizo lugar para que el padre Manuel se acomodara sobre las pieles y continuó como si nadie lo hubiese interrumpido.

—Me puse la cruz, disgustando a los demás. Hay entre nosotros quienes recuerdan las historias del ancestro cuyo nombre llevo.

Este ancestro era uno de los primeros en haber visto a los hombres blancos cuando aparecieron cerca de la costa. Los ancianos contaban que los guerreros embarcaron en las canoas y se acercaron a la nave que pertenecía a los visitantes, pero el único que la abordó fue el primer Yací. Nadó hacia el buque durante la noche y lo invitaron a subir. Volvió años después, vestido como los blancos y lleno de historias.

—Yo creo —dijo Atzaya— que la curiosidad que siente Yací acerca del mundo a su alrededor le viene de ese antepasado. Era un viajero audaz, y volvió a la aldea con relatos llenos de maravillas y de horrores después de vagar entre la gente de la cruz.

—Había visto cosas asombrosas: corazas y unos tubos largos con los cuales se podía ver las estrellas de cerca. Presenció la muerte en varias formas, y nos contó de un dios que requería la sangre de su propio hijo como sacrificio, y de un rey que cuando sus chamanes le desagradaron los había puesto en jaulas hasta que murieron de hambre. Mi ancestro se volvió cuentacuentos y ahora yo quiero hacer lo mismo.

—Me has contado acerca de algunos que como tú —dijo el padre Manuel—creen que la cruz es buena, ya que representa una confluencia sagrada entre la tierra y el agua.

Era cierto —dijo Yací—, pero su hermano Abayubá estaba convencido de que los que usaban la cruz como símbolo de sus creencias no habían traído nada bueno, y que por lo tanto ponerse una cruz era un agravio hacia los que habían muerto desde que ese símbolo había aparecido en sus tierras.

—¿Trajo sus herramientas? —le preguntó al padre Manuel—. Dijo que me mostraría cómo canta la estatua.

—Puedes venir a nuestro poblado a verlas. Estaré allí asistiendo a Isabel y a los otros que piensan vivir allí.

—¿Eres su chamán?

—Sí.

—Le hemos prometido al padre Manuel que no los molestaremos —dije.

—Son personas honradas, Yací —dijo el Padre.

—No hay ninguna honra en la compra y venta de la Madre —intervino Atzaya.

—Los europeos no ven la tierra de esa manera.

—Entonces tendrían que quedarse entre los suyos que piensan igual.

Habló con sencillez, sin rencor, recordándome la verdad fundamental que había compartido conmigo el padre Manuel: aunque no quisiéramos hacerles daño, serían dañados cuando sus creencias chocaran con las nuestras.

¿Sería su destino igual al de mi pueblo? Durante la caminata de regreso a nuestro campamento el padre Manuel me recordó que nuestro experimento estaba diseñado para prevenirlo. Si demostrábamos que era posible vivir en paz con los minuanos, estableciendo vínculos de confianza a pesar de nuestras diferencias, entonces quizás transformaríamos el curso de nuestra historia.

Brillaba la luna, y el guía no tuvo que encender el farol. Se despidió en cuanto llegamos a la pradera.

—Nuestro mensajero nos trajo noticias que pueden interesarle — dijo el padre Manuel mientras caminábamos.

Tal como había dicho, Charlie se había ido de Santa Marta para continuar la búsqueda de sus parientes, pero no se había ido solo. Lo acompañaba Itanambí. Nadie dudaba que ella lo hubiese hecho por su propia voluntad, pero para el cabildo la conducta de Charlie significaba una violación de la confianza que habían puesto en él. Lo habían aceptado en la comunidad, tratándolo igual que a uno de ellos, y les pagó con la deshonra de una de sus hijas. El padre, enfurecido, los persiguió para asegurarse de que Charlie se casase con ella.

—Jamás lo hará —dije.

—Lo mismo pienso yo.

—Es de una familia noble. Un matrimonio así…

—Es impensable. Lo sé.

No dijimos más nada, y esa noche no pude dormir. Las estrellas parecían diamantes esparcidos sobre un terciopelo negro. A lo lejos, aullaban los perros.

Me incorporé y lo miré a Orlando acostado a mi lado en la carreta, respirando tranquilo. Me puse las botas y bajé de la carreta, deslizándome por detrás de los centinelas y alejándome del campamento. Una luna dorada iluminaba las palmeras, bañándolas en oro. Bajo esta misma luna Charlie dormía con Itanambí. En una época hubiera dado mucho por ser ella.

Sentí una vez más la presencia de mi madre. Me resultaba extraño pensar tanto en ella en este remoto lugar que ella jamás había visitado. ¿Qué habría pensado si me hubiese visto esa noche, sentada sobre la tierra hablando otra lengua con un hombre y una mujer casi desnudos y que a su pensar, seguramente hubiesen parecido salvajes? Llegué a las palmeras donde los murciélagos aleteaban como cenizas alrededor de la fruta y las luciérnagas hacían alarde de sus luces. No había pensado encontrarme con nadie, pero bajo el hechizo de las luciérnagas bailaba Garzón.

La última vez que lo había visto bailar había sido en la cubierta del Buenaventura. Entonces, sus movimientos eran bruscos y tristes, hoy estallaban de alegría. En esa otra ocasión usaba botas y manejaba las boleadoras, ahora estaba descalzo y sus manos, abiertas al cielo, parecían llenas de luciérnagas. Me vio y se detuvo, jadeando.

—¡Qué bueno verlo bailar otra vez!

—Estaba festejando la partida de FitzGibbon —contestó—, caminando hacia mí.

Me detuve.

—¿Sabía…?

—¿Que se llevó a Itanambí? —Se rió—. ¡Me hizo bailar el doble!

—Pero pensé que ella y usted…

—Aunque hubiese querido hacerlo no podría competir con FitzGibbon. Él es precisamente el medio de escape que ella ha buscado desde hacerse mujer.

—¿Así que ella lo está usando? ¡Pobre Charlie!

—Dudo que esté sufriendo mucho en este momento.

Recogió una manta tirada bajo una palmera, y la extendió.

—Venga a mirar las luciérnagas conmigo.

Lo dijo con seguridad como si hubiésemos llegado a un momento decisivo. No vacilé, y nos sentamos, espalda contra espalda, mirando en direcciones opuestas, a pesar de lo cual empecé a sentir que íbamos encaminados por la misma senda.

Cerré los ojos. ¡Cómo me hubiese gustado a mí también poder bailar con la alegría que me inundaba! ¡Itanambí se había fugado con otro y a Garzón no le importaba!

Recostó la cabeza en mi hombro y me rozó la cara, acercando su boca a mi oído y dándome calor con su aliento.

—¿Recuerda cuando le dije que no podría venir más a mi cabina, que tendríamos que leer las estrellas en vez de los libros?

—Lo recuerdo muy bien.

—Temía estar solo con usted. Se volvió arrodillándose a mi lado.

—¿Podrías amarme, Isabel? Porque yo estoy perdido de amor por ti, *chalona*.

Sabía demasiado bien que solamente las tontas se entregaban a un hombre antes de casarse. Cuántas veces había asistido a los partos trágicos que resultaban, despreciando la debilidad de las mujeres y preguntándome cómo podrían pensar que existía un hombre por el que valía la pena tal sufrimiento. Pero me venció un hambre insaciable, el deseo de formar con él un solo cuerpo, y le dije que sí con toda el alma.

Capítulo VII

Bajo la luz temprana de un nuevo día quedé maravillada por la riqueza de esa tez oscura contra la mía y entendí por qué en Irlanda los votos nupciales incluían las palabras «con mi cuerpo te adoro». Sabía que si abría los ojos y me miraba volvería a sus brazos antes de que mi conciencia me lo prohibiese, así que me encaminé a la carreta antes de que Orlando despertase, y lo próximo que recuerdo era él dándome golpecitos en el hombro:

—¡Isabel! ¡Isabel! ¡Indios!

Orlando no había hablado desde que se presentó al padre Manuel, y por un momento pensé que estaba soñando. Los ojos me ardían de cansancio y sentía una sed insaciable. De repente, me invadió una avalancha de recuerdos de la noche anterior.

Me incorporé y me encontré de pronto cara a cara con Atzaya, Yací, y un par de patos muertos.

—¡Tuve un sueño anoche! —dijo Yací—depositando los patos en mi falda. ¡Llevaba colgada la cruz y cabalgaba contigo!

Atzaya le tomó la mano y se lo llevó.

—Te aguardaremos.

Puse de lado los patos, encontré una bolsa de naranjas y unos dátiles para endulzarme el aliento, y ayudé a Orlando a traer brasas para la olla de agua que preparaba Atzaya. No lo vi a Garzón por ningún lado, lo cual me alegró ya que no sabía cómo lo miraría a la cara o qué nos diríamos a la luz de la mañana.

Pusimos a hervir el agua, y pelé las naranjas mientras Yací detallaba su sueño.

En él Yací no sabía adónde íbamos, pero sí que buscábamos lo mismo. Convencido de que este era un buen agüero, pero consciente de que los sueños son serios portentos, le había preguntado a Atzaya si ella percibía alguna advertencia.

—Dado que su madre era española, la opinión de Atzaya acerca de los españoles como tú tiene mucha importancia.

Abrí la boca para decirle a Yací que yo no era española, pero Atzaya ya se lo estaba explicando.

Yací se vio preocupado.

—¿Sabías que no era española cuando me dijiste que el sueño no contenía una advertencia?

Atzaya le indicó que sí.

—A su pueblo lo dominan invasores.

—¿Invasores africanos? ¿Por eso tu hijo no se parece a ti? —me preguntó, mirando a Orlando.

—Orlando vive conmigo pero no es mi hijo.

—¿Este es tu esposo? —dijo, viendo acercarse a Garzón.

Busqué rápidamente algo que me ocupara, y me decidí por ayudar a Atzaya a poner los patos en el agua hirviente.

—¡No! —dije.

Atzaya lo miró a Garzón atentamente.

—Veo en ti a mis primos los charrúa.

—Mi madre era charrúa.

—Cuando Yací terminó con el ritual que lo hizo hombre —dijo Atzaya—, nos dejó y fue a visitar a tu tribu en Entre Ríos. Todavía tenía hinchado el labio cuando salió.

—¿Por qué? —preguntó Orlando, sorprendiendo a Garzón.

—Ha decidido hablar otra vez —le susurré, y con la calidez de su sonrisa desapareció la incomodidad que había sentido al verlo.

Yací indicó el pequeño clavo de madera que le perforaba el labio inferior.

—Me lo pusieron durante las pruebas que me convirtieron en hombre.

—¿Le dolió?

Yací asintió.

—Pero no podía demostrarlo.

—Dime —dijo Garzón—, ¿cómo piden esposa en tu tribu?

Bajé la mirada esperando que el rubor que me quemaba la cara fuera atribuido al fuego.

Yací describió cómo el día que decidió pedirle permiso al padre de Atzaya para casarse con ella se levantó con el sol y preparó el sitio que había elegido para la casa. Cortó la maleza, quitó las piedras, y eligió las cuatro ramas que servirían de soporte para su vivienda. Del bañado recogió los juncos que Atzaya entrelazaría con crines de caballo para formar las paredes y el techo. Como todo el proceso llevaría tiempo, había preparado varios cueros de venado y dos hamacas.

—Luego me puse la cruz y el tocado que la madre de Atzaya me ayudó a hacer antes de morir. Habíamos juntado almejas y plumas...

—¿Qué tipo de plumas? —le preguntó Garzón.

—Plumas de flamenco, de loro, de cardenal. Las cortamos y les dimos forma, entrelazándolas a una vincha con crines de caballo. ¡Cargué mi caballo con todas mis pertenencias y lo decoré con plumas también a él!

El caballo no estaba acostumbrado a verse tan adornado y se sacudió haciendo que se soltaran las plumas. Yací tuvo que explicarle la importancia que para él tenía la ocasión. Fue entonces que permitió a Yací que lo engalanara, sin sacudirse ni una vez más.

—Es un buen caballo y me respeta mucho.

—Yo estaba en mi hamaca cuando llegó Yací —dijo Atzaya.

—¡Se levantó tan despacio que creí que no tenía prisa de irse conmigo!

—¡No quería caerme de la hamaca como una niña impaciente!

—Le pedí permiso al padre para llevármela y le mostré el caballo.

—¡Mi padre fue más lento aún que yo! Examinó las decoraciones, los bultos, los dientes del caballo, y me dijo que sirviera comida. Yací la devoró como si estuviese muerto de hambre y bebió el agua de un trago. Pero a mi padre no había forma de apresurarlo. Prendió la pipa y lo invitó a Yací a fumar mientras yo juntaba mis pertenencias. Me iba a poner los pendientes de plumas de loro que había encontrado y había atado con una cuerda tan finita que parecía casi invisible, pero no quería parecerme al caballo, así que me puse las pulseras de nácar que tanto le gustan a Yací.

Dentro de las ollas de arcilla que usaría para cocinar y almacenar la comida puso sus agujas de hueso y sus cucharones de almeja, envolviéndolo todo en la piel de jaguar en que recibiría a su primer hijo. De una canasta hecha especialmente para la ocasión, retiró el trozo de cuero de venado que había trabajado hasta dejarlo tan suave como la piel de un cisne, y del cuero, retiró las rosas de seda de su madre, susurrándole a Mariana que se iba a casar con Yací tal y como ella hubiese deseado. Puso todo sobre el caballo, y lo siguió mientras que Yací los conducía a través de la aldea y hacia el lugar que había preparado.

—¡Ahora que tenía mujer podría sentarme con los mayores cuando se reunían alrededor del fuego de noche! —dijo Yací con orgullo.

Enterró debajo de un coronilla las puntas de las ramas que había cortado. Atzaya las cubrió de cueros y colocó pieles de venado y de carpincho sobre la tierra. Excavó un pozo con una piedra puntiaguda, lo recubrió con piedras, y se preparó para empezar el fuego. En ese momento miró a Yací, esperando que a esta altura de los acontecimientos ya hubiera presentado su presa.

—¡Me había olvidado de cazar para nuestra primera comida juntos!

Oscurecía y pronto la tribu aparecería con obsequios, también traerían comida pero la costumbre era que la pareja ya hubiese estrenado el hogar con una comida.

Atzaya lo llevó a Yací al río y le pidió que esperase mientras de un recodo del río ella levantó una canasta con dos pescados. Yací se sorprendió cuando Atzaya se los puso en las manos.

—Los pacoú son mis favoritos —dijo— ¡pero son difíciles de agarrar porque no les gustan los anzuelos!

—Los había atrapado con semillas de *carapá* que esparcí sobre el agua. Cuando vinieron a comerlas, los atravesé con mis flechas.

A esta altura, ya habíamos escaldado, desplumado y destripado los patos, y Yací y Garzón los pusieron en espetones para asarlos. De la canasta que cargaba sobre la espalda, Atzaya sacó mejillones y almejas y las puso a hervir.

La llegada de dos extraños había atraído mucha atención, y mientras se doraban los patos, los niños vinieron a verlos y a hacerles preguntas.

Las niñas querían saber por qué Atzaya lucía líneas azules en la cara. Atzaya les explicó que se las habían pintado durante el primer día de su menstruación, marcando su transición entre la niñez y el momento en que se hizo mujer. Les describió cómo luego la habían llevado a otro lugar a pasar varios días entre historias y cuentos, banquetes y bailes.

—¿Quién se la llevó? preguntaron las niñas.

—Mi madre y las otras mujeres.

—¿Sus amigas también fueron?

—Éramos tantas como estas—dijo Atzaya— colocando seis plumas sobre la tierra.

—Cuando volvimos a la aldea estábamos cubiertas con plumas y caracoles, y me sentía alta y orgullosa. Sabía que ahora podría darle vida a un ser humano, y que mi cuerpo se desarrollaría hasta parecerse al de mi madre.

A los niños les interesó el labio de Yací, y éste le preguntó a Orlando si recordaba el significado del clavo. Sí que lo recordaba —y les contó todo— con lujo de detalle a los muchachos maravillados.

—Le dolió mucho—agregó—, pero Yací no lloró.

—Lloré después —dijo Yací—, cuando ya nadie podía verme.

Más cautelosos que los niños, los adultos se contentaban con mirar a Yací y Atzaya desde una mesurada distancia, hasta que Cararé y el padre Manuel trajeron regalos para Yací como agradecimiento por la intervención que tanto nos había beneficiado. Lo rodearon, mientras Cararé le obsequiaba una manta y un ramo de hojas de tabaco, y a Atzaya una docena de velas de cera.

Mientras comíamos Yací pidió que le informaran acerca de otro grupo de colonos que había observado cortando árboles y preparando el terreno para construir casas. Habían elegido un lugar lejos de los campos donde los minuanos cazaban y recolectaban, y por lo tanto no se sentían amenazados, pero la presencia de los colonos igual les preocupaba. El padre Manuel no tenía ningún conocimiento acerca de esta población, pero le avisó a Yací que vendrían más españoles y portugueses, y que el número de ellos seguiría aumentando. Cararé lo invitó a él y a su clan a unirse a nosotros o a establecerse cerca, donde los pudiéramos proteger en caso de ser necesario.

—Siempre nos hemos protegido a nosotros mismos —dijo Yací—.

Y tu población estará demasiado cerca del océano como para ofrecernos seguridad.

—Cuando mi padre era niño —dijo Atzaya—vivíamos cerca del agua. Él y los demás hombres salían en una gran canoa. Las redes eran tan amplias que requerían la fuerza de veinte hombres para recogerlas, llenas de pescados que alimentarían a nuestra aldea por muchas semanas. Los espíritus del océano eran nuestros amigos por aquellos tiempos. Los chamanes no entienden qué hicimos para ofenderlos.

Desde la llegada de los hombres blancos, los minuanos evitaban establecerse cerca del océano que por tanto tiempo habían venerado. Era más fácil esconderse en el interior, donde no llegaban los colonos. Por esta razón adoptaron un estilo de vida errante que no les agradaba. Las mujeres se quejaban cuando tenían que recoger sus pertenencias y rehacer los techos y las paredes. Les advertían a los hombres que los difuntos no apreciaban la mudanza de sus huesos de un lugar a otro, algo necesario mientras vivían como nómadas viajando lejos de sus camposantos.

—Anoche después que se fueron hablamos del jaguar y de Botoque —dijo Atzaya.

—¿Quién es Botoque? —preguntó Orlando.

Yací fingió sorprenderse de que Orlando no conociera la historia, y los niños, que habían escuchado solemnes la conversación, se entusiasmaron con la esperanza de un cuento.

—Me lo contó mi padre —dijo Atzaya—. Botoque era kayapó...

—¡Ni siquiera era uno de nosotros! —dijo Yací.

—Lo encontró un jaguar cuando Botoque moría de hambre y...

—¡Esos kayapó no saben usar una lanza ni para salvarse la vida!

—...y lo cargó a la espalda hasta su casa, donde le sirvió carne asada. Botoque no sabía lo que era cocinar...

—Ni siquiera habían aprendido a hacer fuego...

—Si me sigues interrumpiendo no te podrás quedar. Has hablado toda la mañana. ¡Me toca a mí contarles un cuento!

Yací se tapó la boca pero vi una sonrisa en sus ojos.

—A Botoque le gustó la carne asada y se quedó con el jaguar, que le enseñó a domar el fuego y a cazar con arco y flecha. Botoque usó lo que había aprendido para matar a la esposa del jaguar. Huyó y buscó a su gente, volviendo con ellos a la casa del jaguar para robarle el fuego.

—¡Así que aparte de ser ignorante e ingrato, era asesino y ladrón! —dijo Yací—. ¿Qué crees que podemos aprender de este cuento, Orlando?

—¿A desconfiar de todos?

—Yo estoy de acuerdo. Pero Atzaya piensa que el cuento nos enseña que todos los descubrimientos, tales como el fuego, solamente nos llegan después de haberles hecho un mal a otros.

—Siempre hay un precio que pagar por los nuevos conocimientos, pero mi madre nos advirtió que no podríamos luchar contra los españoles siendo ignorantes.

—¡Ella sabía mucho! Podía coser los recipientes de cuero tan ajustados que casi no goteaban. ¡Y fue ella que nos enseñó a crear luz de la cera de las abejas!

—Velas. Como estas que me regaló Cararé.

Atzaya recordó como su madre le había enseñado a hacer velas, el pelo rubio casi tocando el fuego mientras bañaba las mechas en la cera derretida, formando las velas como pétalos sólidos entre sus manos. Las encendieron más tarde y llenaron la casa de luz pero su padre Calelián las apagó, diciendo que eran otro ejemplo de la brujería de los blancos. Esa noche cuando Mariana pensó que Atzaya dormía, se arrodilló a su lado murmurando conjuros en su lengua, meciendo su cuerpo hacia atrás y adelante. Atzaya no volvió a hacer velas hasta que se casó con Yací y él la alentó a convertir en candeleros los animalitos de arcilla que él hacía.

Un silbido fuerte y repentino nos hizo saltar, y Yací se irguió con la lanza en alto. Cuando nos dimos cuenta de dónde venía el sonido hablamos todos a un tiempo, explicándoles que era el vapor que escapaba de uno de los experimentos con agua que Garzón de vez en cuando conducía. Los niños fueron a tranquilizar a los caballos, mientras nosotros nos tapamos los oídos y le gritamos a Garzón que hiciera algo.

Convencido de que si calentaba agua hasta cierta temperatura muy alta podría hacer uso efectivo del vapor, Garzón había traído una serie de calderas que él mismo había diseñado y que ahora producían estos chillidos ensordecedores. Garzón fue a ver si el vapor había activado las ruedítas colocadas debajo del pico por el cual emanaba el vapor, y por el grito de triunfo que oímos, asumimos que algo especial había pasado.

—¡Ahora solamente me falta diseñar un vagón a vapor y no precisaremos ni bueyes ni caballos!

—¿Por qué querríamos deshacernos de ellos? —le preguntaron.

Garzón les señaló la velocidad de las ruedas.

— ¡Porque el vapor nos transportará con más rapidez!

—¿Más rapidez que el galope de un caballo? —le preguntó Yací.

—¡Muchísima más!

Al otro día nos despedimos de Atzaya y Yací, encaminándonos tierra adentro hacia la laguna. Yo estaba ansiosa, forzando la vista para poder atisbar la laguna a través del denso monte que la rodeaba. Casi habíamos llegado cuando vi un destello entre la maleza. Tomé un machete y cabalgué sola al frente de los demás. Deseaba ser la primera en llegar a los llanos hacia el oeste de la laguna, y caminé delante de mi caballo, abriéndome camino entre las lianas y los helechos. El aislamiento y las sombras de la selva terminaron repentinamente y me encontré en un montículo ante un inmenso panorama de praderas y bañados. Até las riendas a una rama, y me senté a escuchar el susurro de las hojas, el gorjeo y los lamentos de los pájaros. Me rodeó una nube de mariposas, posándose sobre mis brazos y cabello como joyas milagrosas o trozos de vitrales.

Me convertí en un ser hecho de aire, rápida, fluida y liviana como un suspiro. Tanto es así que cuando oí que los demás se acercaban quise detenerlos, rogarles que me permitiesen permanecer en ese ensueño donde me sentía parte íntegra de la creación, con los mismos deseos que las plantas a mis pies o los ciervos pastando a lo lejos.

Las mariposas desaparecieron, los sonidos se desvanecieron, y cerré los ojos, poco dispuesta a volver de ese lugar mágico al cual me había transportado. Me habré dormido porque cuando desperté era pasado el mediodía.

Estaba por levantarme cuando escuché la voz de Cararé. Pensando que me buscaba, casi le hablé cuando me percaté de que alguien lo acompañaba.

—Es mi puesto en el cabildo que me otorga la autoridad de reprocharle su conducta —dijo—, y no toleraré su agravio hacia Isabel.

—Usted es un necio pretencioso, don Cararé. —La voz, furiosa, era de Garzón.

—Sé muy bien lo que piensa de mí, capitán. Por lo tanto la protegeré a Isabel con muchísimo cuidado. No tiene familia para guiarla y ampararla, ni viejos amigos que la defiendan. Pero tiene amigos nuevos que no se quedarán sin hacer nada mientras usted se olvida que hace años que lo conocemos.

—¿Qué insinúa?

—Isabel no sería la primera a quien seduce y abandona.

—Cuídese mucho de tomar ese camino.

—No le tengo temor, capitán. Le resulta conveniente olvidar a Itanambí y a esa pobre chica que dando a luz murió junto con su criatura, pero yo las recuerdo, y si Isabel comparte ese destino, lo azotaré yo mismo.

Me llegó un sonido de algo que caía en la maleza. Pensé que peleaban y corrí hacia ellos pero cuando llegué Cararé estaba solo.

De allí en adelante él y Wimencaí me protegían celosamente, durmiendo fuera de mi carreta y cabalgando a mi lado como si fuese su propia hija. Garzón parecía haber aceptado la advertencia y no los desafió. Lo sorprendí varias veces mirándome con anhelo, pero no dijimos nada acerca de lo que había transcurrido entre nosotros bajo las palmeras. Quizás la advertencia de Cararé significaba algo más profundo. El padre Manuel ya me había advertido que la Iglesia prohibía los matrimonios mixtos, y Garzón no podía provocarlos ni a él ni a Cararé sin arriesgar nuestro futuro.

Más que nunca, deseé que mi madre estuviera cerca para aconsejarme. Crecí bajo su amparo, su fuerza y su dulzura, como una semilla bajo un árbol protector, y cuando cayó supe que lo único que ella hubiese deseado era que yo me mantuviese de pie. Siendo su semilla no tenía otra opción. Soporté la soledad durante un año, pero cuando se presentó Tobías me aferré a él como se aferra la víctima de un naufragio a cualquier pedazo de madera capaz de salvarle la vida. Fue cuando estuve sola y vulnerable una vez más que apareció Garzón. A Tobías no lo había evaluado con ninguna precaución, pero esta vez me encontraba en una situación diferente. Garzón me conoció pensando que era un hombre como él, lo cual me permitió percibir su carácter de una forma inusual. Creyendo que yo era un joven pobre emigrando a las colonias, no tenía por qué intentar darme una buena impresión, pero me trató como a un igual desde el principio, permitiéndome estudiar especímenes bajo el microscopio, y contándome las razones por las cuales era tan minucioso con la disciplina y la salud de los marineros. Lo que más me gustaba de él era esa feroz bondad que presencié por primera vez esa mañana cuando el capitán castigó al marinero, y que confirmé después, cuando rescató a Orlando.

También fue esa bondad que me motivó a hablar por primera vez acerca de mis padres y mi hermano Michael. Había resguardado mi dolor temiendo que expuesto me destrozaría, convirtiéndome en una de esas mujeres que tanto me asustaban. Rondaban las callejuelas de Cork, asiéndose de nuestra ropa con dedos huesudos y brazos desgastados, vestidas con trapos que ni les cubrían los senos. La gente las apedreaba y las insultaba, hasta que muertas de hambre se volvían locas y sus cuerpos aparecían congelados cuando la nieve se derretía. Le pregunté a mamá de dónde venían y por qué no volvían a sus casas y me dijo que las mujeres locas de pena no tenían casa y lo único que podían hacer era morirse de tristeza. Me daba pavor convertirme en una de ellas y cuando mamá me dejó, me seguí aferrando al dolor hasta el momento en el Buenaventura en que la ternura de Garzón me permitió dejarlo atrás. Me llenó de una gran alegría poder regresarle el favor, ya que él también había sufrido por muertes que todavía penaba, y jamás le había contado a nadie las historias de su madre, ni compartido los conocimientos que ella tenía de las estrellas. Hasta que me habló de ella había creído que todo lo que sabía de los cielos se lo había enseñado su padre. Pero cuando salimos de Río de Janeiro y me mostró las constelaciones, habló en la lengua de su madre y la reclamó como suya. Fue su padre quien le enseñó otra.

La confianza que tenía en él y en su amor por mí me servirían de guía hasta que llegase a comprender las complicadas reglas que gobernaban la vida en las colonias españolas. Mientras tanto, no haría nada que pudiera costarnos el éxito de nuestra empresa.

Empezamos por crear planos para el poblado que estableceríamos al oeste de la laguna. Igual que en Santa Marta, construiríamos la plaza alrededor de un aljibe. La iglesia, los talleres y los graneros estarían de un lado, y del otro la enfermería, la escuela, la casa que yo compartiría con Orlando, y habitaciones para el padre Manuel y Garzón. Al borde de este rectángulo pondríamos las casas de los indios, hechas de adobe, paja, y cueros. Las reemplazaríamos con casas de ladrillo y de piedra en cuanto abriéramos los talleres. Protegeríamos todo con un cerco de juncos, y torres en cada esquina. Excavaríamos una trinchera alrededor del cerco, rodeada a la vez por cactos que no requerían cuidado y que crecerían con el tiempo, proporcionando una barrera formidable tanto para hombres como para bestias.

Hasta crear un espacio libre, ararlo y sembrarlo, viviríamos de la carne de los venados, pecarí y ganado, comeríamos pescado de la laguna, y recogeríamos huevos domésticos y silvestres. Las mujeres habían traído granos y harina suficiente para hacer pan hasta después de la primera cosecha, y bajo el ojo atento de Wimencaí plantamos semillas de escarolas, chirivia, espinaca, berza, remolachas, anís y cilantro, todas plantas consideradas esenciales para la salud de nuestra comunidad.

Con cincuenta trabajadores, las casas se construyeron rápido, y Garzón se fue con algunos de ellos para reunir la manada de doce mil vacunos que se nos permitía tener. La mayoría de los traficantes de cueros los hubiesen matado a todos, pero nosotros queríamos establecer una estructura de ganadería, al menos con un tercio de ellos.

Cararé hizo todo lo posible por impedir que presenciase la primera cuereada, pero yo quería informarme acerca de todas las etapas del trabajo.

Cuando llegamos al sitio que los hombres habían elegido para la matanza, brillaba el sol y las praderas estaban resplandecientes bajo el calor del día. Cararé me ayudó a trepar las ramas de un ombú, y de lejos escuché mugidos mientras una nube de tierra crecía en la distancia evidenciando una tropa muy grande. Los hombres habían formado un abanico detrás de los animales, y una vez en posición, empezaron a galopar. Sentí el tronar de cientos de cascos escapando a sus perseguidores, y vi pasar una masa viva de vacas, novillos y toros. A la retaguardia cabalgaban los hombres que incapacitaban a los animales, cortándoles los tendones de la corva con lanzas en forma de guadañas, hechas con caña, y con las medialunas sujetadas con cuero. Detrás de ellos venían los despellejadores, que despachaban a los animales con puñales largos y delgados, diseñados para no dañar los cueros.

Resultó imposible ver hasta que la manada pasó, y entonces la tierra parecía estar cubierta de animales caídos, tal como lo había estado minutos antes por la estampida. Hasta que el último murió, el aire se llenó de bramidos y luego llegó el silencio, y lo único que se oía eran las voces de los hombres y los ladridos de los cimarrones, impacientes por recibir su parte de la faena, las entrañas que les tiraban los hombres para mantenerlos lejos de los cueros y de la carne.

De pronto me llegó el olor. Cada vez que respiraba sentía una ola de náusea, el olor penetrándome hasta que pensé que nunca me libraría de él. Me tapé la nariz, decidida a no vomitar, y por la boca me entró el gusto de la sangre que cubría la tierra, un sabor a lata que me atoró. Una bandada de buitres se acomodó en las ramas más altas y me bajé del ombú buscando camino para atravesar la carnicería que me rodeaba. Me encaminé hacia el arroyo pasando a los hombres que estaban estacando los cueros, y a los niños haciendo guardia para que los buitres no se acercaran. Una vez secos los cueros serían transportados a los talleres, donde serían limpiados, pesados, y preparados para el embarque. La carne se deshuesaba, se cortaba en porciones, y se colgaba sobre unos postes para que se resecara antes de ponerla en palanganas, donde se la cubriría con sal, y se dejaría al sol hasta que adquiriese la consistencia de cuero.

Mis botas estaban recubiertas en sangre, y cuando llegué al arroyo el agua se tiñó de rojo en torno a mí.

———

Atzaya y Yací vinieron a pescar en la laguna, y el padre Manuel, sabiendo de lo ansiosa que estaba yo por verlos, me invitó a acompañarlo. Encontramos a Yací recolectando plumas y caracoles en la orilla, y a Atzaya con el agua hasta las rodillas. Nos saludaron cuando nos vieron, y Atzaya salió de la laguna grácil como una gacela. Traía consigo una canastita.

—¿Qué tienes allí? —le pregunté.

—Mira —dijo, esparciendo un manojo de hierbas secas sobre la superficie del agua.

El agua empezó a burbujear con peces buscando un bocado. En cuanto habían comido empezaron a nadar rápidamente pero con dificultad, haciendo esfuerzos para respirar. Al cabo de poco tiempo, flotaban panza arriba. Los pusimos sobre la arena, y Atzaya me mostró cómo limpiarles las entrañas para eliminar todo rastro de *sacha barbasco*, la batata venenosa que había usado para matarlos.

Mientras los pescados se cocinaban sobre las piedras que Atzaya había calentado en el fuego, nos reunimos con Yací y el padre Manuel.

—Precisas herramientas especiales para fabricar un arma —decía el padre Manuel.

—¿Como las que usas para hacer cajas de música? —Yací sacó tabaco de una bolsita que llevaba a la cintura y llenó su pipa de arcilla.

—No, otras. Ni siquiera los indios de las misiones las tienen.

—¿Entonces cómo consiguen armas? —Encendió la pipa, fumó y se la pasó al padre Manuel.

—Hacen un intercambio de mercancías con los blancos.

—¿Podría yo hacerlo?

—Solamente hacen negocios con las tribus en las misiones.

—¿Qué negociarías conmigo por un arma?

El padre Manuel no quería contestar esa pregunta, y para distraerlo le mostró las herramientas que Yací había pedido la última vez que se vieron, pero Yací ya no estaba interesado en fabricar cajitas de música.

—Quiero hacer armas para ver si matan por mí también.

—Las armas matan por cualquiera. No tienen nada de especial.

Yací se mostró dudoso.

—¿Y tú por qué no llevas una?

—Tampoco llevo lanza. Soy un hombre de paz.

—¿No eres dueño de un arma?

—He elegido no serlo.

—¿No puedes aprender a usar su magia?

—Las armas no son mágicas. Para disparar un arma se precisa menos habilidad que para hacer una caja de música. La cargas, la apuntas, y presionas el gatillo. Se enciende la pólvora y el arma salta y se dispara.

—¿Cómo mata?

—Algo llamado una bala vuela del arma y penetra en el cuerpo.

—Tal como una piedra vuela de una honda. He visto balas. Son pequeñas y duras.

—Sí.

—Quiero un arma.

—Te daré una si vienes a vivir con nosotros.

Yací lo miró con una mirada fija.

—¿Por cuánto tiempo?

—Hasta que desees irte.

Yací miró hacia el poblado del cual nos llegaban los sonidos de las flautas y los tambores que tocaban los trabajadores al volver de los plantíos.

La vi preocupada a Atzaya y la seguí cuando volvió al fuego.

—Esa es la música que describía mi madre —dijo—. Es distinta a la nuestra, pero Yací cree que si la aprende recibirá su propia canción.

Estaba convencido de ello desde que el padre Manuel le había regalado la estatuilla musical, y Atzaya sabía que de todos los sebos que podría haber usado, la música y la estatuilla combinadas era el más seguro.

—¿Manuel sabe que Yací aún no ha recibido su propio *porahei*? —me preguntó.

—Dime qué es eso.

—La canción que se convertirá en su tesoro más preciado.

Debe haber notado mi expresión de perplejidad ya que dejó por un momento los humeantes pescados para explicarme la importancia del *porahei*.

—Es el canto que revelará la esencia de Yací, y la identidad de su espíritu guía.

Solo después de componer esta canción lograría ser lo suficientemente maduro como para entrar plenamente en el camino de su vida.

—¿Ha recibido Garzón su *porahei*? —preguntó.

—No lo sé —dije, alcanzándole la fronda que iba a usar para servir el pescado.

Me tomó las manos y las dio vuelta, señalando mis callos.

—Estos no los tenías cuando te conocí —dijo.

—He estado construyendo mi casa.

Hacía semanas que alisaba el piso de tierra, mezclaba barro para las paredes, y recogía pasto para el techo. Mi puerta sería de cuero y lo había machacado tanto que Cararé me había dicho que sería mejor usarlo para hacer ropa.

—Como el cuero que hiciste cuando querías un vestido —reí.

—¿Estás enojada con Garzón?

Me sorprendió su perspicacia.

—Temo estar encinta con su hijo.

—¿No te agrada?

El pasado —le dije— me había enseñado que no era capaz de tener hijos.

Durante los años que había pasado con Tobías los había perdido tres veces, siempre durante el tercer mes. Y ahora si por algún milagro pudiera completar este embarazo tendría que enfrentar al padre Manuel y a todos los amigos en el poblado cuyo respeto me era muy importante.

Atzaya me miró con una expresión inquisitoria.

—Me reprocharían por embarazarme sin estar casada —le expliqué.

—Entonces pídele a Garzón que se case contigo.

—¿Lo hacen las mujeres de tu tribu? Nosotras, no.

—¿Le puedo pedir yo?

Sonreí.

—¡Ojalá! Pero no, me debe pedir él.

¿Y si él no me pedía y yo no perdía el embarazo? Di vueltas a esta pregunta en mi cabeza de la misma manera que Garzón daba vueltas a su ágata en sus manos cuando algo le preocupaba. No soportaba la idea de forzarlo a casarse conmigo, y descarté el suicidio en cuanto se me presentó esa imagen en la mente. No quería morir, y no podía abandonar a Orlando. Ambos habíamos enfrentado adversidades y sobreviviríamos esta también. Todavía tenía la estatuilla que el señor O'Neill me había hecho con mis monedas de oro. El resto del dinero se lo había dado a Garzón cuando cerramos el trato. Él había insistido en que me quedara con la estatuilla, y si tenía que abandonar el poblado la podría usar para establecerme en otro lugar.

~

Estaba ayudando a las mujeres a decorar el altar para la primera misa que se ofrecería en la iglesia cuando entraron los hombres, comportándose extrañamente, aleteando las manos sobre sus corazones y alzando los ojos. Desde las ventanas vi que los niños me sonreían con expresiones pícaras, y una bandada de niñas me rodeó tentadas de risa antes de salir corriendo. Quizás —dijo Wimencaí— estaba por ocurrir una propuesta de matrimonio. ¿Habían visto a Garzón? —preguntó—. ¿Y qué tendría Garzón que ver con una propuesta? —querían saber las mujeres—. Era marino con un corazón fuera de alcance como todos sabían, ya que Itanambí había intentado conquistarlo y si ella no lo había logrado, nadie podría.

Estaba segura de que estos comentarios iban referidos a mí, algo que me hacía arder de vergüenza. Les di la espalda y me ocupé con el altar, preguntándome por qué Wimencaí, a quien consideraba mi amiga, había participado en esta humillación pública. Decidida a no llorar frente a ellas, me concentré en el alivio que había sentido cuando empecé a sangrar y supe que no sería necesario que Orlando y yo huyéramos. Por lo menos por ahora. Si Cararé tenía razón y yo era una más de las tantas que Garzón había seducido, no podría quedarme.

Cuando apareció con su sombrero en la mano, seguido por los hombres, me agaché para acomodar el dobladillo del mantel sobre el altar. Las mujeres se arreglaron los peinados mientras los hombres caminaban a lo largo de la nave invitándolas a salir afuera. Garzón me tomó del brazo pero me negué a mirarlo. No alcé los ojos hasta que nos unimos a los demás afuera de la iglesia donde las mujeres aplaudían y besaban a sus hombres.

Garzón caminó hacia donde había un montón de flores, hizo un ramo, y me lo entregó.

—Pensamos que lo más apropiado sería que la suya fuera la primera ofrenda.

Dimos vuelta la esquina de la iglesia y allí, rodeada de cubos de cuero repletos de flores, estaba mi vieja amiga Juana de Arco. Emocionada al punto de no poder hablar, escuché cómo los hombres habían escondido la estatua en una de las carretas y más de una vez habían maldecido a Garzón por haberla traído. Requirió la fuerza de seis de ellos ponerla en una carreta, y cuando esta se atascaba tenían que empujar y tirar sin sacar la estatua de allí, lo cual invitaba a las mujeres a hacer bromas no demasiado halagüeñas relacionadas con su falta de sentido común o de fuerza, comentarios por los cuales esperaban disculpas ahora que ellas lloraban de alegría alrededor de la estatua. Sus lágrimas me concedieron el permiso de liberar las mías, tanto que cuando llegué al pie de Juana de Arco para depositar mi ofrenda, mis ojos estaban enrojecidos.

Garzón me acompañó y me invitó a dar un paseo. Caminamos en silencio hacia un bosquecillo mientras intentaba lograr un control firme sobre mis emociones. Cuando llegamos a los árboles me volví hacia él. Se quitó el sombrero y se secó la frente con la manga. Colgó el sombrero sobre una rama y se enderezó.

—¿Te casarías conmigo, Isabel?

Mi respuesta lo sorprendió tanto a él como a mí.

—He decidido irme de aquí.

Dio un paso hacia atrás como si lo hubiese golpeado, y se sentó en un tronco caído.

—¿Por qué?

—¡Porque casi no me has hablado desde…, desde…!

—¡He pensado solamente en ti!

—No lo dijiste.

—¿Y por eso no me aceptas como esposo?

—¡No!

Se puso de pie y tomó el sombrero.

—¡No es por eso!

Se dio vuelta y se acercó, y yo di un paso hacia atrás.

—Tengo algo que contarte.

Mil veces me había imaginado este momento. En algún recoveco de la memoria guardaba varias versiones de mi historia ensayadas y elaboradas, pero en ese momento no recordaba ninguna.

—Me casé a los quince años con un hombre llamado Tobías Shandon. Pensé que estaba enamorada y quizás lo estuve al principio. El matrimonio duró seis años y perdí embarazos en tres oportunidades por lo que es posible que no te pueda dar hijos. Unos días antes de embarcar lo maté, sin intención. Había encontrado una parte de mis ahorros, y me hubiese golpeado hasta encontrar el resto. Me defendí con un cuchillo y él cayó al sótano rompiéndose el cuello. Lo enterré en el sótano y dije que me había abandonado.

Una bandada de cotorras pasó cerca de nosotros y no hablamos hasta que ellas y sus chillidos desaparecieron.

—¿Eso es todo? —dijo.

—¿Te parece poco?

—Yo también tengo algo que confesar.

—Si se trata de Itanambí prefiero que no me lo digas.

—Se trata de mí. Sabes que soy medio indio.

—Sí, lo sé.

—He pedido permiso para casarme contigo. Me lo negaron.

—¿El padre Manuel se negó a casarnos?

—Cararé me informó que el Padre Provincial tendría que otorgarle un permiso especial para la ceremonia. Lo pedí, pero el Padre Provincial decidió obedecer el decreto.

—No entiendo. ¿Cómo entonces...?

—¿Me harías el honor de casarte conmigo según las costumbres de mi tribu?

Me hubiese desmayado de alivio si no me hubiera tomado en sus brazos colmándome de besos. Más tarde no podía acordarme de las palabras que nos habíamos dicho, solo me quedaba la sensación de una larga sed saciada. Deslumbrada, radiante de alegría permanecí bajo los árboles hasta que volvió Garzón con su caballo, un padrillo fuerte y trabajador al que yo estaba acostumbrada a ver sin adorno ninguno. Hoy le brillaba su pelo de zaino y su cola y crines negras parecían hechas de seda. La montura y los estribos eran de plata, y un ramo de plumas de ñandú teñidas de azul y amarillo brotaban de un escudo que enmarcaba su cabeza. Las riendas estaban decoradas con caracoles pintados y campanitas de plata que tintineaban con su trotar.

Garzón me ayudó a sentarme en el recado y montó detrás de mí, dirigiendo el caballo hacia el rincón más apartado del poblado, donde había preparado la tierra y perfilado una casa con piedras.

En el centro había puesto una manta índigo y carmesí, y de una bolsa atada a la montura tomó el pan y los frutos del monte que había recogido. Nos sentamos en lo que algún día sería la cocina, a compartir nuestra primera comida como marido y mujer.

Cuando volvimos al poblado encontramos al padre Manuel hurgando en un antiguo baúl en busca de la casulla que le había bordado su madre. Se había enterado por Wimencaí que el Padre Provincial le había negado el permiso a Garzón para casarse conmigo y le reprochó por no habérselo dicho. No le importaban las doctrinas irrelevantes de la Iglesia, y estaría orgulloso de casarnos.

—¡Será el primer casamiento festejado en nuestra nueva iglesia!

Tomamos prestadas las flores de Juana de Arco para decorar el altar, y usamos los brocados y la tela de oro reservada para las vestiduras de los santos para hacerme un vestido. Las mujeres lamentaron no tener tiempo de bordarlo y les preocupaba que algunas de las costuras estuvieran hilvanadas y no bien terminadas.

A mí nada me podía afligir ese día, y al acercarme a la iglesia salió la luna, reflejada en la laguna, resplandeciente y trémula como yo misma. Todas las velas de que disponíamos iluminaban la iglesia que se veía dorada contra el cielo crepuscular.

Me aguardaba Cararé vestido con su uniforme de soldado misionero, y con su bastón de mando en la mano. Le había pedido si me podía hacer el honor de acompañarme en lugar de mi padre. Al tomarle el brazo se abrieron las puertas y el coro estalló con el Gloria.

Cuando entré con mi vestido violeta y dorado a encontrarme con Garzón, el aire vibraba con el sonido de las arpas y los tambores, y bailaban las cintas atadas a las panderetas. Junto al altar aguardaba Garzón luciendo el traje color jade que llevaba cuando lo vi por primera vez.

Capítulo VIII

Al otro día Garzón se puso a trabajar en nuestra casa, pero tenía tantas otras responsabilidades de las cuales hacerse cargo que la construcción progresaba despacio. Sus amigos le ofrecieron ayuda, pero él quería hacerlo todo solo, por lo que pasaron meses antes de que lograse hacer los cimientos. Mientras tanto vivimos en mi casita, donde Garzón había instalado una mampara para separar nuestra cama de la de Orlando.

La primera cosecha prometía mucho. Podríamos alimentarnos y a la vez guardar una buena parte de los granos para tiempos difíciles. El rendimiento de la segunda cosecha produciría suficientes granos como para poder vender.

Además de los millones de vacunos que pastaban por todas partes, había miles de ovejas y me consternaba saber que a ellas también se las mataba para obtener sus cueros y lana. La cantidad de ovejas por lo tanto no aumentaba, algo que yo estaba determinada a cambiar, pensando siempre en lo que decíamos en Irlanda: que una oveja alimentaba a su pastor una y otra vez durante su vida.

Los corrales mientras tanto se levantaban a nuestro alrededor y Garzón quedó sorprendido cuando Cararé lo apartó y sugirió hacerlos de butiá.

—¿De las palmeras?

—Las plantaremos muy cerca una de otra. No tienen ramas por

debajo, así que entre ellas amontonaremos piedras. Todos los años los troncos serán más gruesos y precisaremos menos piedras.

Garzón comentó injustamente que esta era la primera propuesta sensata que Cararé había hecho. Yo había esperado que nuestro matrimonio fuera a marcar el comienzo de una mayor tolerancia entre ambos, pero si alguna llegó a existir, fue rápidamente puesta a prueba.

Dentro de las tribus las decisiones se tomaban en forma comunal a través del consejo de ancianos. En las misiones los sacerdotes establecieron cabildos para mantener esa tradición. Garzón le propuso a nuestro cabildo que ahora que habían empezado una vida nueva no podrían dedicarle tanto tiempo a la iglesia ya que se necesitaban más horas para trabajar en los plantíos y con el ganado.

—Todos —incluso el padre Manuel— están de acuerdo —dijo Garzón—. ¡Cararé, por el contrario, ha dicho que los demás pueden hacer lo que les plazca, pero que él seguirá dedicándole tanto tiempo al rezo como siempre lo ha hecho!

—Trabaja el doble que cualquiera de ustedes, así que no se pueden quejar.

—¡Tendría que haber sabido que en lo que se refiere a Cararé nunca estaremos de acuerdo!

—¿Lo has consultado acerca de los cimarrones?

Garzón quería capturar una pareja de cimarrones y criarlos. Había observado que los hombres luchaban con las reses, especialmente con los toros, que los embestían en cuanto se les terminaba la paciencia, hiriéndolos a ellos y a los caballos, y recordó que en Europa había perros ovejeros. Se le ocurrió que aquí podría criar perros ganaderos.

—Lo consulté solo para complacerte. Estuve observando una jauría y mañana agarraré dos de ellos, mostrándole a ese viejo pedante lo que se puede lograr con determinación y firmeza.

—¡Cararé tiene tu edad!

—¡Su pedantería lo hace parecer anciano!

—Lo que tú llamas pedantería a muchos les parece sabiduría.

— Me ha agotado la paciencia, pero como dije, tú y yo nunca estaremos de acuerdo sobre el tema.

Me eché a reir.

—¡Y ahora te ríes de mis tribulaciones!

Lo abrazé.

—¡Me río de que digas que eres un hombre con paciencia para agotar!

———

Al otro día Garzón mató una vaca, la abandonó en la pradera, y se escondió junto con dos compañeros. Pasaron las horas y hacia el mediodía, cuando los buitres ya estaban satisfechos, cinco perros se acercaron al animal muerto, con sus hocicos olfateando el aire. Garzón esperó hasta que espantaran a los pájaros y terminaran de comer, antes de prepararse a capturar a los dos perros que había elegido.

Las bolas giraron sobre su cabeza mientras los hombres alistaban las sogas. Cuando los perros los vieron, mostraron los dientes y retrocedieron, pero ya era demasiado tarde, pues a esa altura, las boleadoras giraban en el aire.

Con las bolas enroscadas en las patas traseras, una perra lanuda cayó gruñendo, retorciéndose en la tierra y aullando de rabia. El resto trató de huir, pero otra boleadora pasó volando y se enganchó en las patas traseras del perro que Garzón quería capturar, haciéndolo caer en el polvo que sus compañeros levantaban. Los hombres se acercaron cautelosos, evitando los dientes y las poderosas patas delanteras que se elevaban de la tierra. Se tiraron simultáneamente sobre el macho e intentaron envolverlo en los cueros que habían preparado pero el perro los rasgó y clavó sus dientes en el brazo de Garzón. Un compañero lo apartó, dejando al perro convulsionándose de ira y miedo. Garzón se chupó la herida y escupió la sangre, usando su pañuelo como venda antes de armarse con otro cuero. Esta vez pudieron someter a los dos perros y los ataron con las sogas.

Cuando Cararé vio llegar a los hombres sudados y cubiertos de tierra cargando fardos que parecían gigantescos embutidos, estalló de risa.

—¡Pensé que era usted marinero! —le dijo a Garzón—. ¡Hay niños que hacen mejores nudos que esos!

—¡La próxima vez le pediremos a usted que ate noventa libras de perro en dos míseros cueros!

—¡Usaron más sogas que una vela mayor! —dijo el padre Manuel.

—Creo que los mataron —dijo Cararé, tocando a los perros con la bota—. No se mueven.

Garzón se limpió la cara con la manga.

—Quítenles los cueros.

El padre Manuel sacó el cuchillo del cinturón.

—¿Qué le parece, Cararé?

Garzón sonrió.

—Permítanme ponerlos detrás del cerco primero.

El cerco era fuerte, hecho con los huesos del ganado sacrificado, y Garzón había construido un piso de madera para que los perros no pudieran escapar por debajo. En una esquina había construido un refugio lleno de paja. A él le parecía suficientemente cómodo para recibir a una familia humana, pero Cararé ya había expresado su opinión de que los perros ni se acercarían ya que todo el mundo sabía que preferían las madrigueras.

Depositaron a los perros con las patas atadas en el centro del corral y el padre Manuel y Cararé se prepararon con los facones desenvainados listos para la acción, mientras que los compañeros de cacería de Garzón se situaron del lado opuesto. El resto de los habitantes se amontonaron alrededor del cerco, algunos con sus hijos sobre los hombros, otros mirando a través de los huesos entrecruzados. El padre Manuel y Cararé empezaron a cortar las sogas. No hubo ningún movimiento.

—¿Estás seguro de que hay perros vivos aquí adentro, Garzón?

—¿No habrás envuelto unos ya muertos por error?

—¡Los amansé especialmente para ustedes! —dijo Garzón.

—Creo..., —empezó el padre Manuel, pero lo que creía jamás se supo.

Los perros estallaron fuera de sus envolturas como dos monstruos enfurecidos. El macho se abalanzó hacia el cerco haciendo que temblara y repiqueteara toda la estructura, y los que estaban mirando se alejaron corriendo a los gritos buscando distancia, haciendo volar faldas y ponchos a los cuatro vientos. El padre Manuel cayó boca arriba a los pies de Cararé donde la hembra gruñía, con los ojos —según lo contó el Padre— fijos en su garganta, y con los colmillos destellando bajo el sol de la tarde, prontos para desgarrarlo.

En el portón se formó un grupo, indicando mediante gestos que el padre Manuel y Cararé deberían acercarse. El macho, más desesperado por salir que por atacar, continuó su carrera alrededor del corral intentando pasar el portón de un salto. Cada vez que se acercaba todos gritaban y cerraban el portón. Las instrucciones las daba un vigía subido sobre los hombros de dos amigos que tenían que balancearse de un lado a otro para mantener el equilibrio, y un par de veces se movieron en direcciones opuestas, dejando al vigía colgado de los postes. No era sorprendente por lo tanto que a sus instrucciones les faltara cierta claridad, y por ello, abrieron el portón en el momento en que el perro se les venía encima. Cuando el perro vio la multitud de gente que gritaba a voz en cuello, dio media vuelta y los guardianes del portón lograron encerrarlo una vez más.

El padre Manuel y Cararé vieron la oportunidad de escaparse y corrieron hacia el portón, luchando para abrirse paso, pero no antes de que la hembra le sacara un pedazo a la pierna de Cararé. Rengo y furioso, se acercó a Garzón y le dio un golpe que lo derribó y le partió el labio.

Wimencaí y yo estábamos tan enfadadas con ellos que ni les ofrecimos coca para el dolor cuando los curábamos. Se sentaron enfrentados, Cararé empuñando su bastón de mando mientras Wimencaí le cosía la pierna, y Garzón mordiendo un trapo sangriento mientras yo le cosía la mordedura de más temprano.

—¿Qué estabas pensando? —le pregunté—. ¡Sabes muy bien lo feroces que son esos perros y los encerraste al padre Manuel y a Cararé con ellos! ¿Te has vuelto loco?

—¡Dos hombres comportándose como niños irresponsables! —añadió Wimencaí—. ¡Podrían haber muerto!

Hasta este momento el padre Manuel no había dicho nada, pero ahora emitió un sonido muy raro. Lo miramos y descubrimos que estaba tratando de reprimir la risa que ahora estalló en carcajadas.

—¿No le da vergüenza? —dije—. ¡Creo que los tres se han vuelto locos! ¿Qué hay para reírse?

El padre Manuel no podía hablar y antes de que pudiéramos volver a hacerlo nosotras, estallaron Garzón y Cararé. Wimencaí le clavó la aguja al marido pero el grito que dio les causó aún más risa.

—¡Me voy! dijo Wimencaí—. ¡Y usted! —le dijo al padre Manuel—, le he enseñado a cerrar heridas. ¡Hágase útil y a ver si a mi marido le gusta su trabajo!

—Este precisa unas dos puntadas más —agregué—. No le clavé

la aguja como había hecho Wimencaí. En realidad yo también quería reírme y Wimencaí lo sabía.

—¡Ni se te ocurra alentarlos! ¡Se están portando como niños!

———

Garzón no podía explicar por qué, pero ese día él y Cararé se hicieron amigos. Se pasaban el día sentados fuera del corral, hablándoles a los perros y dándoles de comer hasta que no gruñían más al verlos. El padre Manuel les puso Charrúa y Añang, este último un nombre nativo que significaba espíritu maligno.

Añang tuvo ocho cachorros y Orlando y Garzón la distraían con comida cuando querían jugar con ellos. Ella soportaba sus juegos con aire de matrona y hasta llegó a permitirles acceso al corral. Todo lo contrario su cónyuge. Igual que sus tocayos, Charrúa no quería tener nada que ver con la gente del poblado. Satisfecho, Garzón lo soltó y Charrúa volvió a las praderas, uniéndose Añang con él en cuanto los cachorros dejaron de ser amamantados.

Garzón empezó el entrenamiento de los cachorros con las ovejas y aprendieron tan rápido que Garzón les permitió acceso a los toros. Pronto los volvían tomándolos de la nariz.

Orlando se había encariñado con el más pequeño de los cachorros y le puso Zule, un nombre nuevo para nosotros y que según él, había inventado.

Cuando Zule estaba crecida, Garzón le hizo un arnés con un soporte para Orlando. Así caminaba más lejos y más rápido y los niños que no le habían prestado atención antes, ahora venían a ver los trucos que Orlando le había enseñado. Zule se regocijaba buscando todo lo que Orlando tiraba o dejaba caer, saltaba barreras sin ningún esfuerzo, y más que nada le gustaba nadar, tirando a Orlando con ella y depositándolo en la orilla cuando se cansaban.

Garzón pensó en exportar perros domesticados a Irlanda, pero le recordé que no hacía tanto que habíamos eliminado los lobos y que no me parecía probable que a mis compatriotas les entusiasmara ver una jauría de cimarrones molestando a sus plácidos vacunos. Los caballos eran otra cosa y Garzón compró dos buques para acomodarlos. También precisábamos los buques para transportar cueros a España y volver cargados con mercancías para los colonos. A los mercaderes españoles los habían convencido sus corresponsales en Panamá y Perú, de que el comercio con el Río de la Plata dañaría al resto del virreinato. Éramos entonces dueños de una de las bahías naturales mejores del mundo sin poder usarla. Por lo tanto Garzón obtuvo permiso solo para uno de los dos barcos. Con el otro comenzó a transportar cueros desde El Castillo, evitando los impuestos y ahorrando semanas de labor que se requerían para transportarlos a Montevideo. Varios barcos habían encallado en Puntas de los Castillos pero había otras partes de la costa menos peligrosas y Garzón las conocía todas.

Mi padre hubiese estado orgulloso de las reformas y mejoras que hicimos en los barcos. Ganaron fama como «naves compasivas» y a Garzón le resultaba fácil encontrar marineros para servir en ellas. Eran demasiado pobres para comprarse ropa y sufrían cuando hacía frío ya que casi siempre estaban mojados. Les proporcionábamos cuatro pares de pantalones, camisas, y chaquetas, todas hechas en nuestro poblado. Las hamacas tenían más de una manta, y en vez de las catorce pulgadas de ancho que eran lo acostumbrado, nuestros marineros gozaban de dieciocho. Ya que no se les permitía fumar a bordo, les dábamos tabaco para masticar. Los marineros hablaban del fuego con temor. Era uno de los grandes peligros en altamar, y me parecía increíble cuando Garzón nos contaba que cuando conseguían apagar el fuego con el agua que los rodeaba ya era demasiado tarde y la nave ya había perdido la batalla entre los dos elementos.

No permitía el uso del látigo y uno de los capitanes concluyó que debería viajar con una pistola y varios cuchillos escondidos en la ropa. No los precisó. Alcanzaba con encerrar a los marineros en la bodega sin comida durante un día, o descontarles el salario. En cada buque viajaba un cirujano, y al principio los capitanes se quejaron del hecho de que le tenían que dar de comer a una persona que no trabajaba. Pronto descubrieron que los cirujanos podían impedir la gangrena que a los marineros les costaba brazos y piernas, y por lo tanto, trabajo, y que hombres saludables, capaces de sobrellevar la vida marinera, aseguraban que todos ganasen más. Yo me alegré por ellos. Rara vez volvían en buena salud y a menudo el cirujano debía usar el serrucho para cortar extremidades, consciente de que con ellas se iba también el sustento de la familia.

En julio de 1747, nuestro barco, el Trapalanda, salió de Montevideo rumbo a España, cargado de cueros y con su patente al día. El otro, el Isabelita, partió hacia Cork, cargado con seis mil cueros y con Garzón como capitán. En Cork vendió los cueros por una guinea por docena, recuperando nuestra inversión en un solo viaje. Cargó el barco una vez más y se dirigió hacia Buenos Aires donde negoció un buen precio por el cáñamo, la lana y el hierro que llenaban las bodegas. Visitó al Virrey con regalos para su esposa y sus hijas. «*Me invitaron a cenar* —escribió—, *y me dijeron que me darían la bienvenida en cualquier momento. Antes de visitar al Virrey estuve en Río de Janeiro con mi sastre. Le encargué algo para ti también aunque confieso que te prefiero vestida únicamente con mis besos...*»

———

Así pasó nuestro primer año a las orillas de la laguna. Teníamos casas, habíamos sembrado los cultivos y nuestras manadas pastaban a nuestro alrededor. Nuestros talleres estaban llenos de cueros, y el capitán de cueros se encargaba de cortarlos para usar en los asientos y los respaldos de las sillas. Los raspaban, los golpeaban, y los hacían más suaves y maleables con aceite antes de moldearlos, creando diseños que tomaban como ejemplo la flora y fauna de la zona hasta que los respaldos y los brazos de las sillas parecían ríos llenos de peces, o ramas cubiertas de pájaros y enredaderas.

Durante el segundo mes de 1748, acompañados por una pequeña escolta, Wimencaí, Cararé, Orlando y yo viajamos a Montevideo a restaurar nuestras provisiones con aquellos artículos que no producíamos en el poblado. Necesitábamos alquitrán y papel, hierro para hacer herramientas y cerrojos, vidrio para la iglesia, y adornos para nuestra ropa y la de los santos.

Los trabajadores habían acumulado sus ganancias, y Wimencaí y yo viajábamos con muchos encargues. En un rincón bien disimulado de la carreta llevábamos monedas de oro para comprar tela, hilo, utensilios, clavos, cuentas, espejos, cepillos, y botones.

Yací eligió este momento para considerar la invitación que le había hecho el padre Manuel. Los minuanos pensaban atacar el poblado acerca del que Yací les había preguntado al padre Manuel y a Cararé, el que estaba protegido por soldados. Un grupo de exploradores había descubierto que estaba muy bien fortificado y que los hombres tenían armas tales como las que deseaba obtener el clan de Yací. Yací estaba convencido de que si estudiaba un mosquete y lo desarmaba, podría reproducirlo, al igual que las herramientas necesarias para fabricar aún más. Cuando los ancianos se reunían a contar historias, Yací escuchaba por si incluían alguna acerca de un minuano que hubiese visitado un poblado para adquirir conocimientos. Es posible que muchos lo hubiesen hecho, pero el único que recordaban era su ancestro, el primer Yací.

Los ancianos hablaban de los espíritus, de las batallas y las cacerías, pero si mencionaban a los blancos siempre acompañaban sus palabras con una advertencia: no se podía confiar en ellos y había que tratarlos con precaución. Aun después que Yací conoció al padre Manuel y que Atzaya y yo nos hicimos amigas, continuaron siendo precavidos.

Mientras Yací consideraba si visitarnos o no, subía todos los días a su cueva. A veces lo acompañaba Atzaya y juntos apartaban la madreselva que crecía a la entrada y admiraban los tesoros que allí guardaban. Yací le daba cuerda a su estatuilla mientras que Atzaya desenvolvía el manojo de ágatas que su madre había ocultado en el bolsillo cuando se la llevaron.

Contemplaban el significado de cada objeto, de cada sueño, cada cambio de clima y de paraje, cada encuentro con un pájaro o un animal, pensando que cada uno indicaba no solo el camino que debería tomar el cuerpo, sino también su jornada espiritual. En el caso de Yací todo indicaba que debería seguir en los pasos de su ancestro. Llevaba su mismo nombre, y con el peregrinaje que había hecho a visitar a los charrúa había demostrado que sabía viajar. Sus encuentros con el padre Manuel, y más recientemente conmigo, eran prueba concluyente que el destino de Yací era beneficiar a su pueblo con todo lo que aprendería de los extranjeros que habían invadido su tierra.

Llegó la fecha que él y Atzaya habían establecido para la visita y Yací se vistió a sí mismo y a su caballo con esmero. Alrededor de la cintura colgó el cuchillo que le había regalado el padre Manuel, y en la cabeza lucía un tocado con las plumas de su tótem, el ñandú. En la mano derecha llevaba la lanza, y con la izquierda sostenía las riendas.

El padre Manuel, que había tenido la corazonada, como siempre, de que Yací estaba por venir, lo aguardaba a la entrada.

A Yací le latía muy rápido el corazón. Se iba acercando con

cuidado mientras el padre Manuel abría los portones para que entrara a la plaza, donde hombres y mujeres charlaban y reían alrededor del aljibe. No querían incomodarlo, pero estaban tan tensos como pecarís arrinconados. Yací desmontó pero se negó a entrar en ninguno de los edificios, por lo que trajeron una mesa con fruta y pan a la plaza y Yací se sentó en una silla por la primera vez. El padre Manuel llamó a los músicos. Antes de sentarse a tocar, le mostraron a Yací las arpas, los laúdes, y los violines, enseñándole sus nombres.

Cuando la música comenzó, Yací se sintió de la misma forma que se sentía cuando su tribu hacía música con los cráneos de los ciervos, sus maracas, y sus almejas y caracoles. La música tuvo el efecto de transportarlo a otro lugar; los nuevos sonidos inundaron su cuerpo, entraron en su sangre, y sonaron dulcemente en sus oídos. Los respiró como perfume, y pronto se sintió flotando, libre y sin forma, creando una única entidad con la música que lo poseía. Yací viajó a un lugar del cual le habían contado los chamanes, pero que no siendo uno de ellos, jamás había esperado poder visitar.

Él y su pueblo creían que el hogar de la Madre Tierra se encontraba en el corazón mismo de las montañas, tan lejano como el sol poniente, donde se congela el agua y el frío es tan intenso que trae consigo la muerte. Los ancianos le habían enseñado que era en ese hogar donde nacían todos los ríos y arroyos que daban vida a la tierra, y que las vías fluviales eran las venas de la Madre, su sangre vital. Yací sintió que flotaba en el agua con la música llevándolo consigo. Mariana, la madre de Atzaya, apareció para guiarlo y entonces ocurrió algo maravilloso. Yací dejó detrás el agua y la siguió a la selva, donde ella y yo nos convertimos en la misma persona. Entre él y nosotras se interpuso el más poderoso de todos los acompañantes del dios Ñamandú, el jaguar azul.

Yací pensó que había disgustado a Ñamandú, pero cuando Mariana y yo nos apartamos, el jaguar abrió la boca y en vez del rugido que Yací anticipaba, oyó las primeras palabras de su canción sagrada.

El poblado era el último lugar donde se le hubiese ocurrido recibir su *porahei*, y la forma en que le llegó era tan desconocida que cuando terminó la oración lírica que había compuesto durante su transformación, no quería volver a su cuerpo físico.

Los músicos le dijeron al padre Manuel que él y Yací se habían dormido mientras ellos tocaban. Pero nada estaba más lejos de la realidad, para ellos había ocurrido todo lo contrario. Cuando Yací entró en su trance y se lo llevó la música, los hombres siguieron tocando como si nada hubiese ocurrido, mientras que el padre Manuel se sintió también levitado detrás de Yací por un rugido de agua y aire. No sabía si flotaba o volaba, pero de alguna manera dejó el cuerpo atrás y desde lo alto se vio sentado en la plaza con Yací a su lado. Cuando volvió a mirar hacia arriba, Yací había desaparecido.

El padre Manuel sintió una gran desolación y un sentimiento de abandono hasta que lo envolvió un rayo de luz y volvió a su cuerpo como si nunca lo hubiese dejado, pero con una sensación de bienestar tan profunda que pensó que quizás había experimentado una muerte súbita.

Se habían ido los músicos, y se encontró solo con Yací en la plaza.

Entraron juntos al monte y Yací le cantó su canción como si fuese el ombú más alto, con raíces tan profundas que sentía el núcleo incandescente de la tierra, y con ramas tan altas que pudo oler los cielos. Las palabras cayeron como hojas y se abrieron como flores mientras le pedía a la Madre Tierra que lo llenara de sabiduría, prometiéndole fortificarse con canciones y con danzas tan variadas como los truenos, el rocío y el viento.

Terminó la canción rogando que desde las tinieblas de la creación, él y su pueblo pudiesen desarrollar una grandeza de corazón que apaciguara a Ñamandú, evitando que él soltara al jaguar azul que devoraría la tierra si los seres humanos lo disgustaban.

La canción le trajo descanso al alma del padre Manuel, y algo triste y lleno de ansiedad murió con ella. Había escuchado relatos acerca de las experiencias místicas de otros, había ansiado tener visiones, escuchar las voces guía y sentir esa certeza, esa claridad que los inundaba durante tales momentos.

Quizás para las mentes ilustres la idea de un dios independiente de nuestros esfuerzos por cuantificarlo era extremadamente obvia, pero hasta ese día, no lo había sido ni para el padre Manuel ni para mí. Nosotros creíamos en el dios que conocimos a través del catecismo aprendido de memoria desde la niñez. El dios que vimos gracias a Yací respiraba dentro de nosotros con la facilidad de un recién nacido, impregnando todo. Tanto era así que no podíamos pensar en él en términos humanos sino como el espíritu de la creación sin nombre ni forma.

Como lo contaría Yací más tarde, el padre Manuel supo que había recibido algo inmenso, algo más allá de cualquier precio, y se preguntó cómo agradecérselo. Le contó lo que había pasado durante su visión, y de los sueños que le preocupaban cuando recién había llegado a las tierras de los guaraníes. Yací le explicó que es a través de la interpretación de los sueños, componiendo música y bailando, que cada individuo madura y desarrolla la filosofía que decidirá el camino que desea seguir.

El padre Manuel no había pensado que ya venía viviendo de esa manera. Sin bailar, ya que no era ágil, y tampoco había compuesto música, aunque con la ayuda de Yací esa noche lo había intentado. Pero desde su llegada a las misiones los sueños lo habían inquietado tanto que llegó a solicitar consejo a sus mayores más sabios. Ahora se percató de que desde que había abandonado Santa Marta sin haber obtenido permiso de sus superiores, había empezado a vivir la filosofía de vida que sus sueños le habían señalado.

Yací volvió a la aldea con su música, lleno de orgullo, repitiéndola una y otra vez durante el camino, cambiando algunos de sus ritmos y letras. Se sentía poderoso y maduro. El poblado ya no lo limitaba ya que era allí donde tuvo la experiencia más liberadora de su vida. Todavía le resultaba difícil aceptar que un lugar tan encerrado fuera capaz de liberar el espíritu, por lo que Yací pensó que eso también era una lección que debía aprender.

Atzaya preparó todas sus comidas preferidas e invitó a los demás a comer con ellos mientras Yací contaba sus experiencias. Cuando reveló el papel que había jugado Mariana en su sueño, su hermano Abayubá expresó lo poco que le gustaba el lugar y la manera en la cual había recibido su canción. Los ancianos estaban de acuerdo en que la manera era inusual, pero también lo era el tiempo en el cual vivían, y su relación con Mariana había sido la de un hijo, por lo que no era raro que fuese ella la que lo guiase hacia su canción. A Calelián le parecía que el hecho de que Mariana había elegido hacerlo mientras Yací estaba en el poblado era significativo, y que mi presencia y la de Mariana en su visión indicaban que yo lo protegería si decidía volver en busca de mayores conocimientos.

Abayubá les recordó que nunca se habían beneficiado del contacto con los extranjeros. «Sería bueno recordarlo antes de que vuelva— dijo—. El hecho de que fue en el poblado donde recibió su canción ha sido una advertencia».

Los chamanes estaban de acuerdo que esta interpretación era posible, pero ya que cada uno debía decidir el significado de sus propios sueños, aconsejaron otra prueba, otro viaje al poblado, durante el cual Yací estudiaría los símbolos que se le presentarían durante el viaje, y también sus sueños. Nadie dudaba del poder de esta primera experiencia, por lo tanto Yací debía crear el ambiente apropiado para el retorno de los sueños.

Yací siguió esos consejos. Ayunó, cantó, y bailó antes de elegir el día de su próxima visita. La noche antes de partir, Atzaya le tomó la mano y se la puso sobre el vientre para que sintiera los movimientos de su hijo.

Pasarían muchos meses y transcurrirían muchos acontecimientos antes de entender por qué la próxima vez que nos vimos Yací intentó aterrorizarnos.

Capítulo IX

Los residentes de Montevideo habían abandonado el luto obligatorio dictado por la muerte del rey Felipe hacía ya dos años, y la ciudad estallaba en color como un jardín primaveral. Por las callecitas angostas flotaban parasoles rojos y amarillos, y el verde y el azul lucían una vez más en los delantales y los pañuelos, las faldas y los chales.

Antes de embarcar, Garzón me había dado una bolsita con monedas de oro para comprarme la tela más fina para un vestido. Le pedí a la dueña de la posada que me recomendase una modista, y me envió a la calle San Luis, donde vivía la primera y única modista europea de la ciudad. Al acercarme vi que un grupo de personas se había apiñado delante de una ventana, extasiados frente a un maniquí luciendo un vestido dorado que brillaba con el sol. El corpiño escotado se parecía a una chaqueta muy ajustada, que revelaba un forro violeta. Las mangas llegaban hasta los codos y estaban terminadas con varias capas de encaje, mientras que la enorme falda cubría un amplio armazón. Vista de costado, la figura parecía plana, excepto por los senos alzados lo más alto posible en el escote. El espejo, hábilmente colocado por detrás, revelaba lo mismo, sin los senos, pero con el volante cubriendo el dobladillo de la chaqueta a la altura de la cintura.

El vestido me recordó la noche en que me recosté sobre el dintel del castillo con las manos y los pies casi congelados, mirando pasar a las danzantes vestidas como este maniquí, jamás imaginando que un día yo también podría ser dueña de un vestido como este.

Me acerqué a la puerta, y golpeé.

Al cabo de un tiempo la modista me convenció que comprara no el vestido que había visto en la ventana, ya que estaba vendido, sino su última adquisición, *une robe à la française* en una seda de Damasco celeste. Según ella, cada centímetro de la gran falda había sido bordado por unas monjas de clausura, y la cinta que había usado para decorar las mangas y el escote era del color exacto de mis ojos. Era una vendedora astuta y persuasiva y antes de irme también había hecho que comprase un par de medias bordadas en rojo y amarillo, y varias yardas de encaje que venía buscando para usar como mi contribución a los vestidos de novia de las jóvenes del poblado que se casaban ese verano.

Cuando Wimencaí y Cararé vieron el vestido me dijeron que no perdiera un momento en usarlo ya que sería imposible ponerlo en la carreta y lo tendríamos que dejar en Montevideo. Les expliqué que el enorme tontillo era plegable. A Wimencaí le interesó mucho el rígido armazón de barba de ballena que cubría mi torso y le conté que en Europa habría sido reforzado con acero. La modista hizo alarde de que aquí, los refuerzos eran de plata.

Sabía que el vestido resultaría sensacional y me lo puse esa noche, entrando al pequeño comedor con dificultad. La dueña de la hostería llamó a sus amigas y tuve que retirarme con ellas para mostrarles las capas de enaguas y el tontillo que las sostenía.

Estaba por volver a mi cuarto después de la cena, cuando vi que un hombre me observaba. Había llegado tarde y estaba sentado junto al fuego. Me saludó con su copa. Puse de lado mi servilleta y le devolví el saludo. Se acercó. Tenía una cara larga, cóncava, que le daba la expresión de una criatura sorprendida.

—Permítame presentarme. Soy Ernesto Zubillaga, Médico de la Ciudad de Montevideo.

—Beso a usted la mano, caballero.

—A sus pies, señora.

Estaba por darle mi nombre pero don Ernesto ya sabía quién era.

—En una ciudad del tamaño de esta no hay secretos —dijo, preguntándome si se podía sentar. Le di permiso y alzó la copa, ofreciendo un brindis por el difunto rey Felipe y su sucesor el rey Fernando.

—¿Qué hace aquí un señor tan culto como usted? —le pregunté—, mis ojos viajando desde el encaje que le cubría los puños hacia los anillos de oro y las hebillas de plata.

—¿Quiere decir «un vanidoso»? —contestó, alejando la tela de mi vestido con delicadeza al cruzar las piernas.

Nos sonreímos y alzamos las copas.

—Vine a Buenos Aires —dijo don Ernesto—, con la idea de purgar a esa bella ciudad de los médicos ambulantes y los matasanos que vi empujar a sus pacientes a una muerte prematura. Perdí la batalla y cuando a mi hermano, el sacerdote, lo mandaron a Montevideo, lo acompañé.

La ciudad no tenía médico y don Ernesto, a quien le había encantado el pintoresco lugar desde el primer momento, decidió quedarse. Su herencia le permitiría vivir cómodamente por el resto de su vida, y con una clientela chica y poco exigente podía dedicarse a su poema elegíaco acerca de la conquista de las Américas. Constaba de más de cincuenta páginas, y recién había llegado al siglo XVII.

—¿No siente temor —dijo—, viviendo sola entre indios hostiles y con únicamente su marido y un sacerdote para defenderla?

Le dije que nadie había demostrado ninguna hostilidad hacia mí y que me sentía muy segura en el poblado con el padre Manuel y sus discípulos. Admití que la muerte del rey Felipe era inquietante, ya que él y su confesor, el padre Ravago, habían sido fuertes defensores de los jesuitas.

—Es posible que los que piensan que los sacerdotes mantienen su propio imperio independiente, menospreciando a las autoridades, lo influyan al rey Fernando —dijo don Ernesto.

—Pero son las misiones las que permiten el funcionamiento de España en las Américas.

—Esa es una opinión muy astuta y la comparto. Mi poema empieza poco después de la llegada de Colón a América cuando los reyes de España y de Portugal —con el beneplácito del papa— dividieron entre ellos las tierras de los guaraní, los charrúa, y los minuanos. Más tarde, cuando cayeron en la cuenta de que esas tierras no estaban desiertas, sino que tenían millones de habitantes, resolvieron la inconveniencia considerándolos parte de sus nuevas adquisiciones y decretando que serían o súbditos del rey y del papa, o esclavos. Sin pensarlo dos veces les leyeron el decreto en todas partes, a pesar de que sus súbditos no hablaban ni castellano, ni portugués, ni latín. Y se sorprendieron cuando los indios se negaron a aceptar a los extranjeros.

Me interesó lo que decía el doctor y le pregunté si tomaría otra copa de vino. Rehusó, explicándome que su salud no le permitía más de una copa con cada comida y ya se había excedido.

Tosió y bajó la voz.

—¿Me permitiría darle una advertencia?

—¿Una advertencia? ¿De qué tipo?

—A quienes desean que fracase su experimento les ha llamado la atención la asociación entre el padre Manuel y su esposo.

—¿Quiénes son ellos?

—Los nombres no importan. Son hombres poderosos, con amigos en la Corte. La muerte del rey Felipe ha reanimado la esperanza de que después de todo van a poder acceder a los indios de las misiones. Buscan esclavos, no trabajadores como emplean ustedes.

—¿Corre peligro el padre Manuel?

—Podrían retirarlo o desterrarlo a algún lugar donde no pudiese hacerles daño. Sin él, les sería fácil confiscar vuestra propiedad. El prejuicio se encuentra arraigado entre nosotros, doña Isabel, y cuando un hombre como su esposo logra enriquecerse, y encima se casa con una dama irlandesa bella, rica y misteriosa...

Reí.

—No soy ni rica ni dama. ¿No me ha conectado con mi hermano Michael?

—¿El joven que llegó con *monsieur* Moureau hace más de un año?

—Ese joven era yo, don Ernesto.

—¡Al demonio con la salud! ¡Sírvame más vino!

Mientras lo bebía, le conté mi historia y pedí su consejo.

—No llame la atención, y recomiéndele a su esposo lo mismo. Sería bueno que hablaran de sus problemas, que dieran la impresión de que los indios son haraganes y dificultosos y que vivir tan lejos de la ciudad es excesivamente molesto. Digan que apenas pueden sobrevivir. No visiten las ciudades, y gasten poco.

—¿O sea, todo lo opuesto a lo que hemos hecho?

Se puso de pie.

—Sería un gran honor para mí que vinieran a almorzar conmigo antes de irse. Hágame el favor de decirle a mi amiga Wimencaí que encontré el *macaguá caá*, y que me daría muchísimo gusto entregárselo en persona. ¿Mañana a la una?

El cañonazo anunciando que se abrían los portones me despertó al día siguiente. Llovía a cántaros. La advertencia del doctor me pesaba, y había pasado casi toda la noche en vilo, decidida a concluir nuestros negocios en Montevideo e irnos lo antes posible.

Cuando la invité a Wimencaí al almuerzo dijo que iría con gusto, especialmente si el doctor le iba a dar *macaguá caá*. Ese «pasto de víbora», como lo llamaba ella, lleva el nombre del halcón Macaguá que después de sus peleas con las víboras comía un pasto que le servía de antídoto contra el veneno. La poción hecha del pasto también servía para los dolores de cabeza y ya que el padre Manuel sufría de ellos no quería perder ninguna oportunidad de adquirir algo que lo aliviara. Ella a su vez le ofrecería al doctor el potente *mboy caá*, otro tipo de pasto de víbora que era capaz de disolver los cálculos renales y era difícil de encontrar en el Río de la Plata.

Cararé rechazó la invitación. Él y el doctor no eran compatibles —dijo Wimencaí— igual que Macaguá y su víbora. Iría con Orlando al mercado y comerían pasteles hasta reventar.

Wimencaí y yo caminamos bajo el diluvio hasta llegar a la casa de don Ernesto en la calle Real San Gabriel. Abundaba tierra en la ciudad, y la casa del doctor estaba rodeada de un parque florido, con una gran higuera a la entrada. La puerta tenía una ventanita, con una cruz de hierro sobre la persiana. Rejas labradas sobresalían de las ventanas, y dando a la calle, había un balcón cubierto de santa rita violeta.

Llamé a la puerta y al poco tiempo se abrió la ventanita y una voz de mujer dijo: «Ave María Purísima».

Me habían enseñado cómo responder y lo hice: «Sin pecado concebida».

Se abrió uno de los dos paneles de la puerta y una sirvienta nos hizo pasar. Nos quitamos los ponchos empapados y la seguimos a través de dos patios donde goteaban los parrales. Entramos a una salita con sillas talladas, alfombras moras, y cuadros muy finos en marcos con chapa de oro, todos importados de España. La sirvienta nos ofreció jugo de naranja en copas de plata sobre una bandeja destellante. Escuchamos que alguien lloraba y nos percatamos de que estábamos cerca del dispensario del doctor. Unos momentos después vino a pedirnos disculpas, asegurándonos que volvería pronto. El llanto continuó, mezclado con la voz del doctor y la de una mujer madura. Cada tanto cesaban los sonidos y oíamos el murmullo de una voz femenina y joven. Hablaba, y en seguida, superada por el dolor, sollozaba tan afligida que casi no pude controlar el impulso de ir a tomarla en mis brazos.

Después de un rato, escuchamos abrir y cerrar una puerta, y dos figuras pasaron por la ventana detrás de la cual yo estaba sentada, oculta tras las pesadas cortinas de encaje. Las dos usaban mantilla, pero pude vislumbrar la cara de la joven. No tenía más de quince o dieciséis años, con una boca pequeña y delicada. Estaba pálida, y tenía la nariz enrojecida de tanto llorar. Sus ojos eran grandes, oscuros, con las pestañas empapadas en lágrimas. Una manito blanca salía del manto negro y lo sostenía. Al desaparecer con su compañera, caminando rápido junto a la pared, buscando anonimato en el diluvio de lluvia, su rostro me quedó grabado en la memoria.

El doctor entró sacudiendo la cabeza y se sentó, deprimido y triste.

—Pobrecita, pobrecita —suspiró.

Wimencaí le tomó la mano.

—¿Puede contarnos acerca del caso? —le preguntó.

—Es uno de los más tristes que he visto.

Unas semanas atrás la joven, llamada María Luisa, acompañada por su hermano había elegido abandonar la seguridad de la ciudad. Al poco tiempo queriendo estar sola, lo mandó a buscar su chal. Cuando el hermano volvió María Luisa no estaba. La buscó, pero no encontró rastro de ella. Pasaron los días y un guía minuano la trajo a la ciudad. Al regresar a su casa, dijo que los indios la habían encontrado y violado. Con el pasar del tiempo descubrieron que estaba embarazada. Don Ernesto no quería calumniarla, pero después de haberla examinado, determinó que se había embarazado antes de irse de Montevideo.

Wimencaí hizo la señal de la cruz.

—¿Fingió su captura?

—Decir que había sido violada era más fácil para ella que tener que confesar que había perdido la virtud.

—¿Qué será de ella? —pregunté.

—Volverá a España y vivirá en un convento.

La cara de Wimencaí reveló lo que pensaba. Vivir en un convento no era castigo suficiente para alguien dispuesto a desencadenar la ira de la guarnición de Montevideo sobre los minuanos para salvarse a sí misma, algo que sin la intervención de Don Ernesto seguramente hubiese ocurrido.

La conversación nos llevó de un caso a otro de los muchos que habían tratado el doctor y Wimencaí, y les pregunté acerca de Orlando, describiéndoselo a don Ernesto. Sacudió la cabeza.

—¡Demos gracias que no estamos en Europa! ¡Allí dirían que una persona con su talento para los idiomas y la música estaría poseída por el diablo y la quemarían!

—¿Es posible que no tenga ningún tónico nuevo para probar con Orlando? —dijo Wimencaí volviéndose hacia mí—. Siempre peleamos acerca de sus tónicos novedosos y su deseo de probar curas milagrosas para las convulsiones o la gota.

—-¡El día que nos conocimos casi llegamos a las manos! Hay una cosa en la que sí estamos de completo acuerdo: ¡amamantar a los bebés!

Don Ernesto vituperó contra las mujeres modernas, que desdeñaban darles el pecho a sus hijos inocentes y se los entregaban a extrañas para alimentar. Años atrás —me informó don Ernesto—, mientras Wimencaí estaba de viaje, una mujer en la misión empezó con los dolores de parto y el padre Manuel le pidió a don Ernesto que la atendiera.

—Llegué a la casa y la encontré levantada, hablando con las amigas y comiendo fruta. Eché a las amigas y la fruta, la puse en la cama, y me preparé a utilizar una de las herramientas más modernas y más útiles, ¡cuando Wimencaí entró y me expulsó de la casa!

—¡Casi llegué demasiado tarde!

—¿Cuál herramienta quiso utilizar, don Ernesto?

—Fórceps, por supuesto.

—¡Un instrumento del diablo! —dijo Wimencaí, haciendo la señal de la cruz.

—Inventadas por un inglés, si me sirve la memoria —dije.

—Para jalar a los bebés prematuramente del útero, casi siempre dañándolos a ambos. —Wimencaí se acaloró al quejarse de tales instrumentos inventados por los hombres y usados exclusivamente por los cirujanos para no tener que aprender a ayudar al niño a nacer cuando el niño, no el médico, quería.

—¡Tonterías! —dijo el doctor—. ¡Tu ignorancia se opone a todo lo nuevo!

—¡A lo que me opongo es a entrometerse con la naturaleza!

—¿Es por eso que defiendes la barbaridad de hacer que la mujer se ponga en cuclillas como una bestia durante el parto?

—¡Solo un hombre pensaría que el hecho de acostarla a la mujer durante el alumbramiento indica un adelanto!

—Quizás don Ernesto no sepa cómo empezó esa costumbre en Europa —intervine—. Hace tiempo que la verdad fue reemplazada por un cuento considerado más aceptable.

Wimencaí y don Ernesto callaron y me miraron, curiosos. «La costumbre de exigir que las mujeres se acuesten durante el alumbramiento —les conté— comenzó en la corte del rey francés, Luis XIV, a quien le daba cierto placer observarlas. Se escondía en las habitaciones de sus amantes para estar presente durante el nacimiento, pero el uso de un taburete de parto le estorbaba el placer, así que le dijo al doctor que las colocara sobre una mesa alta, donde Luis podía disfrutar del "amanecer", como Wimencaí llamaba al momento en que aparecía la cabeza del niño. El alumbramiento es más dificultoso para una mujer acostada, pero los médicos franceses no perdieron tiempo en adoptar la moda de la corte y en un santiamén la costumbre se propagó por toda Europa».

Wimencaí se maravilló acerca de la superficialidad de los científicos en general, y de los médicos en particular, mientras don Ernesto fue a buscar sus apuntes. Quería escribir los detalles de mi historia antes de que se le olvidaran, a pesar de que contradecían sus argumentos.

Desde mi llegada a Montevideo, me había permitido mantener la esperanza de estar embarazada pero al día siguiente me desperté sangrando y empecé a llorar. No pude contener el llanto cuando vino Wimencaí a la puerta. No la dejé entrar, avergonzada de mi dolor en la presencia de una mujer que había confesado que hacía quince años que rezaba por un hijo. Wimencaí no aceptó el rechazo, me convenció de que abriera la puerta y me sostuvo mientras lloraba, diciéndome que lo peor que podía hacer una mujer que deseaba un hijo era preocuparse. Los hijos vienen —dijo— cuando están dispuestos a hacerlo, y en su mundo, el hombre debe soñar con el hijo antes de poder darle vida.

Lloré más fuerte.

—¡Garzón dice que él no sueña nunca!

Wimencaí río y me informó que era hora de lavarme la cara mientras ella buscaba mi ropa.

La falta de confianza que había sentido hacia ella desde que Garzón la había saludado en la enfermería con un beso desapareció por completo cuando la vi alisando mi blusa y sacudiendo mi falda. La pregunta que le hice nos sorprendió a ambas, y nos miramos un momento antes de que Wimencaí estallara de risa. Parecía más curiosa que ofendida.

—¿Yo? ¿Amante de Garzón? ¿Cómo se te ocurrió semejante idea?

—Fue cuando regresaste de tu viaje y lo besaste.

—Escúchame, querida, cuando ya no seas joven y un hombre buen mozo te tome en los brazos ¡te recomiendo que lo beses mientras puedas! Eso fue todo, te aseguro. Se sentó a mi lado.

—Lo amo a Cararé. Puede ser terco, y sus ideas acerca del rey y de la Iglesia son inflexibles, —Garzón las llamaría excesivas—, pero siente esa misma lealtad hacia todo, incluso el matrimonio. Yo no defraudaría esa confianza y esa devoción por nada, ni por todos los buenos mozos de la provincia.

Me cepilló el pelo, trenzándolo con cintas y sujetándolo hasta que formó una corona. La última que me había peinado había sido mi madre, y me sorprendió lo natural que me sentía permitiéndole que Wimencaí me cuidara de esta manera.

Cuando las huellas del llanto habían desaparecido, fui a buscar a Orlando, que me había pedido permiso para dormir en los establos. Unos meses atrás le habíamos regalado su propio caballito, robusto y resuelto, un sementero galés importado de Irlanda, regalo de Garzón. Dormía en el establo, y cuando Orlando descubrió que ni al caballo ni a Zule se les permitiría dormir en la posada, me pidió poder hacer su cama junto a ellos. No le había querido dar permiso pero Orlando me rogó con lágrimas y decidí que no le podría pasar nada en el establo con Zule a su lado, así que recogimos la ropa de cama de la carreta y lo instalamos allí, la cola de Zule golpeando el pesebre a su lado.

Lo encontré lavándose junto al aljibe y lo ayudé a secarse. Habíamos ido al barbero y tenía el pelo muy corto. Donde le nacía, detrás de la oreja, me llamó la atención una mancha de nacimiento y cuando me agaché para verla mejor descubrí que no era una mancha sino un tatuaje triangular. Le pregunté si sabía lo que significaba, pero Orlando no tenía idea que existía ese tatuaje. Lo dejé jugando con los hijos del posadero, mientras Wimencaí, Cararé y yo concluíamos nuestros asuntos en Montevideo.

Volvíamos a la posada cuando se abrieron los portones de la ciudad y entró a la plaza un contingente de soldados. Detrás de ellos, rodeado por más soldados a caballo, caminaba un lastimoso grupo de mujeres y niños, rengos, cubiertos de tierra y de sangre. Había oído hablar de los charrúa pero jamás los había visto y me uní a la curiosa multitud que los rodeó. Me impregnó una sensación de familiaridad al ver el rostro de Garzón reflejado en ellos.

Rígidos, Wimencaí y Cararé se tomaron del brazo al desplegarse la escena. Los comentarios de la muchedumbre nos dieron a entender que esta última batalla con los charrúa había sido descomunalmente sangrienta, con gran pérdida de vidas para ambos lados. Era evidente que varios de los soldados habían sufrido durante la lucha y los escuché haciendo alarde del hecho de que no habían dejado vivo ni a uno de los guerreros de ese clan.

La venta de las mujeres y los niños comenzaría cuando se reunieran todos los ciudadanos interesados. Una joven con ojos ansiosos e inquietos, embistió a uno de los soldados y corrió hacia las murallas. Varios intentaron agarrarla, pero era demasiado rápida para ellos.

Un hombre sin uniforme rompió la fila de soldados y empezó a perseguirla. Cruzó la plaza, pero la joven ya había trepado las murallas donde quedó suspendida por un momento con el pelo volando al viento. El hombre la llamó y ella se dio vuelta, quitándose la capa de venado con un movimiento brusco y rápido. Alzó los brazos hacia el cielo y saltó como si quisiera volar con las gaviotas que la rodeaban. El viento indulgente pareció sostenerla, fuerte y grácil, antes de caer.

El hombre que la había perseguido se quedó inmóvil mirando

las rocas. Las mujeres y los niños de su tribu empezaron a gemir y lamentarse y los soldados los golpearon con las espadas y los rebenques. La multitud recobró el aliento y se agolpó alrededor de los soldados a reclamar el botín humano.

—¡Pedí una criatura, mayor! —se quejó un hombre—. Mi esposa la quería criar. Estos caminan.

—Usted sabe como son, señor, los esconden y hasta los matan cuando nos ven venir.

—¡Bárbaros! Por qué mi esposa quiere uno no sé, piensa que si lo cría cristiano no cometerá semejantes atrocidades. Me llevo a esa joven, la de la cara limpia.

Reaccioné como si me hubieran tirado un balde de agua fría a la cabeza. Olvidándome de la advertencia de don Ernesto de pasar desapercibida, saqué mi portamonedas y me acerqué, abriéndome paso a codazos.

—¡Ofrezco el doble!

El hombre se dio vuelta contrariado. Se quitó el sombrero, y me hizo una reverencia.

—A sus pies, señora.

—Beso a usted la mano, caballero —contesté—, armándome con una sonrisa mientras puse el brazo alrededor de la joven.

—¡Señora, no la toque, está mugrienta! ¡La contaminará!

La joven había mantenido la vista fija en las murallas, pero ahora suspiró y se reclinó contra mí. Temblaba a pesar del calor, y la cubrí con mi chal, tratando de apartarme de la multitud para negociar con el encargado de los cautivos.

El aire se llenó de los sollozos de niños separados de sus madres, y hermanas de sus hermanos. Sin prestarle ninguna atención a las miradas y las maldiciones que recibieron, Wimencaí y Cararé empezaron a negociar con las pocas monedas que les quedaban después de las compras de la mañana.

Juntos, ofrecimos más que los ciudadanos de Montevideo hasta que el oro y la plata se terminaron. Dos veces seguí a los hombres que dejaban la plaza con niños arrancados de los brazos de sus madres, rogándoles que me los dieran, ofreciendo dos, tres veces lo que habían pagado hasta que me los daban. Creo que les complacía el verme rogar. Estaba despeinada, me temblaban las manos y se rieron cuando completamos el negocio que me costó mi última moneda. Quedaban cinco mujeres y dos niños. Pedí crédito basado en el valor de los buques de Garzón pero el encargado se negó a dármelo. Varias personas, resentidas con mi arrogancia y falta de cortesía, ofrecían dinero en efectivo.

Wimencaí se negaba a abandonarlos. Juró que conseguiría el dinero. Les gustó el juego e hicieron apuestas. Si volvíamos con el dinero dentro de media hora serían nuestros. Wimencaí se abrió paso y corrimos, diciéndole a Cararé que protegiera con la vida a los que ya habíamos rescatado. Nos poseía una fuerza y una furia que nos llevó derecho a la casa de don Ernesto donde golpeamos a la puerta hasta que Apolonia abrió. Detrás de ella venía el doctor, deseoso de saber de qué se trataba la emergencia. Wimencaí le contó todo y el doctor no vaciló. Abrió un cajón y retiró una bolsa, poniéndole en las manos las monedas de oro que contenía. Volamos, mientras él encontraba su sombrero.

En la plaza quedaba solamente Cararé. Hizo un gesto con la cabeza hacia la fuente. Habían escondido a los cautivos detrás, como una última burla para ver lo que harían la irlandesa loca y su amiga india. Wimencaí tiró las monedas en la fuente, y sin percatarse de los insultos, reunió a los cautivos. Llegó don Ernesto y les dijo a los hombres que si no se callaban los dejaría pudrir la próxima vez que le pidiesen que los atendiera.

Nos estábamos por ir cuando Cararé señaló hacia una figura harapienta, el hombre que había perseguido a la joven. Estaba demacrado, con sombras bajo los ojos, y el brazo envuelto en un pañuelo sucio. Se quitó el sombrero y allí, casi tan enfermo como el día que lo vi en la misión de Santa Marta, estaba Charlie. No me reconoció y me percaté de que no tenía idea de quién era, ya que aquí nunca me había visto vestida de mujer. Me acerqué, y le toqué el brazo sano.

—Soy Michael Keating.

Bajo otras condiciones la situación hubiese sido cómica. Charlie me miró como si él, yo o ambos hubiésemos perdido el juicio, hasta que se acercó Wimencaí.

—Le explicaremos todo cuando estemos en casa del doctor —dijo.

Al llegar me sentí mareada no sé si por temor o alivio, y acepté el coñac que me ofreció Apolonia. Don Ernesto llamó a su aprendiz y la cocinera marchó a la carnicería a comprar carne para todos.

Las mujeres y los niños se acurrucaron en un rincón mientras Cararé les hablaba, asegurándoles que pronto podrían volver a su tribu. Wimencaí calentó agua y empezó a lavar heridas.

Charlie se había quebrado el brazo y debíamos encajarlo. Le preparé una bebida de hojas de coca recién compradas; le aliviarían el dolor y lo ayudarían a dormir. Dio un grito cuando pusimos el hueso en su lugar. Conocía bien su cara después de las horas que había pasado junto a su cama mientras se recuperaba, y entendí que con ese grito había aceptado el dolor como un merecido castigo.

Me contó que no había encontrado ningún rastro de sus parientes en Entre Ríos, se habían mudado años atrás, nadie sabía adónde. Hasta contármelo a mí, no creo que Charlie se había permitido pensar en todo lo que le había ocurrido ese año. Bastaba la angustia del exilio, aunque en aquel momento su rabia contra los ingleses lo había impulsado a pensar que sería un alivio estar libre de ellos.

—¿Dónde está Itanambí, Charlie?

—Me dejó después de cautivar a un mercader portugués que le compró rubíes y un vestido de gala. La última vez que la vi se iba para Buenos Aires.

—¿Qué harás ahora?

—Pensaba pedirle al padre Manuel que me aconsejase. ¿Piensas que me recibirá? No tengo a más nadie.

—Vuelve con nosotros. Nos agradaría. Eso era mentira. Yo sería la única a quien le agradaría el retorno de Charlie.

Estaba pensando cómo darle la noticia a Garzón, cuando llegó su buque. Como había descubierto, las noticias volaban en Montevideo, y cuando lo vi ya se había enterado de lo que había transcurrido con los cautivos. Le dije que Cararé había elegido dos compañeros que lo acompañarían, y que saldrían al otro día formando una escolta para las mujeres y los niños hasta que llegasen a Entre Ríos.

—¿Dónde están? —preguntó.

—En casa de don Ernesto Zubillaga.

Dio la orden de que le mandasen el baúl a la posada y no lo vi hasta el día siguiente cuando desperté y lo encontré de pie junto a mi cama.

Tenía la ropa arrugada y sucia y una barba incipiente le oscurecía el rostro.

—Siento haberte preocupado —dijo.

—Don Ernesto me explicó anoche que deseabas estar solo.

Se recostó, cubriéndose la cara con el brazo, y le quité las botas. Me vestí y bajé a buscar una palangana de agua caliente. Cuando regresé dormía profundamente. Me senté a contemplarlo, preguntándome qué me diría al despertar. Don Ernesto me había contado que mi marido había visitado a los cautivos en el patio. Se le había acercado una mujer y le habló en un idioma que don Ernesto no comprendía. Garzón le contestó, y su respuesta atrajo a los demás. Lo tocaron y le hicieron preguntas pero Garzón retrocedió, y sin decir más nada, abandonó la casa.

Despertó al mediodía. El agua se había enfriado, así que le traje más y pedí que nos mandaran comida. Hablamos poco mientras lo afeité y lo peiné.

—Me he mantenido lejos del pueblo de mi madre durante casi veinte años. Cuando una mujer se me acercó ayer y me dijo: «Eres uno de nosotros», lo único que recordé era lo que mi padre me contó acerca de ellos: que eran sucios, primitivos, ignorantes, inferiores.

Quiso correr, pero antes se le escaparon las palabras «Mi madre era Analona».

A la mujer se le llenaron los ojos de lágrimas. «Analona—repitió—. Se dirigió a los demás: ¡Es el hijo de Analona, el nieto de Napeguá»!

Lo rodearon, tocándolo, preguntándole si había venido a rescatarlos. «No» —les dijo Garzón—, otros ya lo habían hecho. ¿Los acompañaría a Entre Ríos? ¿Por qué no? ¿No quería ver a su abuelo?

—Jamás me imaginé que todavía vivía. Fue demasiado para mí.

Huyó, llevándose la memoria de un niño que le clavó la mirada. Tenía la misma edad que él cuando el padre se lo había llevado y la misma mirada perdida.

—Si hubiera vivido con ellos hubiese muerto como el padre de ese niño, defendiendo a mi hijo.

No fue su intención herirme con esas palabras, pero me hirieron igual. Quizás no se dio cuenta del anhelo con el cual hablaba.

—Igual que ese niño, yo tampoco lloré. Mi padre dijo que era porque sabía que como hijo de un hombre civilizado mi lugar no era entre los salvajes. Pensé que tenía razón, aunque he dormido siempre con la piedra que me regaló mi madre atada en la camisa. Pero cuando entré a la casa y vi a esas mujeres y al niño que trataba de ocultar su terror, me inundó la memoria de cómo yo tampoco había querido pensar en mi madre por temor a llorar.

Garzón recordó cómo el padre se había negado a llamarlo por el nombre que le dio su madre. Prometió darle un buen nombre francés en cuanto los olvidara a ella y su idioma, y una vez que demostrara que podía actuar como una persona civilizada.

—Hasta entonces me llamaría «garçon». Después lo cambié a Garzón, porque nunca me dio otro nombre ni usó el que me dieron cuando me bautizaron. Quizás se olvidó, o quizás entendió que nunca me civilizaría.

A pesar de esto el padre le compró ropa fina y una espada perfecta para su edad. Garzón aprendió castellano y francés, recibió libros, y se le permitió aprender todo lo que sabía su padre acerca de los barcos y el mar. Era demasiado doloroso pensar en la madre, así que Garzón se dijo que los había olvidado a ella y a su abuelo, y que jamás los buscaría ni volvería a ellos.

—Ayer recé por primera vez en mucho tiempo.

—¿A quién le rezaste?

—A Tupá, un espíritu antiguo cuyo nombre significa «¿quién eres?» Me pareció apropiado que una persona que no sabe quién es le pida ayuda a uno cuya identidad también es un misterio.

—Podrías visitarlo a tu abuelo.

—Me da miedo, Isabel. Miedo de nunca poder volver, de tener que abandonar todo lo que más amo: tú, Orlando, el poblado, mis buques. Eres mi esposa y Orlando es mi hijo. Soy lo que las circunstancias y este sitio me han hecho, ni blanco ni indio, sino una dolorosa mezcla de los dos. Anoche comprendí que pertenezco donde esas cosas no importan, y que el único lugar así es mi propio reino junto a la laguna.

—

Al día siguiente me vestí al compás de los arneses, el crujir de las ruedas, y el traqueteo de los cascos sobre el empedrado del patio, donde Garzón y Orlando supervisaban el embalaje del hierro y el vidrio que habíamos comprado y de las cajas llenas de arroz, cáñamo, tinturas, y moldes para hacer candelabros y cálices.

Sobre la cómoda encontré un paquete, y un estuche de cuero con una nota de Garzón. *Visité las tumbas de Michael y de tus padres mientras estuve en Cork. Y Mary te mandó esto.*

Abrí el estuche primero, y el aroma me recordó aquel día sombrío y lluvioso cuando enterré a mi familia. Toqué esa tierra antigua y me pregunté por qué Garzón me la había traído. La mezclaría con tierra nueva y plantaría algo, un árbol, quizás.

El paquete de parte de Mary contenía una enagua al estilo de Callamanca con hojas acolchadas de satén celeste.

Octubre de 1747

Queridísima Isabel,

Mis cartas todas comienzan igual con las inadecuadas palabras «te extraño». Ha sido así desde el momento en que vi partir tu barco, tu pequeña figura sobre la cubierta entre la vaca y el gallinero.

Nos vamos a mudar. Esta casa nos recuerda demasiado a ti y nos pone triste. Papá piensa transferir su tienda a un local más cercano al embarcadero de Pope, que según él, será mejor para el negocio. Mamá dice que es para estar más cerca de los cafés, donde podrá sentarse junto al río Lee todo el día leyendo los diarios de Dublín.

Querrás noticias acerca de nuestra hermosa ciudad y del condado.

¿Recuerdas a los dos mil franceses y españoles de los cuales te conté en mi última carta, prisioneros de los ingleses en Kinsale después que intentaron apoderarse de la cárcel? Murieron cincuenta y cuatro de ellos, pobres, en un fuego. ¡A veces maldigo igual a Irlanda y a los ingleses! ¿Quién se beneficia de estas constantes guerras extranjeras? No los que las pelean, como los desgraciados presos en Kinsale, y por cierto que tampoco la gente como nosotros.

Después de todas las guerras que ha habido entre nosotros ¿cómo se siente vivir en un territorio gobernado por España?

Digo «nosotros» aludiendo a nuestros vecinos los ingleses, quienes seguramente son el pueblo más agresivo sobre la tierra.

Como testimonio de los penosos tiempos en que vivimos, nos visitaron varias maravillas el verano pasado. Primero, una sustancia amarillenta, con un horroroso olor a azufre llovió sobre Doneraile. No lastimó a nadie y después de decorar la tierra por un tiempo breve, desapareció. También sufrimos tormentas violentas con granizo puntiagudo y de cinco pulgadas de diámetro. Se rompieron ventanas en toda la ciudad y las rosas de mamá quedaron destrozadas.

Tu apuesto capitán nos trajo tus regalos. ¡Qué emoción fue conocerlo! El romance entre ustedes me recuerda esa obra que vimos cuando éramos apenas unas jovencitas. ¿La recuerdas? Trataba de una joven llamada Violette que se enamora de un indio y se fuga para vivir libremente con él en las Américas, como has hecho tú. Creo que la escribió un francés y se llamaba «Arlequin sauvage».

Uso el jabón que me enviaste para todo —la cara, la ropa— pues es delicado y tiene un dulce perfume. Guardé una barra para mostrarles a todos los finos jabones que hacen los indios.

¡No me reconocerías! Estoy aprendiendo a bailar la cuadrilla y uso el cabello al estilo francés, con rizos alrededor de la cara (me sientan muy bien, modestia aparte) y un nudo complejo en la nuca. ¿Y te acuerdas cómo odiábamos la costura? Bueno, yo misma hice la enagua de Callamanca que te mando con su forro acolchado.

¡Casi me desmayo cuando leí tu noticia acerca de la aparición de Charlie FitzGibbon en tu parte del mundo! ¡Aquí todos creen que se fue a las colonias americanas. Ya sabes que su hermano Ronan se sometió a la Iglesia Anglicana de Irlanda así que ha heredado todo, y el padre vivirá como inquilino en sus propias tierras. Los buenos católicos lo repudian a Ronan, pero a él no le importa, ya que ahora todos sus amigos son protestantes, y con Charlie fuera del país, hace lo que le place. La noticia casi lo mató al viejo Sir Charles. La familia entró en luto cerrado y celebraron misa como si Ronan FitzGibbon estuviese muerto, que para ellos lo está. Alcanzaba que uno de los hijos viviese en

exilio, pero ver al menor convertido y defraudándolo a Charlie fue demasiado para el viejo, y lo encontraron medio congelado vagando como un fantasma en las partes más recónditas del castillo.

No la he visto últimamente a Margaret, la cocinera del conde, pero él ha adquirido más propiedad. ¿Recuerdas esa acta aprobada por el parlamento inglés después de que la brigada irlandesa aliada con los franceses derrotara al ejército británico en Fontenay? ¿Aquella que les prohibió a los oficiales irlandeses la posesión de todo tipo de propiedad? (¡Nuestros oficiales hubieran abandonado a los franceses con gusto si hubiesen podido ganarse la vida en la patria!) Bueno, Johnny Busteed, el muy canalla ¡los denunció y recibió todos sus bienes!

Hablando de bienes ¡papá me cuenta que eres rica! Cuando el capitán estuvo nos dijo que había traído cinco mil vellones de oveja. Le costaron un chelín por docena y tú le aconsejaste que aquí los vendiese cinco veces más caros. Nos contó que los indios no comen carne de carnero y que por lo tanto la seca para usarla a bordo de sus buques. Ha cargado uno de ellos, el Isabelita, con telas. Nos cuenta que eres una brillante consejera, con un claro razonamiento, y una mente astuta en cuanto a la ley. ¡Estoy de acuerdo!

Y querida, no te preocupes – los niños vendrán cuando Dios los mande. ¡Mamá me esperó ocho años y después no paró durante cinco años más!

¿Volverás, mi adorada Isabel? Sé que el viaje es largo y peligroso, pero qué alegría nos daría despertarnos una mañana oyendo tu canto en la cocina como antes.

Me parece que te gustaría saber que un rayo partió el roble detrás de tu casa. Cuando cayó destrozó todo a su alrededor, incluso la casa y la pared que separaba nuestros jardines. El propietario arregló la pared pero no ha tocado lo que queda de la casa, vacía desde tu partida. Todo el contenido está bien enterrado.

¡Se me está terminando la tinta!

Con mucho cariño, tu amiga Mary O'Neill.

P.D. Tu fiel corcel Puck está redondo como un barril y en plena forma. Estoy decidida a montarlo ahora que ha llegado el verano.

Así que Mary sabía, y me hizo entender que ya no debía preocuparme en cuanto al sótano y el cuerpo que ahí yacía. Lloré con la carta en las manos, no por Tobías sino por ese antiguo y gigantesco roble protector y por la casa que compartí con mamá, papá y Michael.

Afuera de la posada nos aguardaba una multitud. Algunos venían a despedirnos, otros eran curiosos espectadores o pacientes agradecidos a quienes Wimencaí había atendido durante su estadía en Montevideo. Le llenaron las manos de flores y de frutas.

También llegaron los tres camiluchos que Cararé había empleado para reemplazarlo a él y a los dos hombres que lo acompañarían a Entre Ríos. Uno de ellos le explicó a Garzón que su amigo estaba enfermo y no podía viajar, así que había traído a otro. Este ofreció quitarse la camisa para demostrar su honestidad y Garzón le dijo que no sería necesario. Cuando volvimos a la habitación a recoger nuestras pertenencias le pregunté acerca de esa oferta tan extraña.

—Quería mostrarme que no lo habían marcado.

—¿Con un hierro?

—En el hombro, por el primer delito.

—¿Qué tipo de delito?

—El robo de ganado.

—¿Quién los castiga de tal manera?

—Los dueños del ganado.

—¿Qué hubieras hecho si tenía marca?

—Lo hubiera felicitado. Ese castigo lo reservan para los indios, los esclavos, y los mixtos, como yo. Entre los españoles el robo de ganado y de caballos es un pasatiempo. Indicó la estructura que cubría el baúl.

—¿Y eso?

—Es para mi nuevo vestido. Te lo mostraré cuando lleguemos a casa.

Gimió al levantar el baúl.

—¿Con qué está decorado?, ¿balas de cañón?

—¡Tú eras el que quería que me comprase un vestido! —le recordé mientras llevaba el baúl a la carreta.

La encontré desbordando de almohadones hechos para Charlie por las damas de Montevideo. Cuando se enteraron que el joven y noble irlandés no podría montar por el brazo herido, revisaron sus ajuares, compitiendo las unas con las otras para ver cuál produciría el almohadón más fino. Eran de todos los tamaños, un mar inverosímil de flores, mariposas y pájaros. Charlie estalló de risa cuando los vio, se quitó las botas, y se estiró sobre ellos con gusto.

Orlando estaba ensillando su caballito con la montura compacta que había diseñado Cararé para acomodarle las piernas, cuando apareció don Ernesto con una canasta preparada por Apolonia llena de aves asadas, y un regalo muy especial para Orlando: una pequeña plataforma con un canasto que se ataba con tiras al lomo del caballo para llevar a Zule. Orlando emocionado, abrazó a don Ernesto. Conociendo al caballito, sostuve las riendas con las dos manos cuando Orlando llamó a Zule. Sin pensarlo dos veces, Zule saltó y quedó sentada en las alturas, Orlando sonriendo tanto que pensé que se le partiría la cara en dos.

Don Ernesto se secó las lágrimas, y se sonó la nariz, Garzón dio la seña de partir, y entre los gritos de despedida y el crujido de las ruedas, salimos de la ciudad. El aire estaba fragante con el olor a sal del océano y el sol brillaba en un cielo color turquesa.

Durante tres semanas viajamos junto al agua, durmiéndonos cada noche con el rugido de las olas. Juntamos las palanganas que habíamos dejado llenas de agua entre las rocas durante el viaje de ida. El agua se había evaporado, y estaban cubiertas con una capa de la sal que nos serviría hasta llegar al poblado.

Cruzamos las dunas y nos encontramos en medio de las palmeras, donde dimos descanso a los animales antes de emprender el viaje hacia la laguna. Mientras tanto, los camiluchos prepararon un banquete. Preferían la carne casi cruda, pero en esta ocasión limpiaron la res, le sacaron los intestinos y la grasa y los pusieron dentro del estómago. Prendieron fuego a la grasa y cerraron el estómago dejando una pequeña abertura para que saliera el humo. Cada uno comería su parte favorita.

Nos contó Charlie que en Irlanda hacían algo parecido. Excavaban un pozo y le ponían piedras calientes. Envolvían la carne en paja poniéndola en una olla y cubriéndola con agua. Las piedras calentaban el agua y cocinaban la carne.

Mientras descansábamos, Garzón me dio el regalo que me había traído de Río de Janeiro. Era el más hermoso traje de montar que jamás había visto, con una chaqueta color de gamuza con cuello y puños de terciopelo, forrada en tafeta rosada, y decorada con botones de plata en forma de media lunas, los ojales terminados en hilo plateado. La blusa era de seda rosada y hacía juego con la guarnición de la falda plegada. Venía acompañado por un miriñaque.

—Lo guardaré para una ocasión especial.

—O sea que lo guardarás envuelto en el baúl.

Ya me sentía extravagante con mi tontillo, que acompañado del miriñaque ni siquiera entraría en nuestra casita, así que llevé el nuevo armazón al monte cercano y lo até a un árbol, cubriéndolo con ramas. Garzón lanzó una carcajada.

—¡Puede servirle a algún animal! —dije.

-¡Pagaría mi peso en oro por ver a un ñandú correr en eso!

—¡No como atuendo, tonto! ¡Para refugiarse!

Garzón se cayó de risa.

———

Charlie se quejó de tener que viajar sacudido en la carreta y con el ruido de las ruedas. Los hombres no las aceitan porque dicen que el ruido les gusta a los bueyes y responden a él como si fuera música. A mi me parecía más probable que las pobres bestias se apresuraban para escapar del sonido.

A Charlie el brazo ya no le dolía pero Wimencaí le había dicho que no lo moviese demasiado. Garzón igual le ensilló un caballo y Charlie anduvo a mi lado, preguntándome acerca del poblado. Por si tenía ilusiones acerca de lo que iba a encontrar se lo dibujé para prepararlo a la realidad de una aldea fortificada. Si nos atacaban sería posible cruzar la zanja a pie pero no existía caballo que saltara los nopales que crecían junto a la zanja. A pesar de mis esfuerzos, cuando llegamos a la laguna y vio el poblado, Charlie abrió los ojos sorprendido.

Las praderas sembradas y aradas, lucían como siempre, pero la familiaridad terminaba allí. Del centro de las praderas los nopales surgían como amenazantes centinelas cubiertos de púas, circundando la cerca que encerraba el poblado detrás de un alto portón hecho de huesos. A intervalos a lo largo del cerco, colgaban los cráneos blancos de res, una decoración que a Charlie le pareció horrenda. Representaba la muerte y le recordaba las cabezas de los criminales que había visto empaladas en estacas.

Desde las torres nos dieron la bienvenida y entramos a descargar las carretas en la plaza. El padre Manuel nos vino a recibir e intercambió una mirada seria con Garzón cuando vio a Charlie. Su saludo no fue el único que careció de calidez. Los ancianos ya sabían que Itanambí se había deshonrado aún más dejándolo a Charlie por otro, pero fue él que la había corrompido y ella siguió por el camino que él le había enseñado.

Mientras preparaban fuego en la casa para huéspedes y los niños traían pan, fruta y verduras para llenar las canastas en la despensa, intenté hacerlo sentirse cómodo a Charlie.

—Estamos haciendo más sillas —dije—, indicando el cráneo de un toro en un rincón, pero mientras tanto, los cráneos sirven para sentarnos. Sonrió con ojos pensativos, y le toqué el hombro.

—-Se celebrará una misa de agradecimiento por nuestro retorno, y después podrás hablar con el padre Manuel.

Cuando tomó su lugar con los otros hombres en la iglesia recibió muchas miradas nostálgicas por parte de las mujeres, pero se comportó bien y mantuvo los ojos clavados en el misal. Cuando terminó la misa lo acompañamos a él y al padre Manuel a la casa. Al ponerse el sol prendí un farol para la mesa.

Charlie no perdió tiempo. No podrían hablar de más nada —dijo— hasta que aceptáramos sus disculpas por haber traicionado a la comunidad. Con nuestro permiso, quería dedicarse a beneficiarnos. Durante el año que había pasado en la provincia había recuperado y sobrepasado la fortuna perdida en Irlanda. Nos ayudaría a establecer un pueblo modelo, aquí mismo, a orillas de la laguna.

—Isabel y yo hemos conversado a menudo acerca de la similitud entre estas colonias e Irlanda, entre lo que está pasando con los indios y lo que le pasó a nuestro pueblo cuando los ingleses nos invadieron. Comparto la fe de ella en nuestra capacidad de aprender de esos errores y no repetirlos.

—No veo prueba ninguna que la gente en el Nuevo Mundo haya

aprendido de sus errores en el viejo —dijo Garzón—. El saqueo, la avaricia, y la procreación excesiva están destrozando Europa y destrozarán las colonias también.

—¡No puedo compartir ese punto de vista! —dijo Charlie—. Y usted tampoco piensa así, si no abandonaría todo esto —dijo, señalando el poblado afuera de la ventana.

—Debo trabajar, a pesar de lo que pienso.

—En mi opinión hay en el mundo dos clases de hombre: los que desean explotar todo lo que ven, y los que, como usted, saben hacerlo sin destruir lo que les beneficia.

—Los que gobiernan forman parte de una tercera clase, muchísimo más peligrosa: la de los que no comprenden la diferencia.

———

Cuando desperté estaba sola en la cama. Garzón estaba de pie junto a la ventana, pasando su ágata de una mano a la otra.

—Te preocupa la propuesta de Charlie —dije.

—Me preocupa FitzGibbon, Isabel.

—Su idealismo le ha costado mucho.

—Su idealismo no es lo que me molesta. No te he contado, pero gracias a él conozco la historia de la joven charrúa que se mató.

Antes de la redada en la cual murieron el padre, los hermanos y los tíos de la joven, Charlie tuvo relaciones con ella, probándola como una fruta exótica. Era cierto que la había defendido de los soldados cuando intentaron violarla, fue así que se había quebrado el brazo, pero él también era culpable.

—Me habló como si yo fuese un sacerdote capaz de castigarlo por sus pecados. Le recomendé que se confesara pero no quiere recibir absolución. Desea recibir una penitencia sangrienta, cien estaciones de la cruz de rodillas, noches enteras rezando, la tortura de una abstinencia total.

—Quizás su contribución a nuestra comunidad le ayude con tal suplicio.

—¿Por qué deseas que se quede, Isabel?

—No lo amo si eso es lo que temes.

—He sentido ese temor.

—Una vez fui lo suficientemente tonta como para pensar que

estaba enamorada de Charlie, pero de eso hace mucho tiempo. Mis motivos son egoístas.

Le había dado vueltas en mi cabeza a la advertencia de don Ernesto, pensando en Irlanda y en la facilidad con la que se habían creado allí las leyes que permitieron confiscar propiedades. Aquí, Charlie nos ofrecería su protección. Era noble, con toda la confianza y la certeza aristocrática que le permitía desafiar a cualquiera que cuestionara su derecho de establecerse adonde quisiera.

—¿Nos permitiría usarlo de esa forma?

—Si quieres, se lo preguntaré.

Charlie se puso pensativo cuando le conté acerca de mi conversación con don Ernesto, pues no compartía mi certeza. No se creía capaz de prevenir lo que yo temía.

—No tengo ese tipo de poder, Isabel.

—Lo has tenido siempre, pero no lo sabes.

—Hablé en serio anoche. Deseo servirles. Mi vida y todo lo que poseo están a tu disposición.

Charlie le presentó sus disculpas al cabildo y las aceptaron. Repitió la promesa de servirnos, y cuando los capitanes de los talleres llegaron a reseñar sus actividades, lo invitaron a oír lo que contaron acerca de los cultivos, el ganado, y la disponibilidad de los productos de los talleres.

El capitán de cueros habló primero describiendo el diseño y la confección de artículos para el hogar, sillas de montar, riendas y arneses. Lo siguieron los capitanes de carpintería, herrería, y platería, describiendo la creación de muebles, el diseño de herramientas y cerrojos, y el decorado de la iglesia. El maestro de capilla, director de coro, y de la lectura y composición de música, trajo los libros hechos por los artesanos, y el capitán de topografía dispuso mapas sobre la mesa, detallando el territorio y describiendo en minucioso detalle todas sus características.

Cararé les informo que los almacenes estaban llenos de cueros, algunos de un peso de casi ochenta libras, y de barriles con miles de libras de sebo para los mercados europeos.

Le contaron a Charlie que le vendían charque a las Indias y a

La Habana, un negocio muy lucrativo ya que cada toro rendía hasta doscientas libras, y cada vaca, alrededor de ciento treinta.

Cuando terminó la reunión habían decidido que Charlie pediría permiso, igual que lo había hecho Garzón, para agregar otras doce mil cabezas a la empresa, y nosotros proporcionaríamos la mano de obra y los barcos para el traslado de las exportaciones.

Charlie partió para Buenos Aires y volvió tan rápido que Garzón le recomendó al cabildo que revisaran el permiso. Charlie se los presentó y Garzón me dio la razón. Charlie ejercía un poder que no tenía nada que ver con el dinero. El permiso requería semanas de espera aun cuando el solicitante fuese generoso con sus obsequios, y a Charlie se lo habían dado en tres días.

—

Se ponía el sol al pasar Orlando y yo por la casa de huéspedes, y a través de la ventana abierta llegó una canción que nos detuvo. Charlie se asomó para invitarnos a pasar a ver sus dibujos. Pensé que eran de su hogar en Irlanda, pero resultaron ser del castillo que Charlie pensaba construir a orillas de la laguna.

Había logrado hacerlo compatible con el entorno, combinando elementos de los castillos irlandeses con patios españoles. Lucía torres hacia las praderas, y por detrás, una vista hacia la laguna. El cuerpo del castillo, con paredes de casi tres pies de grosor, se disponía alrededor de un gran patio pavimentado en ladrillo y plantado con árboles, arbustos, y flores. Habría un gran salón, salas para banquetes, una biblioteca, sala de recepción, y comedor. Sería construido de ladrillo y lo rodearía una pared de piedra.

Las ventanas tendrían asientos por debajo y cornisas de madera tallada, inspiradas en los tallados que hacíamos para decorar la iglesia. Representaban peces, pájaros, frutas y flores, pintados en rojos, verdes, azules y amarillos, tan naturales que parecían saltar y volar de las manos de los talladores.

Todas las mañanas Charlie observaba a los indios trabajando la piedra, moldeando y horneando ladrillos y cuidando la valiosa yerba. El mate hecho del árbol de la yerba se usaba para todo tipo de males: el insomnio, la indigestión, y la melancolía. Nosotros todavía comprábamos la yerba a través de los mercaderes, ya que los árboles requerían tres años para establecer raíces antes de ser transplantados, y cinco más antes de rendir una cosecha de hojas. Le pregunté a Charlie y al padre Manuel si valía la pena todo este esfuerzo y me aseguraron que si conseguíamos establecer una plantación de mate nos haríamos ricos, ya que el mate era la mercadería más valorada en las colonias, y además, nos aliviaría del trabajo duro con los cueros.

Los indios toman el mate puro pero al padre Manuel y a mí nos gustaba agregarle azúcar, uno de los pocos lujos que él se permitía. En el bolsillo llevaba una bolsita de cubos de azúcar no solo para endulzar el mate, sino porque les gusta a los caballos y a las mulas. Se había enterado que el químico alemán Marggraf había descubierto que se puede extraer azúcar de la remolacha y Garzón en seguida intentó reproducir el experimento.

Al terminar la temporada no cabía duda que Charlie, que se levantaba al amanecer todos los días para trabajar con los hombres, se estaba ganando el respeto y hasta el cariño de todos. Lo sorprendió al Maestro de Capilla con la dulzura y la fuerza de su voz y ahora cantaba solos durante la misa. Pronto también empezó a componer música y unos aires irlandeses se entrelazaron con los acordes italianos que flotaban desde la iglesia hacia las pampas.

Cuando terminaron de florecer las palmeras de butiá y se coronaron con racimos de fruta amarilla, dulce y llena de posibilidades, Charlie iba todos los días a buscarme un canasto de los coquitos que tanto me gustan. Wimencaí los cocía con azúcar para crear una miel que alivia el dolor de garganta, y los indios los convertían en un licor dulce y delicioso.

—————

Ese invierno llovió tanto que pensé que nuestras casitas de adobe se desmoronarían. Quizás —dijo el padre Manuel— era la lluvia que mantenía alejados a Yací y Atzaya, o quizás estaban demasiado lejos para visitarnos. No lo habíamos visto a Yací desde su última visita, y Atzaya y yo no habíamos hablado desde antes de mi casamiento.

Entre viajes, Garzón se ocupaba haciendo una canoa del tronco de un timbó, y cuando no llovía salíamos a explorar la laguna. Nadie sabía por qué el agua era casi negra y mantenía ese color aun cuando la hervíamos. A mi cabello le daba una textura sedosa, y Garzón se envolvía los brazos en mis trenzas, atándose a mí —según decía— con cadenas de miel. Yo a veces deseaba que esas cadenas fuesen verdaderas para hacerlo cumplir con la promesa que me hacía con cada viaje: que sería el último.

Las orillas de la laguna eran arenosas como las playas junto al océano, con rocas y cuevas que yo no quise explorar ya que eran un lugar preferido por los murciélagos que salían a comer de noche.

Jamás olvidaría el horror que sentí una mañana cuando nos acercábamos a la laguna por primera vez. Me desperté y vi que la hamaca del padre Manuel estaba manchada de sangre. Corrí hacia él segura de que lo encontraría acuchillado o victima de un ataque por parte de un animal. Lo encontré dormido, ignorante de que durante la noche los murciélagos vampiros se habían nutrido de sus pies expuestos.

Wimencaí dice que el murciélago vampiro es un cirujano delicado, porque secreta una substancia que no solo impide el dolor sino que hace dormir profundamente a sus victimas. En una época los curanderos de su tribu sabían cómo extraer esa substancia de la saliva de los murciélagos, pero era un arte perdido.

Los bosques que rodeaban la laguna eran mágicos, llenos de cantos de pájaros, con líquenes suspendidos sobre el agua en guirnaldas grises y tenues como la niebla, salpicados de orquídeas y helechos, y con un árbol raro que crece en gigantescas roscas sobre la tierra.

Abundan los lagartos, brillantes como joyas esparcidas entre las hojas caídas o sobre los troncos de los árboles y en una gama de marrones bronceados y verdes. Algunos son más pequeños que mi meñique, otros tan largos como mi brazo.

Cuando vine a la laguna por primera vez, pensé que no podría dormir por las ranas que me ensordecían. Hasta pasar una noche afuera no tenía idea de cuántos sonidos existen en la oscuridad. Entre el llamado alto e implacable de las ranas, escuché el ulular de las lechuzas y el lamento del *urutaú*. En la maleza, cloqueos, chasquidos, y el murmullo de voces se entremezclaban con las sombras creando una música sedante que despertaba mis sentidos a la vez que me sosegaba y me refrescaba.

Charlie dijo que yo dibujaba todo como si temiese que fuera a desaparecer dejándome con una memoria imperfecta de tanta belleza.

La primera vez que vi pasar una bandada de flamencos tornando rosado el cielo, supe que quería preservar ese vuelo hacia el sol poniente. Formaban un velo que cubría el cielo hasta que lo único a la vista eran ellos y me dolía el cuello y todavía volaban hasta que me tiré sobre la tierra para verlos pasar pensando que quizás no terminarían nunca y que me volvería vieja observándolos.

En los árboles cerca de la laguna descubrí chorlitos, garzas de varios colores, y mirlos. Vi por primera vez a los federales con sus cabezas y cuellos color escarlata, y a los dragones decorados de azafrán. Me acompañaban viuditas con toques de azul, naranjeros en vivos colores de azul y amarillo, y los cardenales azules con su corona blanca.

También dibujé flores, y Garzón me trajo pinturas con las que pude imitar los matices iridiscentes de las praderas florecidas, y de las fantasiosas enredaderas en forma de plumas, picos, alas, campanas y plumeros. Cararé me hizo la historia de la pasionaria, que creció por primera vez después de la crucifixión, y me mostró la marca del látigo, la corona de espinas, la lanza, y los tres clavos.

Cuando florecen los ceibos a las orillas de la laguna se tornan colorados, con un toque de blanco de vez en cuando entre las flores amontonadas en las cimas de esos antiguos árboles.

Yo también florecí, y la ropa de Michael quedó guardada en mi baúl. Todavía usaba pantalones para montar pero a menudo vestía igual que las otras mujeres, con faldas coloridas, con pendientes de nácar y plumas, y con peinetas en el cabello. Garzón dice que cegamos de bellas, igual que los pájaros y las flores que dibujo. Se acercaba la hora de su próxima partida, y me aseguró que sería una de las últimas.

—Es lo que me has dicho desde que llegamos. Mientras tanto la casa no está terminada ¡y llevamos casi dos años de casados!

—Quiero ahorrar suficiente dinero para asegurarme de que jamás vuelvas a sentir pobreza.

—Tenemos más dinero y más tierra de lo que pensé ver jamás y quiero disfrutarlos contigo. Quizás si estuvieras aquí más a menudo...

—Comprendo que deseas un hijo, Isabel. —Me abrazó—. Un viaje más y me despido del mar.

—Eso no te lo pido. Solo quiero que no hagas esos viajes que te ausentan por tanto tiempo. No te olvides que me crié entre marineros y sus familias. Muchas de las esposas nunca supieron si sus hombres

habían muerto o si habían encontrado un paraje más verde y un amor
más dulce que el de ellas.

—Eso jamás lo temas. No hay amor igual al tuyo, ni mar que nos
separe. Volvería de los muertos para estar contigo. —Me acercó a él y
desató la cinta de mi cabello—. Y también para asegurarme de que no
te hubieses enamorado de FitzGibbon durante mi ausencia.

—¿Quién sabe? —reí—. Por lo menos Charlie siempre está ¡y creo
que terminará el castillo antes de que tú termines nuestra casa!

Nos habíamos retirado detrás de la mampara cuando Orlando
entró corriendo.

—¡Cararé ha vuelto de Entre Ríos! ¡Dice que vienen los minuanos!

Apenas terminó de hablar cuando un temblor profundo corrió a
través de la tierra hacia nuestros pies, y nos llegó un insólito sonido
entre aullido y canto, entre doloroso gemido y el rugir de un monstruo.

Garzón tomó el fusil.

—¡Es el grito de batalla!

Salimos a la plaza y vimos que Charlie subía una de las escaleras
hacia los almenajes llenos de hombres. Lo seguimos y me saltó el
corazón cuando dirigí la vista hacia las praderas. Cientos de guerreros,
más minuanos de los que pensaba que existiesen, tronaban hacia
nosotros, ellos, sus lanzas y sus caballos decorados con caracoles y
plumas blancas. Cuando llegaron a la barrera de nopales, galoparon
alrededor de ella como derviches en una nube de tierra. Tuve la
sensación de estar en el ojo de una tormenta. Los cascos golpeaban,
las lanzas brillaban, y el cerco de huesos temblaba con un sonido como
granizo sobre un techo de ladrillo.

Los hombres en las torres y los almenajes parecían hechos de
piedra, mientras debajo los caballos se encabritaban y los perros
aullaban. Las gallinas corrían de un lado a otro pisoteadas por los
bueyes enloquecidos por el grito de batalla. Corrí a la plaza a ayudar
a las mujeres y los niños que intentaban tranquilizar a los animales
antes de que se dañaran, y súbitamente, entre el ruido de los minuanos
afuera y de los animales adentro, sonó un tiro. No podía ver a través
del polvo que me atoraba. Fui al aljibe y me lavé los ojos. Oí gritar al
padre Manuel, y lo vi tirarse desde el almenaje a la plaza. Estaba segura
de que se había quebrado las piernas, pero saltó como un gato y salió
corriendo. Trepó una escalera al otro lado de la plaza y se abalanzó

sobre Charlie quitándole el mosquete e intentando estrangularlo. Quedamos todos helados de sorpresa. Garzón luchó con el padre Manuel mientras Charlie intentaba levantarse. Cararé tomó al Padre en sus brazos, y Garzón se encargó de Charlie.

Esperaba que los minuanos entraran por el portón pero de afuera nos llegó un espantoso silencio. Me acerqué a una apertura en el cerco y vi que el remolino de guerreros había parado. Los caballos jadeaban, y las cabeceras de pluma se agitaban en la brisa. Como si estuviesen obedeciendo una orden muda, los minuanos alzaron los ojos hacia los de los hombres en los almenajes. Se miraron durante una eternidad. Después, un pequeño grupo desmontó, pasaron a pie a través de los nopales, cruzaron la zanja, y se acercaron al cuerpo de un compañero muerto junto al portón. Lo pusieron sobre un caballo y partieron, desapareciendo en el monte.

Se vaciaron los almenajes y todos encontraron algo qué hacer para restaurar el orden, dejándolo al padre Manuel solo con su dolor y Cararé.

Le pregunté a Garzón qué había pasado. Dijo que el padre Manuel buscaba a Yací entre los guerreros cuando escuchó a Garzón gritar el nombre de Charlie. Se volvió, y allí del lado opuesto de la plaza, vio a Charlie alzar el mosquete. El padre Manuel se abrió paso entre los hombres apilados en las plataformas gritándoles una advertencia a los minuanos abajo, pero era imposible que lo oyeran por sobre los gritos de sus compañeros. Charlie disparó, y cayó un minuano. El padre Manuel lo reconoció. Era Abayubá, el hermano de Yací.

—¿Por qué no nos atacaron?

—No estaban vestidos para una batalla. ¿Viste las plumas blancas? Creo que querían asustarnos.

—Pero ¿por qué?

—No lo sé, Isabel.

El padre Manuel se había encerrado con Cararé y se negaba a ver a nadie. Al otro día partió, en busca de Yací.

Visitó todos los lugares donde acostumbraban encontrarse, el arroyo donde hablaron por primera vez, el cerro donde Yací le había regalado la hamaca, y la cañada donde se sentaban a pescar y a aprender el uno del otro, desde las palabras para «pez» y «maestro», hasta sus más profundos significados. No quedaba ningún rastro de Yací o de su clan.

Multiplicamos la guardia. Los hombres dormían con los mosquetes a mano, y los exploradores salían al amanecer y al atardecer a patrullar la zona. Al pasar los días, la vida se normalizó una vez más.

El padre Manuel volvió para abastecerse, y nos dijo que buscaría a Yací en toda la provincia si fuese necesario. Charlie quiso verlo, pero el padre Manuel no le abrió la puerta. Charlie golpeó, gritando «¡Sé que me oye! ¡Disparé porque pensé que iban a destrozar el portón! ¡No conocía el significado de las plumas blancas! ¡No fue mi intención matar a nadie!»

El padre Manuel no le contestó, y me lo llevé a Charlie intentando consolarlo.

—¡Me resulta muy importante que me creas, Isabel!

—Te creo.

—Cuando vi que los indios se acercaban al portón disparé, pensando protegerte. Era lo único que me importaba. Has sido tan bondadosa conmigo. Lo estás siendo ahora cuando menos lo merezco.

—Creo que el padre Manuel no ha compartido contigo su interés personal en los minuanos, y su amistad con uno de ellos en particular.

—¿Por qué quisieron asustarnos si son amigos del padre Manuel?

—Yo tampoco lo entiendo, Charlie. Quizás si encontramos a Yací, él nos lo explicará.

Capítulo X

El trabajo en el castillo se reanudó, y el ruido de la tala de árboles y de los martillos se hizo insoportable. Le pedí a Garzón que me acompañara al océano. Los eventos de los últimos días me habían dejado ansiosa y confusa, y necesitaba meditar en el lugar que siempre me ofrecía claridad y paz.

Orlando no quiso dejar a Zule, que estaba por tener su primer camada, y dijo que se quedaría con Wimencaí y Cararé. Recordé la última vez que lo habíamos dejado, y le hicimos muchas preguntas. Se enojó con nosotros, lo cual nos pareció muy saludable.

—¡No soy un bebé! —dijo—. Y Cararé me ha dicho que me precisa durante la cosecha.

Cuando llegamos a las palmeras nos llenó una sensación de alivio. Era la primera vez que nos encontrábamos completamente solos, y hablamos poco mientras elegíamos el lugar para acampar junto a un arroyo. Preparé las mantas mientras Garzón se puso a pescar, y en cuanto teníamos la comida asegurada, pusimos los pescados en un canasto, lo sumergimos en el arroyo, y partimos hacia el océano, dejando los caballos a la sombra de las palmeras y caminando de la mano hacia la playa, la arena caliente bajo los pies descalzos. Protegidos por las dunas nos desvestimos y corrimos hacia el agua, nadando juntos hacia lo hondo y volviendo casi sin aliento a tirarnos sobre una manta en las curvas de las dunas.

Nos hicimos el amor como si estuviésemos inventando el placer, un éxtasis que únicamente nosotros conocíamos, hasta caer extenuados y bebernos toda la calabaza de agua fresca. Esta vez volvimos tranquilos al mar, agradecidos de las olas que se llevaron el sudor y la arena.

Al atardecer visitamos las rocas donde los gigantescos penachos de espuma llenaban el aire de bruma, y al ponerse el sol nos sentamos ante el espectáculo de color en el cielo. El océano se volvió azul oscuro, las nubes deslumbrantes en rosado y malva, y el sol veteando el horizonte con naranja y rojo.

Volvimos hambrientos y Garzón preparó el fuego mientras yo le echaba sal al pescado y lavaba fruta en el arroyo. Sin prestarme ninguna atención dos caraos bailaron en la orilla con las alas abiertas, haciéndose la corte con gritos de «¡rau, rau!» mientras los cisnes de cuello negro volaban bajo en el cielo.

Llené la botella de arcilla y la colgué de una rama para que se enfriara al aire nocturno; el agua estaría helada de mañana luego de reposar en la superficie de arcilla pulida como un vidrio. Nos envolvimos en las mantas para disfrutar de los sonidos del monte. Grillos, ranas, de vez en cuando un pájaro, un relincho, y el llamado del jaguar.

Al otro día me desperté antes que Garzón y cuando abrí los ojos vi a Yací al alcance de mi mano, mirándome. Parecía vacío, menos animado que antes.

—Te precisa Atzaya —dijo.

—¿Está enferma?

Intercaló los dedos y formó un círculo.

—¿Empezaron los dolores de parto?

—No. Pero te precisa —repitió.

Lo desperté a Garzón y sin pérdida de tiempo recogimos nuestras pertenencias y seguimos a Yací al monte. El clan estaba bien escondido, y no me sorprendió que el padre Manuel no los hubiera podido encontrar. Los hoyos para los fuegos estaban cubiertos con piedras, y salía poco humo, perdiéndose en el aire.

Atzaya y yo quedamos abrazadas por un largo tiempo, tan unidas que sentí el movimiento de la criatura en su vientre. No dijo nada hasta que Yací y Garzón nos dejaron solas en el pequeño refugio.

—¿Qué pasó con el niño que pensabas tener? —me preguntó.

—No estaba embarazada. Pero Garzón y yo nos hemos casado.

—¿Le pediste?

-¡Me pidió él a mí! Y lo acepté.

Buscó en una canasta, y sacó una bolsita.

—Esto es para ti —dijo—. Toma un poco todos los días.

—¿Qué es?

—*Caá parí*. Le ayuda a los niños a establecerse en nuestros vientres. Ahora —dijo—, quiero contarte por qué te mandé buscar.

—Yací ha cambiado.

—Ha perdido sus almas. Está lleno de incertidumbre, y extraña a su amigo Manuel.

Le conté acerca de Charlie y cómo no había querido matar a Abayubá, de cómo el padre Manuel lo había atacado, y de su dolor y su búsqueda.

Después de recibir su canto —dijo Atzaya—, Yací había pensado volver al poblado, esta vez con ella. El día de la visita se despertó temprano, llenó su bolsa de piel de jaguar con pan de mandioca y se puso las polainas rosadas de pluma de ñandú. La semana anterior un joven descuidado había muerto por una mordedura de víbora. No había teñido y enhebrado las plumas de ñandú que hubiesen engañado a la víbora haciéndola derramar el veneno antes de tocarle la pierna, y Yací, que les tenía un saludable respeto a las víboras, se aseguró de que sus polainas estuviesen en buenas condiciones. Encontró los caballos, y cuando volvió con ellos Atzaya estaba pronta.

—Me preguntó si algún día lo dejaría.

La pregunta la había sorprendido.

—¿Dónde iría? Sería más fácil deshacerme de mi piel y hacer que me creciera otra que dejarlo. Era yo la que se preocupaba de que se quedaría en el poblado obligándome a elegir entre él y mi vida aquí.

Yací le aseguró que no podría quedarse en el poblado sin ella y se habían preguntado por qué surgieron estos temores repentinos si se amaban desde la niñez, conocían cada pensamiento y cada impulso uno del otro, y como los cisnes, eran cónyuges para toda la vida.

Al segundo día tomó las boleadoras y se fue a cazar. Habían visto ciervos, perdices y carpinchos mientras viajaban, y Yací se disgustó cuando después de dos horas aún no tenía nada para el fuego. Él y su estómago gruñían cuando se puso a pescar y no agarró nada.

Finalmente, Atzaya juntó unas fresas silvestres e hicieron de ellas su merienda.

Nubarrones cubrieron el sol, y se escuchó el retumbar de truenos distantes. Decidieron acampar temprano y Atzaya desenvolvía las pieles y Yací se preparaba a cortar las ramas que usaría para construir un refugio, cuando vieron una forma extraña debajo de un árbol. Se acercaron con cautela y quitaron las ramas que la cubrían.

Mientras me lo contaba, Atzaya indicó un rincón del refugio, y allí vi mi miriñaque.

Yací había cortado algunas de las tiras de tela y separado varias de las secciones de hueso para crear una abertura, y había cubierto el resto de la pequeña tienda con cueros creando un refugio donde él y Atzaya pasarían la noche.

Cuando empezó a agitarse, Atzaya lo despertó. La tormenta había pasado y Atzaya apenas lo podía ver a la luz de la luna. Sus movimientos eran tan violentos que casi tumbó la tienda. Atzaya le abrió los brazos y Yací se refugió en ellos, jadeando y repitiendo que había tenido un sueño.

En él Atzaya sostenía al hijo. Estaban en un lugar desconocido, aislados de su gente, y el padre Manuel hablaba con un grupo de extranjeros a quienes no les gustaba lo que oían. Un mono, más grande que cualquiera que jamás hubiera visto, estaba sentado en una fosa a los pies del padre Manuel, y Yací comprendió que de alguna manera esto era muy significativo. Los monos eran raros más allá del Río Uruguay. De vez en cuando, si las lluvias provocaban inundaciones al norte, la corriente se llevaba un mono en las ramas de un árbol caído. Iba a ocurrir un ritual conectado con el mono, y el padre Manuel quería impedirlo, los demás querían seguir adelante. Atzaya le rogó a Yací que la ayudara a esconder a la criatura, y mientras lo hacían, comprendieron que no existía escondite que los extranjeros no fuesen a encontrar. Se quedaron aterrorizados e indefensos al acercarse el padre Manuel, llorando, con el cuerpo sangriento del mono en los brazos.

Convencido de que el sueño era una advertencia y que no debería volver al poblado, esperaron hasta que amaneció, tomaron sus pertenencias, y silenciosos emprendieron el viaje de regreso.

Cuando llegaron a la aldea, observaron que estaban reunidos los clanes, hablando acerca de los colonos que habían visto viajando tierra adentro acompañados por soldados españoles. Calelián, el padre de Atzaya, se había encontrado con cientos de reses descueradas, pudriéndose al sol. En sí, esto no era inusual; los extranjeros mataban manadas enteras, pero era la tercera vez esa temporada que había ocurrido dentro del territorio de los minuanos. Kurupí, el protector de animales, debía estar furioso.

Esa noche los chamanes lucieron atuendo ceremonial, capas de venado que tocaban la tierra, y huesos de jaguar junto con collares de nácar y raíces talladas. Sus cabezas lucían resplandecientes con crestas de plumas de loros, flamencos, y cisnes. Habían ayunado y recibido una visión. En ella la Madre Tierra caminaba con su espíritu más poderoso, el jaguar, indicándoles a los chamanes que la siguiesen. Los llevó al borde del mundo y les mostró otro mundo, podrido y lleno de gusanos.

La Madre Tierra les dijo a los chamanes que la gente de ese otro mundo se reproducía sin pensar en las consecuencias, aumentando sus números aun cuando sus dioses no les proporcionaban suficiente comida para alimentarlos. Esta gente hambrienta se desbordaba sobre el mundo de los minuanos, los charrúa, los chaná y los guaraní, y de todos los pueblos de la anaconda y del jaguar, forzándolos a abandonar sus tierras y asustando a los animales y a los espíritus que los protegían.

Los ancianos aconsejaban mudarse a los cerros, pero Abayubá dijo que los guerreros debían preparar las armas y prender las fogatas que llamarían a los charrúa. Juntos, echarían a los colonos.

—¡Ya les dimos el océano! ¿Les entregaremos las praderas también, convirtiéndonos en montañeros?

Hablaron toda la noche antes de llegar a un acuerdo. No retrocederían a los cerros ni atacarían a los colonos. Les darían una advertencia, un susto diseñado para mostrarles cuántos eran los minuanos, para que entendieran que ellos, los colonos, y sus costumbres no eran bien recibidos. Después, si no volvían a Montevideo, los minuanos los atacarían. Pero en consideración del lugar donde uno de ellos recibió su *porahei*, primero nos visitarían a nosotros.

Abayubá y algunos de los guerreros no estaban de acuerdo pero no podían enfrentarse a toda la tribu. Para demostrar su enfado, se pusieron una pluma de color entre las blancas y crearon una poderosa ofrenda para dejar junto al portón como advertencia.

—¿Qué era, Atzaya?

—A las mujeres no se nos permitió saber, pero su esposa dijo que contenía varias pieles.

—¿Iguales a las que toman en las batallas?

Atzaya asintió con la cabeza.

—Cuando Abayubá se acercó al portón y le pegaron un tiro, los ancianos no se sorprendieron pues había ignorado sus consejos.

—¿Es por eso que no se vengaron?

—Sí, no se habían preparado para una batalla —me explicó.

Mucho mal puede sobrevenir si se inicia un conflicto sin los rituales necesarios, por eso tomaron el cuerpo de Abayubá y se retiraron a cumplir los ritos funerarios y a considerar el futuro.

Mientras la esposa de Abayubá puso la mano sobre la piedra sacrificial ofreciéndole al esposo difunto una falange, el chamán preparaba las astillas que Yací y su padre usarían en su propio sacrificio.

—Le ofrecí chicha a Yací, pero se negó.

No quiso alivio cuando el chamán empezó a insertarle las astillas en las muñecas, los brazos, y la espalda. Una vez más Atzaya le ofreció chicha, y una vez más Yací se negó a aceptarla.

Cantaron y bailaron hasta tarde, y después Yací y el padre se instalaron en las fosas que habían cavado para estar lo más cerca posible de la Madre. Allí pasaron la noche, lamentando la muerte de Abayubá y enviando sus almas al mundo de los difuntos.

Atzaya aguardó, y cuando Yací estaba pronto, lo llevó a su refugio, le quitó las astillas y le lavó las heridas.

—Le perseguía la memoria de su sueño. Fue una advertencia y él lo interpretó mal, pensando que se trataba de mí y del niño. Cree que si hubiese meditado más y pedido consejo en vez de creer en la primera interpretación que le vino a la mente, quizás Abayubá estaría vivo. Quiero que le digas lo que me contaste a mí.

De repente, un espasmo de dolor le hizo buscar apoyo. Puse mis manos sobre su vientre. La labor de parto había comenzado, y con ella desapareció la idea de hablar con Yací.

Me pidió que la acompañara y por varias horas me senté junto a ella mientras iban y venían las mujeres ofreciendo sus consejos, relatando historias acerca de sus partos, y ofreciéndole comida.

Cuando se le rompieron las aguas y se intensificaron los dolores, volvió Yací, y Atzaya se agachó junto a una estaca clavada en el centro de la casita. Atada a la estaca había una correa de cuero en forma de ocho y Atzaya la asió con sus manos. Yací se sentó detrás de ella con las piernas bajo sus nalgas, dándole apoyo a su espalda.

Mientras el vientre estaba activo, Yací se mantenía inmóvil, después le masajeaba el vientre o la alzaba de atrás lanzándola suavemente al aire hasta que la labor se reiniciaba.

Yo le enjugaba el rostro, la abanicaba, y le daba fruta. Al anochecer, vimos la corona húmeda y oscura de la cabeza de la criatura entre las piernas de la madre.

Pronto salió el cuerpecito de la niña, y Atzaya se recostó sobre las pieles de aguará. Yací alzó a la criatura acariciándola y calmándola. Le lavó la cara, y la beba abrió los ojos, sorprendiéndonos con la medianoche de su mirada. La coloqué sobre el seno de Atzaya y aguardé la placenta. En cuanto cesó de latir el cordón umbilical, Yací lo cortó y yo lo até mientras él tomaba un trozo de placenta para sanar a Atzaya más tarde. El resto lo envolvió en un pedazo de cuero de tapir para enterrarlo.

Le lavé el cuerpo, y Yací quitó las pieles mojadas, reemplazándolas con pieles suaves de jaguar. Atzaya temblaba y se sentía débil, así que Yací se acostó a su lado tomándola a ella y a la niña en los brazos. La examinaron, admirando los dedos largos, las uñas de nácar, el pelo color de cisne negro. Atzaya lloró de alegría. La niña no exhibía nada que pudiese preocuparla —dijo—. Tenía tez, ojos y cabello oscuro, y se parecía a Yací como ella había deseado. Le ofreció el pecho y la beba se mostró hambrienta, sus deditos enroscados alrededor del pulgar de la madre. Yací se sentó, y tomó el arco musical. Lo había hecho del tronco de una palmera. Un pedazo de hoja de caraguatá cubría la boca cerca de la base hueca, donde estaba sujetada la única cuerda, hecha de pelos tomados de la cola de su caballo. Después de humedecer la varita con saliva, Yací sostuvo el mango en la mano izquierda, con una punta en la boca. Al vibrar la cuerda añadió su voz.

Desde afuera nos llegó un murmullo. El canto había comunicado la llegada de una hija y las mujeres habían vuelto con té de cardo para que la leche descendiera rápido para alimentar a la beba. Mientras Atzaya las recibía y tomaba el té, Yací tomó a la niña y se la llevó afuera para su dedicación a Zobá, el espíritu de la luna.

———

Cararé nos aguardaba a la entrada del poblado.

—Ha regresado el padre Manuel. Prepárense. Ha cambiado. Siempre había sido delgado, ahora estaba demacrado, los ojos hundidos en sombra, las arrugas profundizadas. Lo más sorprendente era que el cabello se le había vuelto completamente blanco. Le conté todo lo que me había dicho Atzaya.

—Ella sabe cómo sanarlo a Yací y estoy segura de que lo guiará hacia la amistad con usted una vez más.

Garzón partió a la semana pero no antes de ir al Fuerte San Miguel y traernos una docena de soldados. Le apenaba ver que el poblado que había construido como un oasis de paz tenía que ser custodiado por soldados portugueses, pero era la única manera de conciliar su preocupación por nuestra seguridad con el deber que sentía de volver a Irlanda a cerrar su negocio. Sería su último viaje y la mula iría cargada con regalos para Mary y sus padres. Cartas, dibujos de mi hogar, tres pares de botas de potro, un chaleco de cuero para el señor O'Neill, cintas bordadas, encajes delicados como telas de araña.

Como regalo de despedida Garzón me trajo una potranca salvaje y huérfana para que la cuidase. Tenía el pelo zaino, con una pata blanca y un manchón del mismo color sobre un anca. La habían rescatado de los cimarrones, y protestó, pateó y relinchó cuando intenté curarle las heridas. Era —dijo Garzón— mi oportunidad de probar que las yeguas también servían para montar. Ni los indios ni los camiluchos las usaban, solamente curtían sus cueros, quemaban la grasa en las lámparas, vendían las lenguas como manjar especial, y usaban los codillos para la taba.

La nombré Chalona, o «moza» en charrúa, y la puse en el corral con otros potrillos y sus madres. La visité todos los días hasta que empezó a comer de mi mano. Sus heridas eran superficiales, y sanaron rápido. Pronto me seguía a todas partes, hasta dentro de la casa, donde la encontró Charlie un día y la echó diciéndole a Orlando que había convertido la casa en un zoológico. Zule había elegido tener sus cachorros debajo de la cama de Orlando y los cinco jugaban a mis pies, tirándome de la falda y corriendo detrás de la escoba. Valía la pena cualquier molestia simplemente por escuchar la risa de Orlando. Con los cachorros en la falda lamiéndole la cara, Orlando reía con la alegría pura que es propia de la niñez, algo raro para él. Pasé dos meses sin sangrar y traté de no permitirme demasiada esperanza. A diario bebía la infusión de *caá parí*, no participaba en actividades vigorosas, y al llegar al fin del tercer mes, esperé las señales de un aborto. Pasaron los días y las semanas, y finalmente, cuando entré en el quinto mes no me pude contener y compartí la noticia con Orlando. Estábamos cantando y bailando cuando llegaron Wimencaí y Cararé a la puerta. Orlando los abrazó.

—¡Voy a tener un hermano!

—¡Bendíganme, queridos amigos!

Wimencaí y Cararé quedaron inmóviles durante un momento antes de que Wimencaí se tirara llorando en brazos de Cararé. Pensé en la falta de consideración de mi parte al contarle tan repentinamente mi noticia, y estaba por pedirle disculpas cuando se largó a llorar aún más fuerte. Cararé la ayudó a sentarse, y se volvió hacia mí.

—Como sabes, Isabel, don Carlos tiene mensajeros que viajan para conducir sus negocios. Uno de ellos volvió con malas noticias.

En la costa de Brasil habían aparecido dos marineros que habían sufrido terribles y desfigurantes quemaduras. Traían una historia de fuego y naufragio. No sabían cuánto tiempo había pasado mientras flotaban atados a un mástil esperando ser rescatados por un buque. Habían sobrevivido gracias a su capitán que luchó por salvar a los heridos luego de la explosión que había causado el fuego. Lo vieron por última vez bajando al cirujano hacia el agua antes de hundirse el barco, dejando escombros y cuerpos esparcidos por todas partes. El barco era el Isabelita, y no sabían de otros sobrevivientes.

Durante todo junio de 1750 pinté hasta que me dolían los brazos y los colores se nublaban. Mi arte adquirió una calidad etérea, con pájaros y animales escondidos en la corteza de los árboles, y formas parecidas a niños no nacidos flotando sobre las aguas de la laguna. Siempre que me sentaba a sus orillas podía conjurar la presencia de Garzón con tanta claridad que lo veía tirado bajo las palmeras con los brazos abiertos al cielo mientras las frondas ondeaban como gigantes parasoles reverenciándose mutuamente.

Extrañaba su sonrisa, y la calidez de su voz. Extrañaba sus manos y las deseaba como antes, cuando las envolvía en mi pelo, alzaba las velas, o calmaba a un caballo. Más que nada extrañaba sus ojos en los que me sentía la mujer más bella y más consumada del mundo.

No sé lo que hubiese hecho sin Orlando. A pesar de su propia pena, fue él quien se aseguró de que comiésemos los platos que nos traían todos los días a la puerta. Fue él quien sacudía las alfombras y traía agua del aljibe, quien arreglaba la casa durante el día y me cepillaba el cabello de noche. Fue cuando lo encontré intentando coser la ropa de bebé cortada esperando mi aguja, que pude soltar el llanto. Lloré y Orlando lloró conmigo, hasta el punto que Zule, agitada, nos enjugó las lágrimas con su lengua.

Cuando llegaban los mensajeros de Charlie desde Montevideo o de las misiones, no podía evitar que me surgiese la esperanza de que trajeran noticias de Garzón, que por algún milagro se hubiese salvado y que mandase algún mensaje. Charlie viajó a Brasil para ver lo que podía averiguar del naufragio, y escribió a menudo, siempre siguiendo algún rastro que pudiese rendir detalles acerca del lugar donde el buque se había hundido.

A pesar del frío que estaba haciendo, Wimencaí insistía en que Orlando y yo saliésemos todos los días, y nos llevaba a caminar por las llanuras. Evitábamos pasar cerca del matadero y visitábamos los cerros donde pastaban las ovejas como copos de nieve en sus ventosas laderas.

—Tienes una gran afinidad con mi pueblo, Isabel —me dijo un día cuando escogí sentarme bajo un sauce criollo.

—Si te refieres a ti misma, tienes razón, Wimencaí.

—Me refiero a los sauces. Ellos también son pueblo, transformado en árboles por Ñeambiú, a quien se le había prohibido amar a un hombre perteneciente a una tribu enemiga. Se fugó y su padre la encontró en los montes de Iguazú donde se había convertido en una estatua. El padre lo lamentó pues amaba a su hija. Le pidió ayuda al chamán, y el chamán le susurró a Ñeambiú que el hombre que amaba había muerto.

Volví la cara, preguntándome por qué Wimencaí había elegido contarme este cuento entre tantos otros.

—El dolor le devolvió la vida, pero tan furiosa estaba que los convirtió a todos en sauces y a sí misma en un pájaro. La has oído, estoy segura, llamando a su amante durante la noche.

—¿El *urutaú*? —preguntó Orlando.

Wimencaí asintió con la cabeza.

—La oí la primera noche que dormí en el monte —dije, recordando el inquietante llamado que me había hecho despertar, sobresaltada—, pero jamás la he visto.

—Nadie la ha visto. Es un pájaro fantasma. Algo que tú no serás cuando termine tu angustia.

Mi angustia no terminaría jamás. Sonreiría, quizás volvería a reír, sentiría elevarse mi corazón, me visitaría el deseo, la añoranza también, pero por debajo perduraría este hueco, este lugar ahora vacío que habíamos ocupado juntos. Como el *urutaú*, me lamentaría a oscuras, donde nadie me pudiera ver.

Cuando hacía demasiado frío para salir con Wimencaí, Orlando y yo nos quedábamos en casa, preparando arvejas y chauchas, en cuclillas sobre el piso de tierra, o cuidando el jardín de plantas medicinales donde los aromas a menta, amáraco y romero perfumaban el aire.

Durante esta etapa el padre Manuel y yo nos necesitábamos de una manera muy especial. Yací no lo había contactado y el padre Manuel parecía estar perdido en un trance doloroso del cual salía solo en raras ocasiones cuando nos sentábamos juntos al atardecer. Charlie le había mandado un telescopio y una imprenta, transportados con mucha dificultad y a un gran costo, pero el Padre se rehusaba a reconocer sus esfuerzos por hacer la paz entre ellos.

Una y otra vez, como mariposas nocturnas jugando con una llama, nos acercábamos a nuestros respectivos dolores y hablábamos de ellos. Descubrimos que la pena es habilidosa con las emboscadas, tomándonos por sorpresa en momentos inesperados.

El padre Manuel se despertaba y pensaba que sería un día hermoso para encontrarse con Yací junto a la laguna. Al tocar sus herramientas, recordaba la destreza de las manos de su amigo, y en tales momentos debía acordarse de que era la confianza que había muerto, no Yací mismo. Se esforzaba por creer que un día Yací volvería, o permitiría que el padre Manuel lo encontrara, y que recuperarían la amistad.

Yo veía florecer el jazmín junto a mi puerta, Chalona me miraba cuando le silbaba, Zule olfateaba el poncho de Garzón colgado cerca de la ventana donde lo había dejado, y se abría el vacío creado por su ausencia. Contenía la respiración, pensando que si abría los ojos y no lo veía me resultaría imposible enfrentar un solo día más.

No toleraba la lluvia, porque cuando llovía él corría a casa a secarse junto al fuego, usando la lluvia como razón para cerrar las cortinas y llevarme al lecho. El sol me dolía porque en los días soleados cargaba la canoa y me llevaba a la playa al otro lado de la laguna, donde nos zambullíamos y nadábamos hasta que se nos arrugaba la piel y parecíamos dos ancianos.

Entonces el padre Manuel me pedía que dibujara una de las plantas que estaba catalogando, o el abrigo de Orlando precisaba un remiendo, o la criatura en mi vientre se movía, y el vacío se cerraba, permitiéndome respirar una vez más.

Mi diario de partera se convirtió en compañero entrañable, un recipiente para los desahogos que no deseaba que Orlando viera. Lo escondí, con sus varios escritos y dibujos, en el fondo falso de mi viejo baúl, bajo el vestido que había comprado en Montevideo y la pequeña gaviota que Garzón me había regalado.

Todos en el poblado me rodearon de cariño. De noche se reunían para hacer música y cantar, y al principio, cuando no quería hacer nada por mí misma, ayudaron a Orlando a limpiar la casa y a preparar las comidas. Lo hicieron sin pensarlo dos veces, y de vez en cuando una mujer me preguntaba si recordaba cuando una de ellas había perdido al padre o al marido o peor de todo, a un hijo, y la comunidad las había envuelto, protectora, como las alas generosas de un gran poncho.

Volvió Charlie, y ofreció llevarme a Buenos Aires de visita, si así lo deseaba. Lo pensé. Libre de recuerdos de Garzón Buenos Aires era atrayente hasta que me di cuenta de que ya había probado ir a sitios que no habíamos visitado juntos. «Jamás estuvo aquí» —pensaba—, y de esa manera su ausencia se convertía en presencia, y el dolor me atravesaba como una flecha. Olvidarlo me resultaba imposible, y mientras existiese la memoria, existiría también este vacío, esta oscuridad en la cual me perdía de noche y con la cual amanecía de mañana.

Cuando relucía el sol poniente en la laguna, Orlando y yo íbamos a la bendición del anochecer en la capilla, y muy seguido nos quedábamos a cenar con el padre Manuel, sacando luego las sillas para conversar bajo las estrellas. Wimencaí ordenaba sus hierbas, mientras Cararé afinaba y tocaba el arpa.

—Veo que nuestro arbolito está creciendo, Padre —le dije un día, tomando entre los dedos una de las hojas del árbol que crecía junto a la puerta. Cuando le conté de mi intención de plantar un árbol en la tierra que Garzón me había traído del cementerio donde yacía mi familia, el padre Manuel recordó la bolsita de semillas del baúl del Hermano Andrés. Las trajo del cajón donde las había guardado y con la ayuda de Orlando hicimos un pozo, esparcimos en él la tierra y las semillas, y las regamos hasta que fuimos recompensados con un brote.

—¡Después de tantos años el plantar las semillas del Hermano Andrés en tierra irlandesa fue un acto de fe! Pensaba que no brotarían.

—Yo sabía que nacería un árbol —dijo Orlando—. Me lo aseguraron los pequeñitos.

—¿Qué pequeñitos? —le pregunté.

—Los pequeñitos espíritus coloridos.

El padre Manuel se sentó repentinamente, riendo con ganas como antes. Después le tomó las manos a Orlando y se puso a bailar alrededor del arbolito.

A Wimencaí se le llenaron los ojos de lágrimas cuando vio que una vez más asomaba el espíritu juguetón de su viejo amigo y Cararé los acompañó con el arpa hasta que cayeron sin aliento sobre los escalones.

—¡Una forma muy apropiada de festejar nuestros veinte años de casados! —dijo Cararé.

¡No era posible! —declaró el padre Manuel. Wimencaí se veía igual que a los quince años cuando Cararé la había traído del Paraguay. Cada año, nos explicó a Orlando y a mí, las quinceañeras en las misiones formaban parejas con los jóvenes de diecisiete y se casaban, y el Padre Herrán ya había elegido novio para Wimencaí.

—¡Pero cuando lo vi a Cararé dije que únicamente me casaría con él!

El padre Manuel rió.

—El pobre Padre no tenía idea de cómo enfrentar semejante subversión.

—Lo primero que vi cuando llegué a Santísima Trinidad —dijo Cararé—, fue a Wimencaí. No sabía si era un arco iris o una orquídea o un pájaro o los tres en uno. Jamás había visto una persona tan colorida. ¡Y el cabello! Le cubría la espalda como un mar negro. Me hubiera muerto si no se casaba conmigo ¡y casi morí cuando lo hizo!

—¿Cómo era el otro pretendiente, Wimencaí? —le pregunté.

—Buen mozo, trabajador, encantador...

—¡Tenía orejas casi tan grandes como la buena opinión que tenía de sí mismo! —dijo Cararé.

Wimencaí lo regañó, y estaba recogiendo sus hierbas cuando habló Orlando.

—Y yo, ¿me casaré a los diecisiete años?

—¡Claro que sí! —le aseguramos.

—¿Y mi novia será tan hermosa como Wimencaí?

Wimencaí le besó las mejillas.

—¡Será mas hermosa que una flor y dulce como una oración!

—

Hasta el día en que Wimencaí me invitó a acompañarla al *quilombo*, una comunidad de esclavos fugitivos que Garzón había escondido en nuestro monte antes de irse, no había pensado en ellos, tan absorta estaba con mi embarazo y mi pena. Ahora me enteré que el grupo era pequeño y que todos habían escapado del mismo dueño.

—¿No los ha perseguido? —pregunté.

—Está muerto.

Dada la manera en que Wimencaí se preocupó preparando la canasta con lienzos y bolsitas de hierbas, pensé que sería mejor no preguntarle cómo había muerto.

—Una de las mujeres me ha mandado buscar. ¿Quieres asistirme? —me preguntó.

—Por supuesto que sí.

Cargando la canasta y provisiones para los habitantes, desembarcamos sobre la costa arenosa más allá de las cuevas. Después de una caminata de una media hora llegamos al corazón del monte y a las pequeñas casuchas hechas de cuero, barro, y paja. Nos picaban los insectos y estábamos ansiosas por llegar al claro donde el humo de los fuegos los espantaba.

La mujer que Wimencaí iba a atender se cubrió el vientre cuando me vio, y observé que tenía cicatrices profundas en las muñecas.

Retrocedió, y Wimencaí intentó tranquilizarla, tocándole el brazo con firmeza y ternura. Se le llenaron los ojos de lágrimas.

— ¡No quiero que ella toque a la criatura! —dijo, señalándome.

—Por favor no tenga temor de mí.

—Sería loca si no la temiese. Estaba por decir algo más cuando los dolores se intensificaron y el hombre que hasta ese momento había estado de pie detrás de ella la tomó en sus brazos y se la llevó.

—¿Quieres que me vaya, Wimencaí? —Wimencaí sacudió la cabeza—. No, pero no entres.

Me agaché junto a la pared de la choza, deseando haberme quedado en casa. Hacía frío, y me dolía la espalda.

—No se escucha nada de ahí adentro —dije, indicando la choza y dirigiéndome a una anciana sentada cerca de mí.

—Si Zulema no gritó cuando la marcaron a fuego, el dar a luz no hará que lo haga.

—¿La marcaron? ¿Por robar ganado?

—Desde que aprendió a caminar Zulema juró que se fugaría. Así que creció en grilletes. Tiene los tobillos torcidos como estos coronillas. —Tomó un pedazo de madera para el fuego y le pasó los dedos nudosos—. Cada vez que se fugaba, la azotaban. La última vez la quemaron también, con una F, por «*fugida*». No teme por sí misma, teme por su criatura. Ya ha perdido una. Se la llevaron cuando empezó a caminar, y la vendieron.

—Con razón me teme.

Nos sentamos juntas hasta que nos llegó el llanto de una vida nueva, y la anciana sonrió una sonrisa sin dientes. Unos momentos más tarde el hombre que había acompañado a Zulema salió con un bebé desnudo, su piel color ébano, vivaz contra el verde de la selva. El hombre lo alzó muy alto, abrió su garganta, y mirando hacia el cielo, dio un grito de triunfo.

—¡Libre! ¡Libre! ¡Libre!

La criatura, ignorante de que existía otra condición, protestó con su llanto, y el hombre rió, feliz, y volvió a la choza.

No pude resistir la tentación de poner de lado el cuero que tapaba la entrada y echar un vistazo. Wimencaí se lavaba las manos en un cubo de cuero y Zulema estaba acostada sobre una cama de paja sobre la tierra. Se desabrochó la blusa y alzó los brazos.

—¡Dámelo! Sobre el seno brillaba la F y noté que lucía la cicatriz con el mismo orgullo con el cual luce un soldado sus medallas.

En ese momento, mi propio bebé se movió. Coloqué las manos sobre mi vientre, y pensé que si Zulema podía sufrir tanto y regocijarse con el nacimiento de su hijo, seguramente yo también podría hacerlo.

———

Sin informarme Charlie le escribió a don Ernesto pidiéndole que dejara su trabajo en Montevideo en manos de su aprendiz, y le diera el placer de una visita. No le dijo nada acerca de mí y don Ernesto pensó que recibía la invitación no en su calidad de profesional, sino de huésped.

Un hombre que poseía muchas excelentes cualidades, era sin duda algo vanidoso acerca de su apariencia, y decidió equiparse de forma apropiada para una estadía en el único castillo de la provincia. Aunque no estaba terminado, abundaban las historias acerca de su magnificencia. Los rumores decían que tenía pisos de oro y que los muebles estaban incrustados con piedras preciosas. A los que viajaban les resultaba imposible volver a Montevideo sin algún detalle fantástico para agregar a la fábula del castillo perteneciente al irlandés loco, y Charlie jamás los desmentía.

Don Ernesto alquiló un vagón lo suficientemente grande para poder acomodar su voluminoso vestuario, lleno de prendas que no había tenido demasiadas ocasiones de usar desde su llegada a Montevideo.

Charlie mandó una tropa de jinetes para acompañarlo, y el doctor partió con el mayor esplendor que podía lograrse de un viaje en carreta. Todo esto fue muy gratificante para don Ernesto, quien se sentía no solo bien protegido sino también atendido, ya que los camiluchos cazaban, cocinaban, y preparaban el campamento todas las noches. Llegó con la expectativa de encontrarse con otros huéspedes invitados a inaugurar el castillo. Wimencaí y el padre Manuel salieron a recibirlo, y tuvieron que corregir esa impresión.

Yo le tenía mucho cariño a don Ernesto y me entristeció su desilusión cuando se enteró que no formaba parte de una lista distinguida de personajes invitados a bailar y cazar, sino que Charlie lo había invitado en su papel profesional.

—¿Y por qué se le ocurrió semejante cosa al señor FitzGibbon?

—Quiere que Isabel reciba el mejor de los cuidados —le dijo Wimencaí.

La cara de don Ernesto se convulsionó durante unos momentos mientras limpiaba sus gafas.

—Con usted presente, Wimencaí, eso ya le estaba asegurado.

Cuando me vino a ver yo estaba pintando una representación borrascosa de un barco asaltado por olas en forma de caballos con bocas llenas de espuma y ojos enardecidos. No tenía la intención de mostrárselo a nadie y me sentí incómoda cuando don Ernesto se interesó en ella. La cubrí con un lienzo y agradecí el momento en que Wimencaí preguntó si sabía que Charlie había mandado buscar a don Ernesto para que me atendiese. Le aseguré que no, y que ni siquiera había pensado en la posibilidad de que me atendiese nadie más que ella durante el parto. Le aseguré a don Ernesto que tenía la máxima confianza en él pero no se me habría ocurrido hacerlo viajar cuando Wimencaí estaba a mano.

—Comprendo perfectamente —dijo, la cara un retrato de desilusión—. Lo saludaré al señor FitzGibbon y partiré en seguida.

Orlando se había enterado de la llegada del doctor y entró corriendo, tirándose hacia su amigo con los brazos abiertos.

—¿Y este quién es? —dijo don Ernesto, arreglándose las gafas y fijando la mirada en Orlando—. ¿Un amigo de Wimencaí?

—¡Soy Orlando!

—¡Imposible! El Orlando que yo conozco es un niño. ¡Usted es un joven alto y buen mozo! Demasiado grande para esto, y del bolsillo don Ernesto sacó una flautita en forma de una garceta.

Orlando rebosó de placer y se puso a tocar sus melodías favoritas.

Wimencaí y yo le dijimos a don Ernesto que no le permitiríamos dejarnos. Había viajado durante tres semanas, y nos debía el placer de su compañía hasta fin de año. Admitió haber traído su poema elegíaco, con la esperanza de poder dedicarle unos momentos.

—Lo consideraría un honor si ustedes lo leyeran. Algunas ilustraciones le darían más vida y después de ver este cuadro, doña Isabel —dijo, acercándose al lienzo—, le pido que lo tenga en mente al leer.

Wimencaí se negó a darse el placer de leer la obra agregando que no sabía nada de poesía, pero yo acepté encantada.

El poema estaba escrito en un castellano arcaico, y la ayuda del padre Manuel me fue indispensable para descifrarlo. Don Ernesto había evocado la historia y la leyenda con tanta maestría que pronto le dibujé varios esbozos. Del poema aprendí que antes de que la gente conociera su valor, usaban los diamantes como pagarés, y que fueron estos diamantes que le compraron al rey de Portugal el título de Rey Fidelísimo del Vaticano.

El primer dibujo que le presenté a don Ernesto era irreverente, representaba hombres arrojando diamantes sobre una mesa debajo de la cual se retorcían mujeres y niños encadenados. Sobre ellos rondaba el papa, tapándose el ojo derecho con una mano incrustada en joyas, y con el ojo izquierdo, mirando los destellantes diamantes. Don Ernesto quedó despavorido. Sin querer, en su nerviosismo, puso el esbozo de lado y descubrió mi dibujo de las montañas de Nayarit, donde según su poema, el Señor de los Ciervos levantó con sus astas al sol recién nacido, y así nacieron las sirenas andinas Quesintuú y Umantuú, emergiendo de las aguas del Lago Titicaca. Las hermanas se dedicaron a hacerle el amor al dios de la luz y del fuego, y en mi esbozo, se deleitaban desnudas entre lenguas de fuego.

Gruesas gotas de sudor descendían por la frente de Don Ernesto, llevándolo en su pudor a cubrir los esbozos con el pañuelo, y a asegurarle al padre Manuel que nunca había sido su intención llevarme por mal camino cuando me pidió que ilustrara su poema.

El padre Manuel y yo intercambiamos una mirada y por primera vez en varios meses reí con ganas. Abracé al Padre y le di las gracias a don Ernesto.

—-¿Ve? ¡Su visita ya nos ha hecho bien! Y le prometo dibujos castos en el futuro, ninguno de los cuales tendrá usted obligación de utilizar.

Le conté de cuánto me había gustado la historia de Caupolicán, el cacique de los indios araucanos, quien a pesar de haber perdido un ojo continuó defendiendo las tierras más allá de los Andes cuando los españoles intentaron tomarlas. Pensé que sería muy buen nombre para nuestro poblado y esa noche cuando don Ernesto y yo cenábamos en el castillo se lo sugerí a Charlie. Él dijo que pediría que le tallaran un arco con el nombre de Caupolicán para poner sobre las columnas junto a los portones. Después siguió con su tema favorito, las habitaciones que me estaban preparando en el castillo.

—No puedo permitirle a Isabel vivir aquí, don Carlos. Sería un escándalo.

—No sabía que precisaba su permiso, don Ernesto —dijo Charlie con frialdad palpable en su voz.

Don Ernesto no se mostró intimidado.

—Isabel es mi amiga. Los amigos se protegen.

—Resiento la insinuación. Invité a Isabel a que traiga una sirvienta, una niñera para la criatura, y toda la compañía que considere necesaria para convertir el castillo en su hogar. Es lo más apropiado. Aquí estamos, compatriotas en una tierra lejana y socios en los negocios. Deberíamos ayudarnos mutuamente, ¿no le parece?

—Charlie ha sido muy generoso, don Ernesto. Ha hecho tallar una cuna, y él mismo hizo caballitos con monturas y riendas muy delicadas de cuero, y una pequeña carreta para que el niño juegue.

Don Ernesto quedó impávido. No cabía duda que la oferta de Charlie era generosa y no dudaba de su intención de ayudarme, pero si decidía aceptarla él mismo insistiría en encontrarme una dama de compañía. Evidentemente creyó que esto le había puesto punto final al caso, ya que cambió el tema y le preguntó a Charlie si sabía de la presentación que le había hecho un tal Benjamin Robins a la Real Sociedad en Londres acerca de la física de un proyectil giratorio. Pronosticaban que antes de fin de siglo los ingleses volarían alrededor del mundo.

—Si depende de los físicos ingleses descubrirán medios para proyectar balas de cañón siglos antes de dedicarse a algo tan útil como el transporte de personas.

Animosamente, don Ernesto cambió de tema una vez más, informándonos que el Rey Fernando de España había reconocido la importancia de sus colonias sureñas con la creación del puesto de Gobernador de Montevideo. Este individuo representaría a Fernando como cabeza de las fuerzas armadas en la ciudad y —como le había informado Cararé con orgullo— como Protector de los Indios.

—¿No me diga que Cararé todavía cree que el rey no olvidará a sus leales soldados católicos? —preguntó Charlie.

—Cararé preferiría enfrentar la muerte antes que pensar mal del rey —contesté.

—¡Le aguarda una cruda sorpresa!

Don Ernesto estaba completamente de acuerdo, pero el asunto de mi mudanza al castillo había creado un antagonismo entre ellos que hizo que defendiera a su rey. La visita terminó con los dos hombres deseándose las buenas noches con extrema frialdad.

Más tarde, don Ernesto confió en el padre Manuel su deseo de que Charlie estuviese en las más lejanas antípodas.

Era madrugada cuando empecé a sentir los dolores. Pronto —pensé— se me llenarían los brazos y se me vaciaría el vientre. Se me estremecieron los senos cuando pensé en la criatura que alimentarían, y en ese momento supe que sería varón. Añoraba a Garzón más que nunca, pero no podía entregarme a esa emoción. Para poder enfrentar la prueba que me aguardaba debía controlar toda la fuerza física y emocional que poseía.

Orlando se despertó mientras yo abría el baúl en el cual habíamos puesto la ropa de bebé, y él y Zule vinieron a mi lado mientras yo juntaba las pequeñas prendas. Orlando me cubrió con un chal, y despacito, entre contracción y contracción fuimos a la casa de Wimencaí. Habían pasado varias semanas desde la llegada de don Ernesto y habíamos hablado mucho sobre lo que íbamos a hacer. Wimencaí estaba muy seria cuando me preguntó una vez más si estaba segura de lo que quería. Asentí, y Wimencaí mando un mensajero para darles alerta a los habitantes del quilombo que ella y yo íbamos para allí.

Cararé puso la canasta con las hierbas y los utensilios en una carreta y salimos del poblado, dirigiéndonos a la laguna. Estaba nublado, y un viento frío nos golpeaba la cara. Al tiempo que abordamos la canoa dejando a Orlando y a Zule en la orilla, las contracciones ya venían más rápido de lo que había previsto, y me agarré de los costados de la canoa intentando no gemir mientras Wimencaí y Cararé remaban. Orlando sabía que debía esperar con don Ernesto; se dio vuelta y trepó la cuesta, apoyado sobre el arnés de Zule. Cuando llegó, se detuvo y sacó el papel que yo había doblado y colocado en su bolsillo.

No debes preocuparte. ¡Volveré pronto con un hermano para ti!

Cuento contigo para enseñarle a leer, a escribir y a montar. No bien crezca lo suficiente nadaremos juntos y jugaremos con Zule. Tú y yo hemos sido todo el uno para el otro, y mi amor por ti jamás cambiará.
Orlando se volvió y me saludó contento y aliviado.

———

Nuestro ascenso desde la playa y a través del monte fue dificultoso y tuve que depender del brazo de Cararé. Al ver que Zulema me observaba me enderecé, y caminé por mis propios medios hasta entrar en la chocita que me habían preparado. En un rincón había un montón de paja y en otro la cabeza huesuda de un toro. El trajinar de muchos pies habían alisado el piso de tierra, y sobre el único ventanuco colgaba un trapo a través del cual el viento nos perseguía.

Cararé trajo leña para el fuego, y Wimencaí abrió las mantas, limpias y con el aroma de las flores secas que guardaba en ellas.

Entre contracciones, caminamos alrededor del pequeño espacio hasta que perdí toda idea del pasar de las horas. Entré en mi propio mundo, sin saber ni importarme dónde estaba ni quienes me rodeaban. El fuego me dio calor y Wimencaí puso a un lado los cueros que tapaban la entrada hasta que empezó a entrar la lluvia y tuvo que cerrarlos una vez más. El cielo estaba encapotado con nubarrones grises y de vez en cuando nos llegaban los repentinos estallidos de los truenos. Durante unos momentos dormí, y soñé que las olas de dolor eran cimarrones devorándome y que estaba Garzón quitándomelos de encima. Fue mi último recuerdo hasta que se me rompieron las aguas y sentí un alivio de tal plenitud que quería que nunca se acabara y lloré maravillada ante los ojos familiares de un niño que me miraba como si ya conociese todos mis pensamientos. Lo puse al pecho y chupó con fuerza, causando otra ola de contracciones que casi no noté.

De una olla de agua hirviendo Wimencaí sacó una tira de cuero y un cuchillo.

—Ha cesado de latir el cordón. Es hora de cortar el lazo con tu cuerpo y convertirlo en hijo de la tierra.

Wimencaí me asistió en cortar el cordón y atarlo con la tira, recordándome que debía expulsar la placenta, pero yo estaba demasiado absorta en el milagro que había creado para prestarle atención, así que se dirigió al fuego y puso a hervir hojas de *macaguaá caá* en agua mezclada con vinagre. En cuanto el olor llegó a mí, también llegó la placenta, y Wimencaí cortó un pedazo, lo mezcló con arroz, cebollas y ajo silvestre, y me cocinó un guiso para sanar el útero y controlar la pérdida de sangre. Colocó el resto de la placenta en una bolsita, para enterrarla más tarde. Recordé al recién nacido cuya placenta le di a los perros famélicos aquel día en Irlanda. Ese niño hubiese cumplido los cuatro años este invierno.

Salí de la choza unas horas después con Sebastián en mis brazos y uno de sus puñitos en mi mano. Los habitantes del *quilombo* se habían reunido para esperarme. Me felicitaron, me colgaron un collar de nácar, y me coronaron con una guirnalda de plumas. La anciana que me había acompañado la última vez que vine, sonrió su desdentada sonrisa, y me entregó un pequeño chaleco de cuero.

—Dígale a don Charlie que lo hice del único cuero que no le dejamos completo.

—Estoy segura de que no se dio cuenta.

—Ay no, don Charlie se dio cuenta, se lo aseguro. A ese joven no se le escapa nada. Ya vino a decirnos que en el futuro cuando precisemos cueros los llevemos enteros sin dejarle jirones colgados en los cercos.

Miré alrededor, buscando a Zulema, pero no la vi, y seguí a Wimencaí y a Cararé hacia la canoa, agachándome de vez en cuando para evitar las ramas, pesadas con la lluvia.

Estábamos por salir del monte para comenzar el descenso hacia la playa cuando vimos una figura emerger de entre los árboles. Era Zulema, con su hijo atado a la espalda, la cabecita descansando sobre el hombro de su madre de un lado y un bracito del otro. El bebé llevaba una pequeña pulsera. Zulema se acercó y me puso un paquetito en la mano.

—Nuestros hijos nacieron en la misma aldea. Eso los convierte en hermanos para mi gente. Desapareció antes de que pudiese hablarle.

—¿Qué te ha dado? —preguntó Wimencaí.

Dentro del bolsito encontré una pulsera de hierro, gemela a la del bebé de Zulema. Wimencaí me explicó de qué estaban hechas. Como nació libre, el hijo de Zulema jamás usaría grilletes, pero Zulema no le permitiría olvidar que ella sí los había usado y que mucha de su gente también. Las pulseras estaban hechas de esas mismas cadenas. Tomé la manito de Sebastián y le coloqué la pulsera, pensando en lo contento que hubiese estado Garzón con semejante obsequio. Durante la labor de parto lo había sentido muy cerca. Ahora se había desvanecido, tan de pronto y tan completamente como si el universo se lo hubiese tragado. Sin el peso de Sebastián anclándome a la tierra, la siguiente ráfaga de viento me hubiese esparcido en un millón de pedazos.

—

Después de casi un año de trabajo, el castillo de Charlie estaba completo. Dominaba el paraje, los ladrillos resplandecientes al sol y las piedras brillantes después de las lluvias. La ancha escalera descendía grácilmente en una curva desde lo alto hacia el gran salón, el único lugar en el cual se veía un derroche de maderas. En el patio florecían blancos jazmines, santa ritas rojas y púrpuras trepaban alrededor de las columnas que lo rodeaban, y las ninfeas crecían en el estanque en el cual Charlie pensaba poner peces de colores.

Cuando viajaba a Montevideo o a Buenos Aires lo trataban con una admiración reverente. Hasta los más ricos que venían de España y de Portugal no vivían en un castillo y jamás se les hubiese ocurrido construir uno en el medio de la nada. Ese fue el genio de Charlie, lo que hizo que se convirtiera en el noble más prominente de la región.

Era dueño de dos barcos que llevaban cueros, amatistas, pieles y armas a Irlanda, donde según Mary O'Neill, Charlie se estaba convirtiendo en uno de los más importantes financistas de la causa irlandesa, manteniendo a llama viva los fuegos de la independencia. Me escribió contándome que ese año la aurora borealis había sido tan inmensa que tiñó de escarlata el cielo y pensaron que se había incendiado toda la ciudad de Cork. Todo lo contrario: estaba sumergida, de cuatro a cinco pies en Dunscombe Marsh y tres en el centro de la ciudad, recordándome las inundaciones que sufrimos cuando ella y yo teníamos seis o siete años, un suplicio para nuestros padres, y un deleite para nosotras ya que íbamos de una casa a otra en bote, lo que encontrábamos mucho más interesante que ir a pie.

Pasó lo peor del calor del verano y a través de los montes y las praderas floridas nos llegaban dulces e intoxicantes aromas. Colores alegres y exuberantes aparecían por donde mirase y mis cuadros lo reflejaban como hechos por un niño coloreando en frenesí. Era difícil trabajar hacia el final del verano. El calor quedaba suspendido como una gran corona sobre el horizonte, robándome de vitalidad, y cuando llegaban las brisas con memorias del océano, me quedaba inmóvil, respirando el aire fresco, imaginando el gusto a sal y a la piel de Garzón sobre la lengua. Por primera vez desde que él había desaparecido, deseé visitar la playa y volver a encontrar a ese ser evasivo que emergía cuando estaba junto al océano.

Los soldados habían vuelto a San Miguel, los bolsillos tintineando con oro, y con una larga fila de mulas cargadas con yerba mate. Seguían llegando colonos, y al pie de los cerros cerca de Punta Colorada, se armaba un fuerte para protegerlos. Cuando Charlie descubrió que uno de los colonos era irlandés, lo invitó al castillo. Patrick también había formado parte de aquéllos que luchaban por librar a Irlanda de los ingleses, y había perdido sus tierras, regaladas a un protestante que juró obedecer las leyes que se habían establecido para «esa fosa de corrupción papista llamada Irlanda». Charlie sintió que había encontrado a la persona ideal para asistirle con sus planes para una colonia irlandesa, y los dos bebieron hasta tarde y me despertaron con sus cantos a viva voz.

Se rodearon de los escritos de Jonathan Swift y se acaloraron hasta llegar a un frenesí patriótico leyendo sus *Propuestas y Observaciones*. Charlie mantenía que iba a usar su fortuna para crear una flotilla y liberar Irlanda, él solo si fuera necesario, y cuando me vio de pie en la puerta, se trepó a una silla con un panfleto en la mano y proclamó las palabras de Swift sobre nuestra patria. «¡A quien sea que viaje por este país observando las viviendas de los nativos le resultará imposible creer que se encuentra en una tierra donde existe la ley, la religión, o la humanidad!» Sus gestos eran demasiado exagerados para un hombre cuyo equilibrio se encontraba afectado por el alcohol, y cayó de la silla, dormido antes de tocar el suelo.

Patrick ya roncaba en otra silla, por lo que cubrí a Charlie con una manta y volví a mi dormitorio. Orlando, Sebastián y yo ocupábamos habitaciones en una de las alas, acompañados por don Ernesto. No había encontrado una dama de compañía que considerase adecuada para mí, así que él mismo se había ubicado entre mis habitaciones y las de Charlie. Encontró un pronto aliado en Cararé, quien nos espiaba abiertamente a través de su catalejo cuando Charlie y yo salíamos a cabalgar.

Charlie los llamaba «las comadres» y recurría a varias estrategias para encontrarse a solas conmigo. Les pagaba a los niños para que lo llamaran a Cararé o para que tocaran las campanas de la iglesia, simulando alguna emergencia. Una vez hasta prendió un fuego detrás de los talleres.

—¿Qué piensan que te haré? —me preguntó un día, saludándolo y haciéndole una reverencia a Cararé mientras nos alejábamos de Caupolicán.

—Creen que me quieres seducir.

—Tienen razón.

Me sonrojé y fingí un problema con el estribo.

—Ese fue un comentario imperdonable y grosero, particularmente dirigido a una dama de luto. ¿Me podrás disculpar?

No solo lo disculpé sino que su admisión alimentó mi vanidad. Únicamente mi fantasía había permitido que considerase la posibilidad de que Charlie me quisiese. Pero nuestras circunstancias habían cambiado. Yo ya no era una muchacha pobre; él había perdido los derechos a su título y a su herencia. Los dos nos habíamos reinventado en un lugar en el cual nadie pensaría dos veces en una alianza matrimonial entre nosotros.

Estimaba profundamente a Charlie no solo por su amistad sino también por su ternura hacia Orlando y Sebastián. Había hecho construir una puertita, de menos de tres pies de altura, que daba hacia un jardín privado que sería para Sebastián. Y cuando vio cómo Orlando amaba los libros, llenó los estantes en el cuarto de los niños con libros de todo tipo. Sebastián se sentía tan a gusto en sus brazos como en los míos, pero Orlando, no. Apreciaba los libros, y él y Charlie intentaron leerlos juntos, pero mientras Orlando podía estarse quieto durante horas, Charlie no lo podía hacer ni por cinco minutos.

De vez en cuando hablaba de volver a Irlanda, y con toda la delicadeza posible, le recordé que se lo habían prohibido para siempre. Aunque los ingleses lo perdonaran, sus barcos navegaban bajo los colores españoles junto al rojo y blanco del escudo de armas de los FitzGibbon, y él mismo viajaba con un pasaporte español, lo cual significaba que no se podía quedar en Irlanda por más de cuarenta días.

Mientras que yo había abandonado la patria sin añorarla, Charlie no la podía olvidar. Su melancolía y su inquietud eran tales que en el otoño de 1750 lo convencí de acompañarme al océano, donde pensaba dormir una vez más bajo esa infinidad de estrellas como manta protectora. Eran las mismas —dijo Charlie— que me guarecían en Caupolicán, no había más que subir a las torres a mirarlas desde allí, pero para mí no era lo mismo. Yo quería que desde pequeño Sebastián conociese el inmenso océano y sus olas cristalinas.

A «las comadres» no les agradó la idea. Cuando les dije que no permitiría que me acompañasen, la única que me apoyó fue Wimencaí. Viajaría en mi propia carreta con los niños, escoltada por cinco camiluchos. Para sorpresa de todos el padre Manuel se puso de mi lado. Había tomado mucho tiempo, pero él y Charlie habían logrado hacer las paces. A pesar del dolor que le causaba la desaparición de Yací, sabía lo arrepentido que estaba Charlie, y cuánto deseaba ganar su perdón.

—Es como culpar a un becerro por pisar una plantita —suspiró—. Son letales los dos sin percatarse de serlo.

Cuando partimos yo estaba sola en la carreta, Orlando montaba su caballito, y Sebastián iba delante de Charlie, un sombrerito de cuero suave como algodón sobre la cabeza. Wimencaí le había tejido un poncho para protegerlo del frío, y Cararé le había hecho un par de botitas de potro.

Don Ernesto nos acompañó durante un tiempo hasta que su carreta, rodeada de camiluchos, partió rumbo a Montevideo. Llevaba su poema terminado e ilustrado. Orlando y yo lloramos cuando lo vimos desaparecer mientras que Charlie estaba visiblemente aliviado. Para Charlie, don Ernesto era un chismoso afectado, un escritorzuelo incomprensible. Para mí, representaba una generosidad de espíritu, una amistad protectora, sólida y perdurable como un ombú. En la compañía de don Ernesto, Orlando era feliz.

Al otro día, vi un nido de hornero. Eran mis pájaros favoritos, con su plumaje marrón dorado, por su maestría, ya que construían nidos del tamaño de una olla, con dos compartimientos, y al alcance de la mano. Eran padres cariñosos, eficientes, y sin pretensiones, como deseaba serlo yo. Les mostraba a Orlando y a Sebastián el nido vacío, aguardando inquilinos cuando llegara la primavera, cuando Charlie sin querer lo rompió en dos pedazos, haciendo que los camiluchos sacudieran la cabeza, mientras sacaban los ponchos de las alforjas.

—Ojalá no nos hayas traído tormenta, Charlie —dije con un nudo de llanto en la garganta. El nido me había recordado el cuento de Garzón acerca del hornero. No era un pájaro, me contó, sino un joven, que había escuchado cantar a una mujer durante las pruebas de iniciación para hacerse hombre. Su padre quería que se casase en cuanto creciera, pero el joven deseaba encontrar a la mujer cuya hermosa voz lo había consolado durante los días de ayuno, así que se convirtió en pájaro y la fue a buscar. Desde ese día, hicieron juntos sus hogares de barro.

Al otro día empezó a llover, una garúa liviana al principio que irritaba a Charlie y atrasaba nuestro progreso. Yo andaba en la carreta con Sebastián y Orlando, mientras los hombres y los animales luchaban contra el viento y la lluvia que nos enlentecía.

Al acercarnos al océano, la lluvia caía en ráfagas, entraba en las carpas, empapando ropa, comida, y mantas. Era otoño y no hubiéramos pasado frío si no fuera por el hecho de que no nos podíamos secar ni las botas ni las medias. El viento aullaba desde el océano, azotándonos con arena y sal.

La caza se hizo dificultosa, y tuvimos que satisfacernos con charque, lenguas saladas, pan y queso. Algunas provisiones estaban mohosas, y todo sabía húmedo. Mezclamos la carne con cebollas y ajo y la hervimos con arroz para hacer un guiso monótono pero que nos llenaba el estómago. Después de varios días sin carne fresca de ciervo, lagartos o perdices, Charlie decidió salir a probar suerte. Tan acostumbrado estaba a poder cazar cuando viajaba, que no podía creer que no hubiese una manada de reses cerca. Buscó durante todo el día. Cuando vio una, su caballo, exhausto después de haber luchado contra el barro durante tantas horas, se negó a ir más lejos.

Yo lo aguardaba con mate. El viento sacudía la carreta y de vez en cuando entraba una ráfaga de aire. Sebastián dormía sobre los peleros de oveja, la piel dorada a la luz del farol, el pelo oscuro con rastros rojizos. A su lado dormían Orlando y Zule. Había pensado que quizás después de dar a luz al hijo que tanto había añorado mis sentimientos hacia Orlando cambiarían. Así fue, pero no como había temido. No lo amaba menos, sino más, y pensaba a menudo en su madre. Si había muerto cuando nació Orlando no habría sufrido más. ¿Pero si vivía? ¿Y si le habían robado a Orlando como le habían robado a Zulema su primer hijo? Me acosté junto a ellos y los abracé, calentándome las manos con el calor de sus cuerpos. Casi me había dormido cuando Charlie apartó los cueros y entró.

—¡Si no puedo escapar de este viento y de esa perra maloliente, me volveré loco!

Tenía un aspecto tan infeliz, tan distinto al joven que había visto cuatro años atrás, encantado con el vagón lleno de faisanes robados, que me compadecí de él. Alcé la mano para quitarle el pelo mojado de los ojos, cuando de pronto oí mi nombre. Pensé que lo había imaginado. Aullaba el viento y los árboles susurraban con la lluvia. ¡Lo oí otra vez! Orlando también, y se acercó a la parte delantera de la carreta. A unos pasos de nosotros desmontaba el padre Manuel pidiendo que le desensillaran el caballo y le prepararan uno descansado. Lo llamamos y se quitó el poncho empapado y lo colgó fuera de la carreta antes de entrar.

Nos saludó con prisa, sacando del bolsillo una bolsita de cuero.

—Llegó esto para ti.

La desaté y tomé el largo collar de cuentas pintadas que contenía. De él colgaba una gaviotita de madera.

No me atreví ni a moverme ni a hablar por temor a alterar el aire que me rodeaba.

Orlando se acercó despacito a mi lado y tomó la gaviota haciéndola volar.

—Hay una nota. El padre Manuel abrió un pedazo de papel manchado y cubierto de arrugas.

—Léamela, por favor.

Querida, estoy en camino, volviendo a ti. El destino me ha restaurado al mundo de la memoria y de los seres vivientes y no hay fuerza que me separe de ti. Garzón.

Orlando dio un grito de alegría.

—¡Vive!

—Parece que sí —dijo el padre Manuel.

—¿No estás contenta, Isabel? me preguntó Orlando.

—¿Cuándo llegó?

—La trajo un mensajero hace dos días. Él la recibió de otro mensajero que venía de las misiones.

No pudiendo contenerme, abandoné la carreta de un salto. El aluvión de lluvia en el cual penetré me cegó, pero corrí igual hasta llegar a un ombú. Me tiré contra él llorando con las cuentas en la mano. ¡Garzón vivía! ¡En alguna parte del gran mundo vivía y volvería a mí!

Sentí una mano en el hombro y me volví, encontrándome con los brazos abiertos de Charlie. Durante unos momentos sentí el calor de su aliento y sus labios unidos a los míos y me arranqué de sus brazos, volviendo hacia la carreta.

—

Más tarde, ya cuando los niños dormían, el padre Manuel nos contó que la noticia acerca de Garzón no era la única que había traído. El rey Fernando había firmado un tratado con los portugueses. El tratado estipulaba que España recuperaría Colonia del Sacramento, una pequeña ciudad costera que le habían robado los portugueses a sus rivales, de importancia estratégica para el contrabando. Portugal recibiría a cambio veinte mil millas cuadradas, incluyendo siete prósperas misiones.

—¡El hecho de que las misiones sean el hogar de miles de sus súbditos más leales no significa nada para Fernando! Se lava las manos de las consecuencias, haciendo trueque con sus vidas como si fueran fajos de trigo, sin importarle que los entrega a la merced de sus más viejos enemigos. ¡Veinticinco mil almas!

—¿Qué será de ellos? —preguntó Charlie.

Si juraban lealtad a Portugal podrían permanecer donde estaban, si no, deberían irse, llevándose todas sus pertenencias y su ganado, pero sin compensación alguna por sus hogares o su tierra.

—Cararé está convencido de que es un error y que las órdenes del rey han sido mal interpretadas. No comparto esa ilusión. Es una abominable traición, y parto en seguida a unirme a los padres Balda y Henis, que son los encargados de las misiones más afectadas.

—¿Y nosotros, qué quiere que hagamos? —le pregunté.

—Prepárense para recibir a cuantos desheredados lleguen a

nosotros —dijo el padre Manuel—. Cararé ha empezado a construir casas para ellos.

Con Charlie intercambió una mirada de desesperación y de ruego. Sabíamos que esto era lo que Charlie había estado esperando, la causa que hasta ahora lo había eludido. Se veía lleno de energía, tenso, con los ojos brillantes, sin rastros de culpa por la forma desvergonzada en la cual nos habíamos besado. Le hizo una señal casi imperceptible y el padre Manuel entendió lo que Charlie pensaba hacer.

Me acosté con las cuentas mensajeras en la mano contándolas una y otra vez. El padre Manuel me había explicado que eran una especie de calendario para comunicarles a los parientes y los amigos el tiempo que iba a pasar antes de la anticipada visita. Cada cuenta representaba un día. Cuando todas se habían quitado del hilo que las unía, el día de la visita era inminente. Mis cuentas eran veinticinco, y no tenía idea de cuánto tiempo había pasado desde el momento en el que empezaron su viaje hacia mí y el padre Manuel las recibió. Garzón habrá pensado que viajarían más rápido que él. Los mensajeros cabalgaban duro, cambiando caballos a menudo. Eran capaces de viajar entre Montevideo y las misiones en menos de dos semanas.

Quizás a Garzón lo había detenido alguna enfermedad o herida. O quizás, mientras yo contaba las cuentas, ya había llegado a Caupolicán. Estaba atormentada entre el deseo de seguir la pista de la carta hasta encontrarlo y la certeza de que todo lo que podía hacer era esperar.

Capítulo XI

Las nubes se desplegaron con la aurora, revelando un glorioso cielo turquesa. Gotas de lluvia colgaban de las hojas como cristales. Las cotorras pintaban el aire con destellos de verde, y los ñandúes estiraban el cuello y se sacudían para quitarse el agua de sus plumas. El coro de pájaros que me había deslumbrado la primera vez que desperté a la intemperie, cantaba a viva voz, las mosquetas y las monjitas gorjeando y trinando, el rey del bosque y los benteveos entonando sus llamadas. Miré desde el cielo malva hacia el monte, y recordé la primera vez que había penetrado en él y el sentimiento de plenitud que me había embriagado con la quietud secreta que la gloriosa flora albergaba.

Al pasar una nube de patos, mugieron y parpadearon los bueyes, y se me ocurrió que quizás la noche anterior había sido un sueño. ¿Garzón vivo? ¡Qué extraña era esta sensación de alegría y de ansiedad por la guerra que se nos venía encima!

No hubo necesidad de que Charlie me contara su plan. Ahora que se había cumplido todo lo que el padre Manuel más temía, Charlie partiría de inmediato. Sabía que armaría una gran resistencia contra el tratado, y que en ella pondría todos sus recursos. Me preguntó si antes de volver a Caupolicán estaría dispuesta a parar en la nueva fortaleza para darle a su amigo Patrick noticias del tratado. El desvío no requeriría más de medio día, y a pesar de mi deseo de volver lo antes posible, le di mi palabra de que lo haría.

Nos despedimos, incómodos y con frialdad. Yo estaba avergonzada por el deseo que me había dominado cuando lo besé, y lo que Charlie sentía hacia mi permanecería un misterio. Hice todo lo posible para no encontrarme sola con él antes de partir.

Las lluvias habían hecho de la tierra un lodazal, y pasaron dos días antes de ver las murallas de la pequeña fortaleza a la distancia. Alrededor de la empalizada no había ningún movimiento, ni vimos el humo que indicaría que se vivía como siempre en las casitas entre los árboles. Los hombres intercambiaron miradas, y dos de ellos se adelantaron para investigar.

Al acercarnos vimos lo que quedaba del fuerte y de las cinco viviendas que protegía. Todo estaba quemado. Uno de los hombres que se había adelantado levantó la mano indicando que no siguiéramos. En una zanja profunda había encontrado los cuerpos de los colonos y de seis soldados. El otro volvió para asegurarme que el cuerpo de Patrick no se encontraba entre ellos.

—Necesito ir al poblado, Orlando. Tú y Zule deben quedarse con Sebastián hasta que yo vuelva.

Les alcancé una pala a los hombres para que comenzaran a excavar las sepulturas y me acerqué a lo que quedaba de las casas. Junto a las paredes desmoronadas vi utensilios de cocina y ropa empapada por la lluvia. Un perrito negro y rengo me ladró sin mucho entusiasmo. Las pertenencias de los pobladores estaban esparcidas por todas partes. Un zapato y una taza de lata por aquí, por allá una azada y una cinta enredada entre las ramas.

El viento trajo a mis pies un trapo quemado, y lo miraba absorta cuando escuché un gemido detrás de una de las paredes desmoronadas. Corrí hacia el sonido y allí lo vi, empapado por la lluvia de varios días y cubierto de sangre. Tenía dos flechas clavadas en el pecho, uno de los astiles quebrado con el esfuerzo de quitárselo. Me arrodillé a su lado y él murmuró: «minuanos».

Le pedí que conservara las fuerzas, pero quiso contarme lo que había pasado.

Con las lanzas, los indios habían metido pastos encendidos bajo los aleros de las casas, y cuando el humo y el calor se hicieron insoportables, las familias salieron corriendo. Mataron a los hombres, permitiendo que las dos mujeres y sus tres hijos se refugiaran en la fortaleza, donde

Patrick había elegido dormir la noche anterior. Los sobrevivientes se retiraron a una de las barracas, pusieron una mesa contra la puerta, y los hombres se estacionaron en las ventanas, uno de ellos para disparar, dos para recargar las armas. Los minuanos destrozaron la empalizada, y desaparecieron.

Las familias quedaron temblando bajo un cielo encapotado hasta que los minuanos desgarraron el silencio con sus gritos y cruzaron la empalizada con antorchas encendidas en las manos. Mataron a todos los hombres, y se llevaron a las mujeres y a los niños.

Patrick había intentado marcar el tiempo, creía que todo esto había ocurrido cuatro días atrás, cuando empezaron las lluvias.

«Las mujeres y los niños —dijo, tomándome de la manga—, ¡debes mandar a los hombres a salvarlos!»

Le aseguré que lo haría. Se estremeció, y murió en mis brazos.

Sin informarles a los camiluchos, tomé un caballo y me escabullí del lugar. Los minuanos no habían intentado ocultar el rastro y los seguí sin ninguna dificultad a través de los pastizales y hacia el monte, absorta en mi tarea hasta llegar a un pequeño valle. Vi espirales de humo y até el caballo, acercándome con cautela hasta poder ver el campamento.

Cuando se hizo evidente que no habían puesto guardias, trepé un árbol, desde donde podía observarlos y permanecer escondida. Unos treinta hombres se habían reunido, con varias mujeres y niños en cuclillas alrededor de ellos. Vi a Yací, pero ni Atzaya ni las cautivas estaban presentes.

Habían preparado a los siete guerreros muertos y el aire se llenó de gemidos mientras algunas mujeres se acercaron a un bloque de madera en el centro del círculo de dolientes. Pusieron las manos sobre el bloque ofreciéndoles las falanges a sus muertos. Después de que cada esposa, hermana e hija hizo su ofrenda, levantaron los puñales y las lanzas de los guerreros y se hirieron los brazos y los senos.

Atzaya me había contado acerca de estos ritos, y recordé que ahora los hombres se retirarían. Irían a pararse dentro de los pozos que habían cavado. Las astillas que les cubrían los brazos formaban parte de las ofrendas a los muertos, y cuando se las quitaran, los hombres comenzarían el ayuno.

Me aseguré de estar bien escondida mientras la tribu acompañó a los dolientes hacia los cerros y los montículos donde colocarían a los muertos. Estaba considerando qué hacer cuando apareció Atzaya. La sorprendí al bajar de mi escondite.

—¿Qué haces aquí? —me preguntó—. ¿Has venido desde el poblado?

—Del que quemaron, sí.

Le pedí que me contara lo que había pasado y me explicó que los chamanes habían tenido varios sueños y visiones, algunos llenos de terribles augurios, y que los exploradores habían observado a muchas tribus reuniéndose en los llanos. En Montevideo, más y más soldados aparecían en las murallas, y un gran número de buques se dirigía hacia la ciudad. Se habían enterado de que las tribus de las misiones se rebelaban por fin y que las tribus libres, incluyendo sus primos, los charrúa, se unirían a ellos.

Le conté acerca del tratado y Atzaya suspiró largamente.

—¿Es eso lo que viniste a contarme?

—Busco a las mujeres y a los niños capturados durante el ataque.

—Los liberé.

—¿Cuándo?

—Durante los sacrificios, cuando nadie prestaba atención.

—¿Adónde fueron?

—Se escaparon corriendo. —Indicó los cerros donde yo me había ocultado.

Los encontramos acurrucados bajo unos arbustos, con los niños pegados a las madres.

—Los voy a llevar a un lugar seguro —les dije a las mujeres—. Tengo un caballo y una carreta cerca.

—¡No queremos que nos cacen como animales! Llévese a los niños, señora, y nosotras correremos en la dirección opuesta. ¡Que nos cacen a nosotras!

—No las perseguirá nadie. Pueden irse. Atzaya no dirá nada.

No se movieron, los ojos clavados en ella. No sabía cómo convencerlas que dejaran su escondite mientras Atzaya estaba presente. Me aparté con ella.

—¿Te castigarán?

Sacudió la cabeza.

—Lo hago por mi madre. Quizás ahora sus almas puedan descansar.

Sonrió y me tocó la blusa húmeda con la leche que se escapaba de mis senos. ¿El *caá parí* dio buen resultado?

—Gracias a ti tengo un hermoso varón. ¿Y tu hija?

—Camina, y es curiosa como el padre. Se llama Yandibé.

—¿Qué le puedo decir al padre Manuel acerca de Yací?

—Las almas de Yací están dispersas. Algún día volverán. Dile que tenga paciencia.

Las mujeres la observaron hasta que desapareció de la vista y solo en ese momento abandonaron su escondite. Las ramas y las espinas nos rasgaron la ropa y la piel cuando atravesamos la maleza para llegar a mi caballo. Hice montar a los niños y empezamos la caminata de retorno. Los hombres que Orlando había mandado para buscarnos nos encontraron a mitad de camino. Esa noche pusimos guardias y extinguimos el fuego que podría ayudar a los minuanos a encontrarnos si decidiesen abandonar sus ritos para perseguirnos. A pesar del cansancio, las mujeres, desconsoladas, no pudieron dormir. Mecieron a sus hijos, les dieron de comer, y me contaron historias acerca de las Islas Canarias y del largo viaje que habían hecho desde allí. Hablaron de la alegría de la primera cosecha de trigo y de las casitas que construyeron alrededor de la fortaleza. Hasta el día del ataque, no habían visto ni un indígena —dijeron—, y ese amanecer los despertó un sonido que jamás olvidarían: «Como un trueno, o el rugido de un toro».

Describieron lo que pasó como si hubiese sido un sueño lleno de imágenes y emociones conflictivas. Corrieron con los esposos y los hijos a través del estruendo, entre los caballos, y sobre los cuerpos de los soldados que salieron de la fortaleza a ayudarlos, esperando a cada momento ser atravesadas por las lanzas o pisoteadas por los caballos, hasta encontrarse detrás de la empalizada, sanas y salvas, pero sin sus hombres. Ellos habían caído junto con una de las mujeres que murió defendiendo a su esposo.

Durante los días que siguieron ellas también desearon la muerte. En Atzaya vieron el futuro que les aguardaba tanto a ellas como a sus hijas y la muerte les parecía mejor que convertirse en salvajes pariendo niños mestizos.

Orlando, con Sebastián en brazos y apoyándose en Zule, se acercó a nosotros.

—Mis hijos —dije.

Me estaban en deuda y a mi merced, y lo sabían. Fue lo único que les impidió expresar en palabras el asco que les abrió grandes los ojos e hizo que sus bocas se torcieran en una mueca cuando vieron la piel oscura de Orlando. Esgrimieron excusas acerca de lo tarde que era, tomaron a sus niños de la mano y se apartaron.

El agotamiento me envolvió como un manto de niebla, y les di la espalda, tomé a Sebastián de los brazos de Orlando, y volví a la carreta.

Dormí mal. Cada sonido me sobresaltaba, me esforzaba por ver en la oscuridad y oír algo que me hubiera indicado que nos estaban por atacar. Pasó una eternidad antes de que escuchara el tintineo de los arneses y oliera el humo del asado. Los hombres habían salido a cazar, y dos costillares ya estaban en la parrilla cuando salí de la carreta. Había decidido deshacerme de ella. Dos de los camiluchos acompañarían a las mujeres a Montevideo, los otros tres viajarían conmigo a Caupolicán. Iríamos más rápido sin los bueyes, y quería recuperar el tiempo perdido.

Continuamos por las playas hacia la laguna con uno de los hombres atravesando las dunas de vez en cuando para ver si los minuanos nos perseguían. No vimos nada más que ganado y caballos pastando, bramando y relinchando a través de los silbidos del viento y el susurro de las palmeras bajo el vuelo de los gavilanes. Cuando vimos las torres de Caupolicán, Orlando aplaudió.

—¿Estará Garzón, Isabel?

—No quiero hacerme esa ilusión—dije—. ¡Pero vendrá uno de estos días!

Volvimos a un frenesí de actividades. Cararé organizaba la construcción de viviendas para los indios que habían quedado sin hogar, y acumulaba reservas para los meses venideros. Charlie había partido. Ninguno de nosotros pensaba verlo hasta que la guerra terminase, por lo que nos sorprendió con su retorno a los pocos días.

Él y Cararé discrepaban acerca del Tratado de Madrid, y la tensión entre ellos aumentaba a cada momento. Cararé mantenía que ya que el tratado no significaba más que un acomodo de fronteras entre España y Portugal deberíamos hacer todo lo posible por los indios expulsados y evitar una guerra.

—¡Seguramente comprende, don Cararé, que si los veinticinco mil habitantes desalojados de las misiones deciden no honrar el tratado y si las tribus libres y los miles de indios en las demás misiones se unen a ellos, representarán una fuerza tal que ni los españoles y los portugueses unidos podrán combatirlos!

—No me cabe duda de que usted hará todo lo posible para obtener ese desenlace, don Carlos.

—¡Claro que sí! ¡Usaremos las armas que el rey mismo nos dio para derrotarlo a él y a sus amigos portugueses!

En lo más profundo de mi alma sentí que los indios no ganarían semejante batalla, España y Portugal tenían demasiado en juego para permitírselo. ¿Y Cararé?, ¿qué haría? ¿Lucharía por el rey a quien había servido toda su vida con encarnizada devoción, o con las fuerzas de su propia misión en contra de ese rey?

Varios de nuestros jóvenes, ardiendo por la causa, decidieron unirse a Charlie. Salieron juntos de Caupolicán bajo el estandarte que las mujeres le hicieron a Charlie como regalo de despedida. Decorado con las huellas negras de armiño, y los anillos rojos del escudo de armas de los FitzGibbon, onduló en el aire detrás de los caballos a medio galope.

Antes de partir, Charlie me había dejado un paquetito y una nota, pidiéndome que no los abriera hasta después. Abrí el paquete primero y me sorprendió un documento ornamentado con varios sellos, y atestiguando que Don Carlos FitzGibbon y Doña Isabel Keating estaban casados. La nota era breve.

Querida Isabel, no volveré de esta guerra. Me matarán o partiré a otro lugar, lejos de todo lo que no pudo ser.

Quiero que te pertenezcan el castillo y todas sus tierras, y no conozco otra forma que esta para asegurarme de ello. Hubiera pagado todo el oro que tengo porque fuese cierto. Úsalo si lo necesitas. Me daría placer saber que de alguna manera les serví a ti y a los tuyos.

Piensa bien de mí, si puedes.

Charles FitzGibbon.

Doblé la carta y la apreté contra mis labios. La abrí y la volví a besar antes de doblarla más y más como si estuviese encerrando en ella todo lo que Charlie era. La guardé en mi habitación junto con el certificado en el hueco escondido en la pared de mi dormitorio donde podría fingir haberlos olvidado.

Les pagué a los sirvientes y los mandé de vuelta a Montevideo antes de mudarme a mi casita con Orlando y Sebastián. Lo primero que hice fue quitarme el luto y ponerme la falda y la blusa que había usado el día que Garzón me pidió que me casara con él. Usé las cuentas como collar y preparé la casa para su llegada.

Estaba limpiando las telas de araña de los rincones y sacudiendo las alfombras cuando volvió el padre Manuel. Nos contó que los indios de las misiones habían quemado los decretos con órdenes de irse y se rehusaban a obedecer los nuevos límites coloniales.

El gobernador de Buenos Aires y varios jesuitas influyentes en la corte española le rogaron al rey que permitiese que los indios permanecieran en sus tierras pero el rey no los escuchó. El tratado se mantendría, y si los indios no se iban apaciblemente se usaría la fuerza contra ellos.

Cararé no era el único que no lo podía creer, él y otros habían luchado por la Corona en tantas ocasiones que estaban convencidos que semejante lealtad era recíproca y se peleaban con cualquiera que los contradecía. No era el rey sino sus ministros los que daban estas órdenes, y en cuanto el rey comprendiese que se trataba de sus más leales súbditos, revocaría los decretos.

La peor ironía era que en esta guerra que avanzaba con paso inexorable hacia nosotros, los dos lados lucharían por el mismo monarca. Fernando no se merecía tanta devoción y sacrificio.

El padre Manuel decidió unirse a las fuerzas de las misiones, llevándose a todo hombre capaz de luchar y dispuesto a acompañarlo. Sabía que si perdíamos esta guerra, todos quedaríamos marcados como enemigos de los nuevos aliados, España y Portugal, y que ni los cerros ni el océano nos protegerían.

Comenzaron los preparativos para la guerra. Preparamos lanzas para los soldados, espadas para la caballería, y juntamos todos los mosquetes que teníamos. Contamos dos arcos, cuatro cuerdas, y treinta flechas para cada arquero, y para los pedreros que usarían las hondas, treinta piedras por hombre.

—¿Por qué treinta? —preguntó Orlando mientras ayudaba a contarlas.

Siempre fue así —le dijeron—. Treinta flechas, treinta piedras, treinta desjarretaderas para lisiar a los caballos, provocando la caída de los jinetes.

El ruido de los cañones y de los barriles de pólvora rodando por la plaza me despertó antes del amanecer. Las mujeres y los niños, envueltos en sus ponchos, iban de un lado a otro entre los almacenes y las casas, preparando canastas de comida y llenando las calabazas con el agua del aljibe.

Abrigué a Sebastián y atándomelo a la espalda salí junto a Orlando a despedirnos de los hombres, transformados en la compañía de soldados bien adiestrados y uniformados con quienes una vez había participado en una batalla de entrenamiento en Santa Marta.

Dos horas más tarde, en perfecta formación y con los caciques a la cabeza, el pequeño ejército dejó atrás los portones. Los que nos quedamos nos apilamos en las torres de vigía y los almenajes. Hubiésemos querido tirarles flores y vitorearlos pero la solemnidad de la ocasión pesaba demasiado sobre nosotros. En su lugar, tocamos las campanas. Ellas sonaban de la misma forma para los nacimientos que para los entierros, para los festejos y durante las amenazas y los peligros, y con ellas les dimos la despedida.

Todos creíamos que Cararé permanecería en el poblado, pero cuando el último de los soldados salió por los portones, apareció impecable en su uniforme, los estribos y la vaina brillantes. Cuando los pasó a medio galope los soldados comenzaron a vitorear. El estandarte que Wimencaí y yo habíamos hecho la noche anterior se desplegó al viento y apareció Juana de Arco con la espada en alto. Para nuestro lema habíamos elegido las palabras «¡Alta la llama!»

Cararé asumió su lugar con los demás caciques a la cabeza de la tropa, y se volvió, alzando la mano para despedirse de Wimencaí. Ella se mantuvo quieta y silenciosa en la torre, la única presente que sabía lo que le había costado a Cararé la decisión de acompañarlos.

Más tarde, Orlando y yo trasladamos otra cuenta del collar a la calabaza junto a mi cama. Sobre ella colgamos las dos gaviotitas, la que Garzón me había regalado en Río de Janeiro, y la que me había mandado con las cuentas.

Ya que las torres del castillo proporcionaban el punto más alto de la zona, todos los días Wimencaí y yo subíamos la escalera de caracol para poder divisar las señales de humo que llenaban el cielo de día y las fogatas que ardían de noche. Cada una era un pedido de auxilio, o un medio para comunicar los movimientos de las tropas que los perseguían.

Un día, mientras tomábamos mate e intentábamos interpretar las señales, sentimos un susurro en los escalones de piedra. Era Zulema. Su compañero Lauro se había unido a las tribus misioneras que luchaban contra España y ella se había enterado de que el mejor lugar para poder espiar las señales de humo era Caupolicán. Le dimos la bienvenida a ella y a su hijito de ya un año. Él nos mantuvo ocupadas a las tres evitando que se acercara a la escalera mientras intentaba dar sus primeros pasos. Cuando no daba más de cansado se prendió al pecho de Zulema y quedó dormido. Ella lo envolvió en su poncho y lo colocó a sus pies. El mate pasaba de mano negra a mano marrón, de mano marrón a blanca y de vuelta, cuando oímos los pasos irregulares de Orlando subiendo la escalera.

Sebastian dormía —dijo—, y había dejado abierta la ventana pidiéndole a los vecinos que lo atendieran si se despertaba. Se lo presenté a Zulema y Orlando se arrodilló para ver al bebé de cerca. Zulema se agachó a su lado y movió el poncho para que Orlando le viera la cara a la criatura. Orlando lo besó y Zulema dio un grito, lanzándose hacia él. Orlando perdió el equilibrio y se cayó prendido a mi falda.

—¡Eres mi hijo! —lloró Zulema—. ¡Eres mi hijo! —Intentó tomarle la cara entre las manos pero Orlando no se lo permitió y empezó a llorar.

—¡No llores! ¡No llores! ¡Nos hemos encontrado! ¡Miren! —dijo Zulema, volviéndose desesperada hacia mí y Wimencaí—. ¡Miren detrás de su oreja! ¡Yo misma lo marqué cuando nació!

Intentó otra vez tocarlo y Orlando retrocedió escondiéndose detrás de mí. Wimencaí alzó al bebé y se dirigió hacia los escalones.

—Vayamos donde hay luz y podamos ver la marca —dijo—. Nos miró a mí y a Orlando. No sé cuál de los dos denotaba más terror.

En la casa encontramos un espejo para que Orlando viera la marca. Al principio no quería mirar y yo tampoco, temiendo lo que descubriríamos, pero al final ganó nuestra curiosidad.

—¿Qué significa esta marca? ¿Por qué la hiciste? —le preguntó Orlando a Zulema.

—Te la puse porque sabía que en cuanto pudieras caminar te venderían, y tú no solamente caminabas antes de cumplir un año sino que hablabas y cantabas. Repetías todo lo que te decíamos. Eras valioso, y estoy cierta de que el dueño de la plantación donde tu padre y yo trabajábamos obtuvo un buen precio por ti. Por eso te marqué, por si algún día te volvía a ver. Tu padre sabía hacer tatuajes y te marcamos juntos.

—¿Dónde está mi padre?

—Se enfermó y no pudo trabajar así que lo mataron.

Zulema comenzó a llorar una vez más, y Zule, sintiendo su dolor, le puso el hocico en la mano.

—Zule —dijo Orlando—. Zulema. —Miró de una a otra—. ¡Recordé tu nombre!

Zulema rió a través de las lágrimas.

— ¿Quieres saber el nombre que te dio tu padre?

—Me gusta el nombre que tengo.

—A mí también me gusta. No tienes por qué cambiarlo.

Se observaron con cautela. Cada tanto ella sacudía la cabeza, incrédula, y le acariciaba la mejilla, besándole las manos. Al principio Orlando no sabía cómo reaccionar pero poco a poco empezó a devolver las caricias.

Wimencaí puso su brazo alrededor de mi cintura, y me sostuvo. Yo intentaba no llorar, no quería estropear la alegría de Orlando, pero apenas controlaba el impulso de tomarlo y de decirle a Zulema que se fuera, que nos permitiera retomar nuestras vidas, que me lo dejara.

Orlando se volvió hacia mí.

—¿Será necesario que me vaya?

—¿No quieres venir conmigo? —le preguntó Zulema—. ¿Y con tu hermano?

Orlando indicó a Sebastián dormido junto al bebé en la cuna bajo la ventana.

—Tengo otro hermano. Y no podría irme sin Zule y sus hijos.

—¿Sus hijos? —le preguntó Zulema.

—Tiene cinco. Y quiero estar cuando vuelva Garzón.

—Te iré a buscar en cuanto vuelva —dije, arrepintiéndome de

haber hablado en cuanto di voz a esas palabras. Parecía tan fácil, como si su partida no significase nada para mí, como si el deseo de luchar por él como una fiera no me desgarrara—. Te extrañaré durante cada minuto de cada día.

Orlando paseó la mirada de Zulema a mí, inseguro.

—¿Puedo casarme aquí cuando cumpla los diecisiete años?

—Claro que sí —dijo Wimencaí—. ¡Yo misma me dedicaré a encontrarte una novia!

—Y puedes visitarnos cuando gustes. Tú y tu madre siempre serán bienvenidos.

—Quizás sería mejor que durmiesen aquí esta noche —les sugirió Wimencaí.

Zulema asintió, sus ojos desbordando comprensión.

—Mañana, Orlando —dije—, le mostraremos tus libros a Zulema.

—¿Sabes leer? —le preguntó Zulema, sorprendida.

—Y escribir. En castellano, inglés, portugués, y latín —dijo Orlando con orgullo.

—Te fuiste esclavo y has vuelto erudito. Estoy muy orgullosa de ti, hijito.

—Si quieres, les enseñaré a ti y a mi hermano —dijo Orlando.

Insistí que Zulema y Orlando durmieran en mi cama. Le dí el pecho a Sebastián, y me acosté en la camita de Orlando detrás de la mampara, ahogando el llanto en la almohada. Durante la noche Orlando se acercó, y se acostó a mi lado, hablando muy bajito.

—Isabel, ¿que pasará si no me gusta el *quilombo*?

—Te visitaré dentro de unos pocos días y si no estás a gusto decidiremos qué hacer.

Le tomé la mano hasta que se durmió. ¿Cómo era posible que algo tan devastador ocurriese tan rápido? Ayer era mío y hoy le pertenecía a Zulema. ¿Entendía Orlando lo que esta separación me costaría? ¿O era la transición a una madre parecida a él tan natural, tan beneficiosa, tan soñada que lo único que sentía era la alegría de un deseo realizado?

Cuando despertaron los bebés, Zulema y yo los atendimos mientras Orlando hizo mate y cortó pedazos del pan que habíamos hecho juntos el día anterior. Wimencaí desayunó con nosotros, y después Orlando le puso el arnés a Zule mientras yo doblaba la bolsa de arpillera que siempre había sido su cama.

—¿Y mi caballito y su silla?

—Quedarán aquí para cuando nos visites.

Abrazó a Wimencaí.

—Recuerda que mi novia debe ser tan bella como tú. —Se volvió hacia mí—. No te dejaría por ninguna otra persona, Isabel. Por favor no llores.

Pero todavía lloraba cuando él y Zulema cruzaron la laguna con Zule y sus cachorros ladrando sus adioses.

Capítulo XII

En los días que subsiguieron empecé a trabajar con el resto de las mujeres en la chacra. Todas las mañanas salíamos con jarras de agua y canastos de pan, encaminadas hacia los campos de trigo invernal y de verduras, espantando a las cotorras y cantándoles a las plantas mientras arrancábamos yuyos y cosechábamos papas, zanahorias y zapallos. Al mediodía, acompañados por los abuelos venían los niños a traernos el almuerzo.

Agregué tres cuentas a la calabaza junto a mi cama, y después tres más, sin que Garzón apareciera. No sabía dónde se había originado la nota, ni cómo comenzar a buscarlo. Aunque las cuentas hubiesen llegado lo más rápido posible él no tendría que haberse demorado tanto. Wimencaí me recordó que estábamos en guerra y que los soldados españoles y portugueses patrullaban la zona. Le resultaría muy difícil a un viajero solitario hacerse camino entre las batallas. Yo temía que estuviese enfermo, herido, e incapaz de viajar hacia mí.

Pronto quedaban solo dos de las veinticinco cuentas en el hilo.

Cuando no podía soportar el peso de tanta ansiedad, dejaba a Sebastián con Wimencaí y caminaba hacia los montes cerca de la laguna, tirando piedras al agua hasta que me dolían los brazos. A veces me arrodillaba en la iglesia a rezar bajo los lienzos pintados por los habitantes del poblado como forma de suplir por la falta de vitrales, mientras los instrumentos musicales se entrelazaban con las voces que subían y bajaban haciendo vibrar el aire. Esa música y el perfume de las columnas de cedro me calmaban, y me hacían pensar que si los ángeles cantaban debería ser así, en perfecta armonía, con tonos simples, vivos, livianos como un aliento.

Estaba esparciendo hierbas sobre el piso de la iglesia, y salpicándolas con agua perfumada, cuando vi una sombra en el umbral. Al levantar la vista vi que era el padre Manuel. Venía con los heridos, amigos y enemigos, para que los atendiéramos. De Garzón no sabía nada.

Hasta ese momento la guerra había sido algo distante e irreal, un ejercicio parecido a ese en el cual había participado cuando me disfracé de soldado y marché con las tropas en Santa Marta. No bien pisé fuera de los portones de Caupolicán, esas memorias desaparecieron.

La tierra estaba cubierta de hombres, sentados o apoyados en sus armas, sus heridas, una gama que iba de las contusiones a extremidades cortadas y heridas de armas. Los caballos, exhaustos, esperaban con las cabezas bajas, y hasta los bueyes mostraban señales de las batallas peleadas. Sobre todo pesaba el olor de las heridas supurantes. Al principio no pude identificar el sonido que rondaba en el aire, un lamento que se elevaba y volvía a caer. Era el sonido del dolor implorando alivio.

Cada hombre, mujer y niño capaz de caminar empezó el trabajo de convertir mantas en camillas, y de mover las mesas a la plaza para recibir a los heridos. Los niños bombeaban agua mientras Wimencaí y yo limpiábamos las heridas. Las mujeres convertían telas en vendas, y les llevaban comida y agua a los heridos que aguardaban afuera. El padre Manuel y los niños más pequeños cuidaban a los animales y los ancianos apuntaban los nombres de cada hombre capaz de dárselo.

Perdí idea del paso del tiempo, los días y las noches disolviéndose en una nube de agotamiento. El padre Manuel estableció una posta de caballos entre Caupolicán y Montevideo y mandó buscar a don Ernesto. Él no estaba acostumbrado a andar a caballo y cuando llegó una semana después casi no lo reconocí. Estaba sucio, sin afeitar, y dolorido, y empecé a llorar con lágrimas de lástima y de alivio cuando lo vi. Esa noche, Wimencaí y yo dormimos sin interrupciones y cuando sentí una mano en el hombro me desperté sobresaltada.

—¿Hace cuánto que duermo? ¿Qué ha pasado?

Dos niños estaban a mi lado.

—¡Ha llegado el amigo del padre Manuel! —dijeron—. ¡Nos pidió que la despertáramos!

—¿Qué amigo? —les pregunté, levantándome.

—Su amigo indio.

—¿Yací?

—Está herido.

Me había dormido vestida, y llegué a la puerta en el momento que el padre Manuel y Yací entraron a la plaza. Yací rengueaba y tenía un pedazo de cuero sangriento atado a la pierna. Arrastraba un caballo, y tirado a través de su lomo, cargaba un cuerpo aterradoramente familiar. Yací me vio y gritó:

—¡Vive!

De lo que pasó después recuerdo poco. No fui de ninguna ayuda para Wimencaí y don Ernesto mientras le quitaron a Garzón las ropas sangrientas y le lavaron el cuerpo. Todo lo que pude hacer fue recoger la ropa y abrazarla a mi pecho. Estaba demacrado y cubierto de heridas, hasta las plantas de los pies parecían hechas de cuero. Wimencaí dijo que tenía la apariencia de alguien que había caminado desde el otro lado del mundo. El cabello largo estaba trenzado con cuentas, y le faltaba una falange en el meñique de la mano izquierda.

Acaricié los retazos de su camisa como si ella pudiera decirme dónde había estado durante los últimos dieciocho meses. Percibí un nudo muy duro con la palma de mi mano y me costó abrirlo, pero cuando lo hice encontré el ágata que acostumbraba ver en manos de Garzón. La iba a querer cuando despertara, así que tomé una camisola de dormir del baúl donde había puesto todas sus pertenencias y se la puse en el bolsillo.

Cuando don Ernesto extrajo las balas de mosquete de su hombro y de su espalda, Garzón se movió, gimiendo, y Wimencaí me hizo esperar afuera hasta que terminaran. Miré por la ventana y durante un instante sus ojos encontraron los míos. Parecía haberse retirado a un lugar distante, donde solamente existía el dolor, y antes de que pudiese ofrecerle consuelo, se desmayó.

Como había prometido, mandé a buscar a Orlando al *quilombo*, y llegó esa misma noche, acompañado por Zule y todos sus libros.

Lo primero que Garzón vio al abrir los ojos fue a Sebastián, tambaleándose junto a la cama, sus ojos apenas alcanzando a ver a su padre. Perdió el equilibrio cuando Garzón intentó tocarlo y cayó sentado. Orlando corrió a consolarlo mientras yo me arrodillaba junto a la cama.

—¿Eres de verdad? —murmuró Garzón.

Le puse la mano sobre mi cara para que sintiera mis lágrimas.

—¿Qué fecha es?

—El seis de junio.

—¿De qué año?

—Mil setecientos cincuenta.

—He deseado tocarte durante quinientos cuarenta y tres días.

Le besé una cicatriz y después otra, queriendo saber todo lo que le había ocurrido y sin permitir que me contestara ya que no quería que hiciese ningún esfuerzo.

—¿Dónde está mi ropa?

—Hecha jirones en la basura. Pero —dije cuando se inquietó— tu ágata está aquí. —Le indiqué el bolsillo de la camisa.

—Había una bolsa.

Le traje la bolsita de cuero que había tenido atada al cinturón.

—¿Esta?

—Sí. La abrió, desparramando una colección de animalitos y flores de madera sobre la manta para que las viesen Orlando y Sebastián: un diminuto tapir, loros, tucanes, hierbas, moras, y frutas.

—Las hice mientras viajaba. Me ayudaban a pasar las horas. Le pidió a Orlando que eligiera las que le gustaban, y eligió el jaguar y unas uvas. Sebastián los miró y tomó uno de los tucanes diciendo unas palabras que Garzón fingió comprender. Sebastián lo observó con una mirada desconfiada.

—¿También tallaste esta? —le preguntó Orlando indicando la gaviotita de madera colgada con su compañera de cristal junto a la cama.

—Fue la primera que tallé. Se parecen a Isabel y a mí ¿no crees? El pájaro tosco y su cristalina compañera.

Dormía tanto y tan profundamente que me empecé a preocupar. Don Ernesto me aseguró que era lo mejor que podía hacer. Cuando despertaba le daba caldo y fruta, y para el dolor, mojaba un pedazo de algodón con jugo de coca y se lo frotaba en las encías.

En cuanto pudo sentarse pidió que le cortara el cabello y que lo afeitara. Sospechaba que su aspecto de salvaje asustaba a Sebastián y tenía razón. En cuanto Sebastián pudo verle la cara no se apartó cuando Garzón quiso tocarlo, y hasta consintió dormir con nosotros si yo me colocaba en el medio y lo besábamos a él y no uno al otro.

Orlando aguardó con mucha paciencia el relato de lo que le había ocurrido a Garzón, sentado junto a la cama jugando con sus tallados o leyendo en voz alta, siempre de *Los viajes de Gulliver*, y contándole a Garzón acerca de Zulema.

Una tarde, cuando terminé mi trabajo en la enfermería y estaba jugando con Sebastián, escondiendo su muñeca de trapo para que él la encontrara, Orlando no pudo contenerse y le preguntó a Garzón si lo que habíamos oído acerca del Isabelita era cierto: que el buque se había hundido en llamas.

—Jamás había visto un barco encenderse con tanta rapidez.

No tenía idea de cuánto tiempo estuvo en el agua antes de desmayarse. Pensó que estaba en el útero de su madre disfrutando de una visión de todo lo que estaba por venir. ¿Era posible que el tiempo antes de nacer fuera así —una oportunidad de sentir lo que sería la vida antes de vivirla? ¿Era esta la razón por la cual de vez en cuando un acontecimiento o un lugar nos parecían conocidos? Los sonidos que escuchaba eran sedantes como la voz dulce de su madre, la cual retornó a él con toda su fuerza y ternura. También escuchó otras voces y vio la luz brillante y dolorosa del sol. Si había vuelto a nacer, pronto olvidaría las visiones y el agua que lo protegía de todo mal.

Había gritado, sorprendiéndose con la profundidad y la angustia del sonido. Sintió que unas manos lo sacaban del agua y quería pedir que lo dejaran pero el esfuerzo de ese primer grito le costó toda la voz que tenía y luchó para recordar si sabía quién era o si era un recién nacido. Se despertó rodeado de un anillo de caras pintadas de rojo y amarillo, igual que el guacamayo que lo miraba desde el hombro de un niño. Lo abanicaba una mujer con una fronda y cuando abrió los ojos los rostros retrocedieron y se volvieron a acercar antes que un anciano con un tocado y pendientes de plumas le hablase en una lengua desconocida. Le dieron un líquido lechoso y dulce para beber y se durmió.

Cuanto despertó era de noche. Cerca de él una mujer amamantaba a una criatura, y Garzón recordó cuán suave era la piel de su madre cuando recostaba la cabeza en su hombro para mirar las estrellas. Sintió el ardor de las lágrimas y se preguntó cómo era que recordaba la piel de su madre y a la vez no tenía idea de dónde estaba ni por qué su memoria se burlaba de él con esos trucos. Comprendía que no había vuelto a nacer, sino que le había ocurrido un accidente que le impedía el movimiento. Intentó alzar las manos y sintió un alivio tan intenso cuando movió los dedos que casi volvió a llorar. Se tocó el pecho, la cara, y las piernas, que se sentían como de madera. Debía enfocar sus pensamientos y concentrarse. No eran de madera, estaban entablilladas. Seguramente se había quebrado las piernas. No le faltaban partes del cuerpo, pero el mismo le resultaba tan extraño como si viviera fuera de él y lo estuviese mirando por primera vez. Trató de sentarse y con el mareo vinieron las memorias, punzantes como puñaladas. Llamas y los gemidos del viento. Al caer sobre las pieles que lo protegían de la tierra, la mujer puso a un lado la criatura y se apresuró hacia él, acariciándole la frente.

Vio un rostro en la niebla y gritó un nombre. La cabeza le dolía tanto que creyó que explotaría, pero llegó el anciano con su bebida lechosa que ofrecía consuelo y sueño.

—Durante las estaciones de la siembra y de la cosecha —nos contó—, divagué medio dormido, entrando y saliendo del estado de conciencia, observando el vaivén de la cerbatana que colgaba sobre mi cama.

Al tiempo que logró sentarse solo, había aprendido suficiente del idioma de la tribu que lo había rescatado como para entender que el hecho de que había sobrevivido les sorprendía tanto a ellos como a él.

Cada día recordaba más y más. Lo primero que recordó fue su ágata. ¿Y si la había perdido? Pidió ayuda y varios vinieron corriendo. ¿Dónde estaba su ropa? ¿Qué habían hecho de la ropa que tenía puesta cuando lo encontraron? Nada —le aseguraron—, no habían hecho nada con ella. Estaba allí debajo de su cabeza, sirviendo de almohada. Garzón la arrebató y encontró el ágata dentro del nudo que había hecho en su camisa mientras se aferraba al mástil. Lloró de alivio, pasando el ágata de una mano a la otra, esperando ansioso los destellos de memoria, aferrándose a ellos cuando llegaban, y entrelazándolos el uno al otro con el mismo cuidado que mostraban las mujeres cuando trenzaban sus canastos. Pasaba las horas sentado en las sombras del bosque, observando a los hombres mientras preparaban las armas para la caza, y cuando volvían con ciervos, tapires, monos, y pájaros que ponían al fuego. Los vio haciendo, limpiando y arreglando flechas, lanzas, y porras; los escuchó cantar, y los observó decorarse con tinturas y plumas.

Un día, cuando su anfitrión tomó el carcaj de flechas que colgaba cerca de la cerbatana, Garzón le preguntó si tenía razón en suponer que era la mandíbula de un perai que colgaba del borde del carcaj. Su anfitrión se sentó junto a él y puso el carcaj entre los dos. Era casi tan largo como su antebrazo, hecho de madera y bañado en cera, con un pedazo de piel de tapir que le servía de tapa. En el centro del carcaj había un lazo que calzaba sobre el hombro. Su anfitrión abrió el carcaj y lo dio vuelta soltando las cien flechas que contenía. Ya que el contacto con las puntas afiladas podía matar, las flechas estaban enhebradas con algodón y enrolladas alrededor de un palo, cada punta plantada en una pequeña rueda para prevenir que el cazador las tocase, y permitiéndole soltar una flecha a la vez. Su anfitrión le mostró cómo la mandíbula del perai, con esos dientes atroces, se usaba para afilar las flechas.

A esta altura, Garzón recordaba su nombre, y que una vez había vivido en una aldea parecida a esta. Sabía que reconocía las estrellas porque su madre le había enseñado los nombres, y que había estado a bordo de un buque que se había incendiado. Pero no recordaba por qué se había ido de su aldea, ni lo que hacía en el buque, ni por qué de noche soñaba con una mujer de ojos celestes. Se preguntaba si el desorden de sus pensamientos se debía a algún golpe a la cabeza o a las bebidas que le daba el anciano, o tal vez a ambos.

De noche, el impulso de dirigirse hacia el sur era tal que no podía dormir, lo perseguían rostros sin nombres, y había aprendido a no luchar con la memoria cuando esta jugaba con él. Era una neblina, etérea e imposible de asir. Cuando el momento se presentaba, aparecían las imágenes, vívidas y casi palpables, y con ellas llegaban los sentimientos que le daban realidad.

Debía usar las piernas, pero cuando le quitaron las tablillas estaban tan tiesas que tuvo que ejercitarse por varios días antes de poder doblar las rodillas. Cuando los niños lo visitaban los ponía a trabajar masajeándolo mientras Garzón les contaba historias acerca del mar, aunque no tenía idea si lo que les contaba había ocurrido o se lo había imaginado. Las memorias llegaban cuando el dolor era más fuerte, así que de noche, mientras dormía la aldea, Garzón caminaba. Una vez, cuando volvía a su refugio, débil de tanto andar, vio que en una de las casitas brillaba una luz. Las mujeres iban y venían, y al pasar escuchó el llanto de un recién nacido.

-Me invadió un torrente de memorias tan fuerte que casi me derribó. Una tras otras se derramaron las imágenes, nombres, lugares, y mi conexión a ellos. De repente, me acordé de ti, Orlando, y del padre Manuel, Cararé y Wimencaí. Vi a Isabel caminando hacia mí para contarme que Atzaya había dado a luz a una niña. Recordé la carta que me había llegado unos días antes de mi partida y cómo la noticia que contenía fue lo que me mantuvo aferrado a la madera que me salvó del mar. —Puso la mano sobre la cabeza de su hijo.

Desde ese momento en adelante no pasó un solo día en el cual no reconstruyera su vida, una memoria a la vez, hasta que el único vacío que quedaba era el de las horas posteriores a haber bajado al cirujano al agua y hasta que lo rescataron.

En cuanto pudo, trepó el árbol más alto para estudiar las estrellas y vio por la posición de las mismas que estaba mucho más al norte del ecuador y a la vez más cerca del Río de la Plata de lo que había pensado.

—Vi el enjambre de abejas, el grupo de estrellas que mi padre llamaba las Pléyades. Cerca de ellas estaban alfa y beta, los ojos del gran jaguar, según mi madre, y de acuerdo a mi padre un centauro, medio caballo y medio hombre. Y en ese momento, recordando a mis padres, recordé mi nombre charrúa.

Orlando había escuchado cautivado y cuando Garzón dijo que no podía hablar más, me hizo prometerle que no importaba lo que estuviera haciendo o a qué hora, que lo llamaría en cuanto Garzón retomara su historia.

Un día entero pasó antes de que Garzón se sintiera con ánimos para continuar. Sebastián estaba con Wimencaí por lo que yo me senté en la cama junto a Garzón con todo preparado para dibujar, y Orlando se colocó a sus pies.

Garzón nos contó que había debatido consigo mismo acerca de si volver a la costa para intentar un viaje hacia el sur por el océano Atlántico o si navegar en canoa a lo largo del río cercano. Los indios lo usaban a menudo y le explicaron que el río desembocaba en otro río aún más grande y caudaloso, que Garzón dedujo era el Paraná. Si estaba en lo cierto, este poderoso río lo llevaría cerca de las misiones, donde él sabía que le darían todo lo necesario para llegar hasta nosotros. Decidió que los ríos le resultarían más veloces. Llenos de saltos, cataratas, y de corrientes peligrosas, a menudo le sería necesario caminar con la canoa a las espaldas, pero aún así pensó que viajaría más rápido que por el océano.

Comenzó con viajes cortos, probando su resistencia y sus habilidades, y calculando lo que precisaría llevar en cuanto a armas, ropa y comida.

—Sabían que me iría pronto, por lo que la tribu me permitió penetrar en el misterio de la cerbatana y el wourari. Pero el ritual significaba una demora por lo que intenté encontrar una manera de excusarme.

—¿No sentías curiosidad? —preguntó Orlando.

Garzón sonrió.

—Sí. Será por eso que no pude elaborar una excusa creíble.

El ritual comenzó con la construcción de una choza donde prepararían el veneno. Al otro día sin romper el ayuno, Garzón y su anfitrión se adentraron en la selva para cosechar el wourali.

—Extrajimos una raíz amarga y dos plantas bulbosas y las pusimos en una canastita. Después capturamos unas hormigas grandes y negras, y otras pequeñas y coloradas.

—¿Cómo? —quiso saber Orlando.

—¡Con mucho cuidado! La picadura de la negra da fiebre y la de las rojas una picazón muy fuerte.

Volvieron a la aldea a cosechar pimientos y después se retiraron a la choza, donde molieron los dientes de dos víboras, la labirria y la curucuru, despedazaron el wourali y las raíces, y los pusieron, junto con los dientes, en un colador hecho de hojas.

—Sostuvimos el colador sobre una olla de barro jamás usada, y le echamos agua. Después agregamos el jugo de los tallos, los dientes, las hormigas y los pimientos machacados. Lo hervimos lentamente, usando hojas para recoger la espuma que flotaba en la superficie, hasta que la olla estuvo llena de un jarabe marrón oscuro. No aspiramos el vapor y una vez que el jarabe se enfrió lo pusimos en una calabaza, la tapamos con hojas y un pedazo de piel de venado, y atamos la abertura fuertemente con un cordón. De las orillas del río, el anfitrión de Garzón eligió una caña amarilla de ourah, lisa, sin nudos, hueca y más alta que él. Colocó la caña dentro de un *samourah* encerado. El samourah era una caña de palma que se debía remojar durante varios días para extraerle la pulpa. Lo instruyeron en cómo atar una punta, la que va en la boca, con un pasto sedoso para que no se rajara, y a proteger la otra con una semilla de *acuero* llena de cera de abeja. A un brazo de largo desde la punta atada, pusieron dos dientes de agoutí para ayudar con la puntería. Las flechas huecas, las fabricaron de hojas de palmera. Eran del largo de la mano, con las puntas afiladas como agujas, bañadas en wourali, y rellenas de algodón silvestre para absorber el veneno. Le tomó varias horas de práctica llegar a hacerlo bien, ya que el algodón debía ser lo suficientemente grueso como para llenar la flecha, pero disminuyendo a casi nada antes de ser enhebrado en su lugar mediante una hebra de pasto. El trabajo requirió varios días ya que también debió hacer su propio carcaj y cerbatana y tuvo que aprender a usarlos mientras pensaba en todo lo que su anfitrión le había dicho. Ya que el *wourali* tiene el poder de matar, las mujeres y las jóvenes capaces de crear vida no podían entrar en contacto con él por si las dañaba. Los hombres cuyas esposas estaban embarazadas no podían ayudar a prepararlo y había que quemar la choza en la cual se había mezclado el wourali.

—¿Me pregunté que pasaría si hiciéramos igual nosotros cuando preparamos la mortífera pólvora? ¿Qué ocurriría si no les permitiésemos tocarlo a los hombres cuyas esposas están encinta? ¿Y si tuviésemos que ayunar antes de preparar las armas y hacerlas de nuevo cada vez, ya que solo pensar en matar a otro contamina hasta las herramientas?

Consciente de que se le había permitido participar no solamente en una ciencia, sino en una filosofía tan sagrada que apenas la comprendía, Garzón supo que no era digno de llevarse el wourali cuando saliera de la selva.

—Les entregué mi cerbatana y las flechas a los ancianos antes de irme, y me llevé solamente el arco con unas flechas nuevas que aprendí a hacer. Tenían un corte cerca de la punta, que se separaría cuando se clavase, permitiéndome usar el astil repetidas veces.

El día de su partida lo vistieron con un taparrabo de piel de tapir y lo calzaron con un par de sandalias. Lo aguardaba una canoa llena de comida junto al río. Toda la aldea vino a despedirlo y los vio por última vez antes de que el río se lo llevara hacia el suroeste.

Las tribus que encontró al viajar lo observaban curiosos —extraño, barbudo y solitario, vestido como ellos, y hablando una mezcla de varios idiomas.

—Escucharon mi historia acerca del naufragio y de cómo sobreviví y comprendieron que así como el dios Coniraya, que persiguió a su amada hasta que le sangraban los pies y los animales se reían de él, yo también buscaba a mi amada y debía viajar muy lejos antes de encontrarla. Fueron bondadosos conmigo, y me ayudaron, obsequiándome pan de mandioca y pescado seco.

Pasaron los meses, y se sintió atrapado en un torrente implacable de memorias, algunas suyas, otras, imágenes presentidas que le llegaban desde el interior de las personas, las plantas y los animales. Cuando recordaba a alguien no era solamente la voz y la cara que volvían a él, sino el ser entero. Veía las plantas y a los animales como esencias puras, y se preguntó si la bebida que le había dado el curandero habría alterado sus percepciones para siempre. Cuando bebía de un tazón de barro sentía las manos que lo habían creado, y cuando aspiraba el humo de la leña del acaiarí sentía las formas que una vez habían habitado ese árbol.

—Cuando el dolor o la soledad no me permitían dormir, usaba toda mi voluntad para volver aquí, a la laguna. Recordaba a Isabel rozando el agua con su mano, y tú Orlando, nadando con Zule detrás de la canoa.

Se imaginaba la música serpenteando desde la iglesia mientras el coro cantaba y los músicos hilaban su red de sonidos, envolviéndolos en compases tan potentes como el amor que lo llamaba a hundirse en la selva y no parar hasta estar a mi lado.

—Es lo que hizo Coniraya —dijo, tomándome la mano—, pero él era un dios.

Sus sueños eran intensos y en ellos veía a su madre sola junto a la orilla mientras partía el barco del padre. Sintió su muerte, y en sus sueños, participaba en los ritos que siguieron, despertando convencido de que su piel había sido punzada por astillas y recordando una visión que había recibido cuando todavía vivían juntos. Los chamanes dijeron que era muy joven para poder soñar acerca del futuro con tanta claridad, pero otros en la tribu habían compartido sueños parecidos, lo cual significaba que los ancestros querían asegurarse que cada generación comprendiese el mensaje.

Sus sueños trataban de una época en el futuro cuando la muerte y la desolación visitarían a los pueblos del jaguar y la anaconda. Sería una temporada oscura y más larga que el invierno, la sequía o las inundaciones, y aun más devastadora. Él y su tribu deambularían por lugares olvidados y llenos de sombras, como espíritus desamparados por quienes nadie había cumplido los ritos de transición. Los chamanes interpretaron que esto significaba que desaparecerían para el mundo exterior.

—¿Morirán todos? —murmuró Orlando.

—Es lo que yo también pensé, pero mi madre y los chamanes dijeron que no. Pasaríamos por una guerra, por una etapa de esclavitud, de oscuridad y caos, pero al final nuestras voces se volverían a escuchar.

Esta interpretación no le trajo mucho consuelo. Los chamanes no sabían si la oscuridad duraría un día, un año, o varias vidas, y él quería saber que se disiparía antes de morirse. Una vez que comenzó a atravesar la selva comprendió que su vida y su muerte eran significativas solamente si se aseguraba de que el respeto y los conocimientos que había adquirido eran transmitidos a través de su descendencia, al compartir su sabiduría.

Su deseo de volver a nosotros se hizo tan intenso que se impulsó sin piedad. Del hombre que había sido, quedaban solo los huesos, los músculos y los nervios, y llegó a pensar que la fuerza y la determinación que lo poseían venían directamente del mismo Coniraya.

Con la ayuda de los mapas que compartió con nosotros el padre Manuel, trazamos el recorrido del viaje, y nos dimos cuenta que el río que corría junto a la aldea donde Garzón había convalecido era el Sâo Francisco. Cuando lo dejó, había completado una tercera parte del viaje y marchaba rumbo al Paraná, que lo llevaría a unos pocos días de su destino: el río Uruguay. A la zona entre el Sâo Francisco y el Paraná le decían el Mato Grosso.

—Son palabras portuguesas —dijo Orlando.

—Sí. Significan «selva densa», y es un nombre apropiado. Solamente se puede cruzar a pie, unas pocas leguas por día.

Nos entretuvo con historias acerca de los monos, los gusanos y los pescados crudos que había comido, y de los seres saltadores y voladores que lo habían comido a él.

Regaló la canoa a los primeros indios que encontró. Ellos lo abastecieron con comida y le regalaron una bolsa de caraguatá para cargarla.

Cuanto más se adentraba en la selva, más cuentos acumulaba acerca de las cataratas que lo aguardaban. Los habitantes de la zona las llamaban Iguazú y se extendían a través de su camino hacia el Uruguay. Le enseñaron a distinguir y nombrar las aguas marrones del río Paraná que alimentaban las cataratas, la neblina que bañaba los árboles, y los pozos y el agua corriente que formaban parte de esa gloriosa cadena que veneraban los guaraní como el origen de la vida.

Pasaron varias noches antes de que pudiese divisar las cataratas, y se durmió con el distante rugido de las aguas.

Cuando estaba a un día de distancia de las cataratas más cercanas, se bañó, se peinó y trenzó los cabellos. Eligió una ofrenda de entre las orquídeas que colgaban como frutas de los árboles, con colores y formas tan variadas que a cada rato se detenía para contemplarlas. ¿Sería posible que las flores fuesen la razón por la cual los guaraní nunca parecían apresurados?

—¿Quién querría correr cuando podía tener en la palma de la mano una obra de arte tan perfecta y tan compleja?

Las orquídeas eran de todos los colores, algunas ostentosas, llamativas, como los jóvenes que había conocido durante sus viajes, intentando llamar la atención con sus brillantes atuendos; algunas eran modestas y retraídas, armonizando con los marrones y rojos de los árboles. Estiró el brazo para elegir una flor y la guirnalda entera disparó en vuelo. Estaba rodeado de mariposas, bailando y aleteando a su alrededor, que habiendo abandonado la modestia hacían alarde de sus alas resplandecientes, cubriéndolo de pequeñas joyas de luz colorida. Permaneció entre ellas hasta que desaparecieron como una nube de oro entre los árboles. Haría una ofrenda diferente decidió, dejándole las orquídeas a las brisas.

El rugido aumentó mientras caminaba, y pronto todo brillaba a su alrededor por la humedad. Sintió su piel refrescarse y pasaron más mariposas, azules y del tamaño de su mano. Al trepar una gran roca sintió la brisa y casi se tambaleó cuando se confrontó con la fuerza de Iguazú.

Hasta perderse en la distancia el verde de la selva se entrelazaba con el blanco del agua, algunas de las cataratas, anchas como el horizonte; otras, cintas delicadas cayendo en cascadas desde las rocas hacia las espumas del Paraná. Algunas venían desde tan alto que se convertían en nubes de niebla al encontrarse con el río, otras se vertían de a poco sobre los escalones de piedra, como velos abandonados por diosas descuidadas, haciéndose camino hacia las lagunas que se formaban entre las islas de selva.

Iguazú rugía sobre las rocas, cantaba en la corriente y susurraba entre las raíces, lanzando lentejuelas de agua al viento y enviando masivos torrentes hacia los ríos. Pájaros solitarios se remontaban sobre las aguas, flotando sobre las corrientes de aire como cometas libres, y al observarlos, entendió que las ofrendas más apropiadas para los espíritus de Iguazú eran el respeto y la reverencia.

Le tomó varios días localizar un desfiladero angosto y firme con islas que aguantarían su peso. Perdió las sandalias en la corriente pero no se molestó. La selva es generosa y le proporcionaría los materiales para hacerse otro par, y también la madera necesaria para la balsa que lo llevaría con el Paraná hacia el corazón de las misiones.

—¿Fue allí donde te encontró Yací?

Garzón sacudió la cabeza sintiéndose repentinamente muy cansado. Se recostó y cerró los ojos.

—Todavía no le agradecí por haberme rescatado.

—Lo traeré a la casa mañana —dije.

Orlando le acomodó la manta de igual forma que Garzón lo había arropado a él tantas veces en el pasado.

Lo encontré a Yací bajo un árbol enhebrando plumas de cotorra para decorar su lanza mientras el padre Manuel le lavaba la pierna con una infusión de zuyñandy.

—La herida va sanando muy bien —dije.

Sonrió, y alzó la vista.

—Las dos heridas van sanando, la interna y la externa.

Hacía tiempo que no los veía a él y al padre Manuel tan saludables y contentos. Por lo menos la guerra había producido un buen resultado, el de acercar a estos dos viejos amigos.

Le dije a Yací que Garzón quería verlo y el padre Manuel lo ayudó a ponerse de pie. Nos detuvimos en la enfermería, permitiendo que Yací hiciera la visita solo.

Horas después cuando volví a la casa con Orlando y Sebastián, acompañada por el padre Manuel, Wimencaí y don Ernesto, quedamos inmóviles al ver a Yací sentado junto a la cama con una sonrisa en los labios y los ojos perdidos. Garzón se veía igual.

—¡Se han emborrachado! —dije.

Yací meneó la cabeza y alzó unas plantas marchitas.

Wimencaí las olfateó.

—Brotes de ceibo —dijo—. Alivian el dolor...

—Y son intoxicantes —rió don Ernesto.

—Arrimen las sillas —dijo Garzón. —¡Hagan mate! Quiero que Yací les cuente cómo me rescató.

—¡Lo haré en cuanto vuelvas a ser tú mismo! —dije.

Wimencaí trajo carne y queso de la despensa y cuando terminamos la merienda, los efectos de los brotes de ceibo se habían desvanecido.

—¿Estás segura de que no le hizo daño? —le pregunté a Wimencaí.

—¡Claro que sí! ¡Míralo!

Era cierto que Garzón tenía un color más saludable y parecía lleno de ánimo.

—¡Comience, amigo! —le dijo a Yací.

Yací encendió la pipa y esperó que reinara el silencio.

—Viajaba hacia el norte con otros guerreros de mi clan. Pensábamos unirnos a las fuerzas misioneras cuando nos avistaron unos soldados españoles. Eran muchos más que nosotros, así que nos escondimos en el monte y empezamos a usar nuestras hondas.

Los soldados hicieron fuego y una de las balas penetró la pierna de Yací, causando que cayera detrás de un matorral. Cuatro soldados lo vieron caer, y Calelián, el padre de Atzaya, corrió a defenderlo. Los soldados lo asaltaron inmovilizándolo y atándole las manos.

Yací los siguió, arrastrándose, y llegó a ver que ataban a Calelián a la cola de un caballo y se lo llevaban.

—Oscurecía, por lo que no fueron muy lejos. Hicieron un fuego y estacaron a Calelián junto al otro prisionero. —Yací señaló a Garzón.

Yací se ocultó en el monte observándolos mientras se preparaban para dormir. Uno montó guardia junto a los caballos, bebiendo de una vasija de arcilla y entreteniéndose torturando a Calelián y a Garzón con palos calentados al fuego.

Densos nubarrones cubrieron la luna e hicieron invisibles los movimientos de Yací y de sus compañeros cuando salieron del monte. Sin que el guardia lo notara, se acercaron a los soldados dormidos junto al fuego, aporreándolos hasta matarlos a todos. Uno de los que habían dado por muerto se levantó y le disparó a Garzón, hiriéndolo en la espalda.

—Yo no sabía que ya estaba herido —dijo Yací.

—Me habían capturado el día anterior —dijo Garzón—. ¡No me creyeron cuando les dije que tenía una esposa que pagaría una buena suma de dinero para rescatarme! Pensaban venderme si sobrevivía.

—¿Cómo te capturaron? —preguntó Orlando.

—Me topé con ellos como un tonto. Pensaron que era uno de los indios con quienes recién habían tenido un encuentro parecido al que tuvieron con Yací.

—Así es como transcurre esta guerra —dijo el padre Manuel—, mediante una serie de escaramuzas, el desenlace librado al azar.

Los españoles mandaban exploradores y cazadores que rara vez volvían. Más de una vez el padre Manuel los había encontrado degollados, con los ojos vidriosos y llenos de moscas. Solo en las escasas ocasiones en que se libraban verdaderas batallas, podían los españoles y los portugueses pelear en forma tradicional, encabezados por la caballería mientras la infantería aguardaba en las trincheras. Los indios aprendieron rápido a volver esta táctica en contra de ellos. Aprovechaban su conocimiento del campo y su maestría como jinetes para dispersarse como agua sobre el campo de batalla, rodeando a los soldados atrapados en las trincheras y haciendo estragos de las fuerzas desacostumbradas a estos métodos de ataque.

Su primera batalla había sido así, y las fuerzas misioneras no les mostraron misericordia a los soldados españoles batiéndose en retirada. Continuaron atacando hasta que un batallón de quinientos muertos cubría el campo y llenaba las fosas que ellos mismos habían cavado. Los charrúa se habían unido a la lucha y caminaban entre los muertos juntando las bolas de cañón más pequeñas para sus boleadoras.

—Son raras las victorias sobre las fuerzas monárquicas —suspiró el padre Manuel—. La guerra no va bien para nosotros. En su última carta Cararé me contó que en Damián los portugueses habían matado al cacique Paracatú y a cuatrocientos de sus hombres.

—¿Padre, usted también ha tenido que pelear? —preguntó Orlando.

—Durante la batalla a la cual aludí, donde murió todo un batallón, un soldado me atacó con su bayoneta y le pegué un tiro. Cayó sobre mí empapándome en su sangre y bautizándome para la guerra. Parecía sorprendido, como si en el medio de esa matanza su propia muerte le resultara inesperada.

El padre Manuel contempló el rosario de semillas que sostenía.

—Hasta ese momento me había creído superfluo como guerrero, limitándome a asistir en el cuidado de los caídos y matando a los caballos heridos. Me reprocharon por desperdiciar pólvora pero no iba a permitir que los inocentes animales pagaran con su sufrimiento nuestros odios destructivos.

Después de esa victoria debieron retroceder e intentaron cruzar un río profundo para llegar a un lugar seguro. Perdieron a ciento cincuenta prisioneros en la correntada. Los heridos se ahogaron, los sanos escaparon. Los sobrevivientes pasaron una noche miserable, empapados y temblando en su escondite entre los árboles. La pólvora estaba mojada y las armas eran inoperables. Cuando se encontraron con una compañía de soldados, pelearon con hondas y lanzas.

Pasaron hambre. Los animales salvajes y el ganado antes tan abundante, parecían haber desaparecido. Una vez alejados de Caupolicán no vieron ni un solo ciervo o pécari. En cuanto al ganado, las fuerzas españolas lo habían reunido y se lo habían llevado lejos de los campos de batalla. Lo único que vieron de ellos fue el polvo en el horizonte.

Sus días consistían en levantarse, montar, caminar, cazar, comer, y dormir, matando y muriendo, todo sin ningún propósito, como en una terrible pesadilla. Soldados salían a las pampas y a los montes a matar indios. Los indios aguardaban en cada vuelta del camino, listos para matar soldados.

—No veo el fin de semejante guerra —dijo el padre Manuel.

—Garzón, cuéntales de tu visita a tu abuelo —dijo Yací.

Hubo un momento de silencio mientras Orlando abandonó el regazo de don Ernesto y tomó su lugar al pie de la cama. Yo no sabía si Garzón iba a hacer lo que Yací le pedía. Miraba el mate que tenía en las manos como si este pudiera decirle por dónde empezar. Me lo pasó, y comenzó a hablar.

—Cuando llegué a la misión de Yapeyú me percaté de que estaba cerca del lugar donde había nacido. Le mandé las cuentas a Isabel y empecé a caminar hacia la aldea. Les dije quién era a los guardias y me llevaron a un anciano sentado sobre una piel de jaguar trabajando una piedra. Cuando entré a su choza me miró y se le iluminó la cara. «¡Qué parecido eres a tu madre, Tacuabé! —dijo». Su voz era lo único que recordaba del abuelo, su voz y su ternura hacia mí. Enseguida se percató de que tenía frío y me envolvió en una manta vieja. Preparó pescado con mandioca, y le pedí que me contara todos sus recuerdos de mi madre. Me dijo que él a menudo soñaba conmigo, y que le había prometido a su hija vivir hasta que yo volviera. Cuando mi padre se llevó a la hija, mi abuela se sentó junto al río y allí permaneció durante un año, hasta que mi madre volvió. Ella había rehusado abandonar sus costumbres, y mi nacimiento en el piso de la cabina resultó demasiado para mi padre. La devolvió a su aldea y allí nos dejó a los dos. Mi madre no pensó que lo volvería a ver pero apareció nueve años después, reclamando a su hijo. Mi madre se negó, por lo que me raptó un día cuando pescaba solo junto a un arroyo. Me dijo que lo había arreglado con mi madre y que ella me había vendido. Ella murió al poco tiempo. Quería entrar al mundo de los espíritus donde podría velar sobre mí. Le pagué con el olvido.

—Mantuviste su obsequio de despedida siempre a tu lado —dije.

—Por lo menos hice eso. No fue mucho.

—Es natural que un niño crea lo que le cuentan —dijo el padre Manuel.

—Visité su sepultura todos los días que estuve por allá.

—¿Y le hiciste una ofrenda? —le pregunté, tocándole el dedo truncado.

—De otro tipo. Le dejé casi todos los tallados que había hecho. Esto —dijo, alzando la mano—, esto lo ofrecí por mi abuelo. Cumplió con su promesa, y vivió hasta que yo regresé. Una vez que dijo todo lo necesario se fue en busca de mi madre.

Cuando llegó una carta de Charlie, esperé para abrirla hasta encontrarme sola. No le había contado a Garzón acerca de los documentos ocultos en el castillo, y no quería que se enterara de ellos a través de algún descuido por parte de Charlie. No tenía por qué preocuparme. La carta trataba de la guerra, y cuando la terminé estaba incrédula y feliz.

Tal cual Cararé siempre había pensado, el rey apoyaba a los indios, y sus tierras les serían restauradas, un resultado tan extraordinario que Charlie viajaría a Buenos Aires a confirmarlo.

Desde el momento de haber recibido la carta nos preguntamos si era posible, y rezamos para que lo fuera. Yo lo deseaba más que nada por Cararé, cuya alegría al enterarse de la decisión solamente me podía imaginar. Nuestros deseos se cumplieron, y a través de la colonia sonaron las campanas, proclamando paz y la bondad del rey Fernando.

Regresó Cararé, y cuando llegó el decreto de España fue él, cansado, desgastado y envejecido quien se subió a una de las atalayas para leérnoslo a todos. Tal como su fe en su rey, su voz se mantuvo firme, y después de haber leído cada palabra, llevó su estandarte a la iglesia y lo puso sobre el altar, echándose sobre el piso con los brazos abiertos y la frente sobre las baldosas que él mismo había hecho y colocado allí tres años atrás.

Mientras Wimencaí le preparaba el mate y la pipa, estallaron los fuegos artificiales desde las torres del castillo, y Cararé se sentó fuera de su casa hasta la aurora, recibiendo visitas y los homenajes que su lealtad merecía.

En cuanto al padre Manuel, tenía las rodillas en carne viva. Como penitencia por dudar en la bondad de Dios, caía de rodillas cada vez que recordaba lo que Fernando había hecho.

La noticia les llegó a los guerreros de a poco, y durante las siguientes semanas recibimos a africanos retornando a sus quilombos, a indios cristianos volviendo a sus misiones, y a las tribus reclamando sus hogares en las pampas y en los montes.

Junto con el triunfo, traían noticias perturbadoras acerca de unos brotes de viruela en las comunidades indígenas. Las epidemias de viruela habían asaltado a los indios desde la llegada de los europeos, pero acompañadas por la guerra, ahora los diezmarían aún más. A Yací le preocupó esta noticia y nos dejó para ir en busca de su clan.

Las promesas de la primavera y de la paz trajeron un resurgimiento de actividad a Caupolicán. Los almacenes estaban casi vacíos, pero volvían las manadas y la cosecha de trigo fue buena. Los heridos se recuperaban, Wimencaí había atendido cinco nacimientos en dos semanas, y el pasto crecía sobre las tumbas de los catorce hombres de nuestro poblado que habían dado la vida por los caprichos del rey Fernando. Pronto se editaría el poema de don Ernesto, y él ya había empezado otra obra, catalogando la flora y la fauna, y nos preguntó si podía quedarse por una o dos temporadas más. Fue bien acogido, y cuando Garzón devolvió a Orlando a Zulema, llevó a don Ernesto a recoger plantas del otro lado de la laguna.

Yo retomé mis pinturas y una mañana alcé la vista y vi a Yací, a Atzaya y a su hijita Yandibé acercándose a los portones de Caupolicán. Se detuvieron; Yací transfirió a Yandibé de su caballo al de Atzaya y se regresó dejando que Atzaya y Yandibé continuaran solas.

Corrí a recibirlas, y me contaron que cuando Yací había regresado a su aldea los pocos sobrevivientes se encontraban rodeados de muertos cubiertos de erupciones que les sellaban los ojos y les hinchaban la lengua.

En cuanto vieron muestras de la enfermedad, habían aislado a los enfermos, sus pertenencias, y a todos los que habían tenido contacto con ellos, pero para muchos ya era demasiado tarde. Yací y su pequeña familia se habían salvado, pero Yandibé sufría de un flujo sangriento y no quedaba nadie en la aldea que supiese curarla.

Atzaya y Yandibé ya no eran contagiosas, pero Yací había sido expuesto a la viruela recientemente y debía mantenerse lejos hasta estar seguro de que no la traería a Caupolicán.

Antes de despedirse, Yací y Atzaya habían intercambiado diez cuentas para marcar los días que deberían pasar antes de que Yací las viniera a buscar.

Wimencaí le preparó una bebida a Yandibé hecha con hojas de tabaco que le provocarían vómitos. Una vez que purgaron su cuerpo, le preparó una mezcla de leche, limones, ruda y menta. Al día siguiente, Yandibé estaba más fuerte, y dos días más tarde pudo comer sin resultados negativos.

La última vez que la había visto a Atzaya fue cuando puso en libertad a las mujeres cautivas y sus hijos, y quería saber cómo había reaccionado su tribu. Me contó que se disgustaron con ella, pero estaban demasiado ocupados para perseguirlos. Corría el rumor de que los clanes se estaban reuniendo en cantidades que no tenían precedente, y que los guerreros habían comenzado el trabajo de reforzar las lanzas y de preparar sus más imponentes tocados. Guardaron las plumas blancas de la paz y las reemplazaron por plumas coloridas. Arreglaron las hondas y decoraron los taparrabos con conchas y las vainas negras del timbó.

Durante toda esta actividad Atzaya había tomado los cinceles y los pequeños mazos que Yací usaba para trabajar la piedra. Los puso delante de él, le dio cuerda a la estatua que le había regalado el padre Manuel, y mientras tocaba, arregló a sus pies las ágatas que habían pertenecido a su madre. Le dijo que ahora que las almas de Mariana eran libres quería que le confeccionase algo con las ágatas.

Yací tocó las piedras azuladas, arreglándolas en varias formas.

—Te haré una estrella, que podrás tener en la palma de tu mano, con un corazón tan claro que lo atravesarán la luz y rayos azules como la medianoche.

Tendría la forma de las bolas puntiagudas que usaban en las batallas, y estaría armada en cinco piezas encajadas entre sí. Durante varios días talló las ágatas sentado junto al fuego con Yandibé. Llegó a alisar los bordes con tal perfección en su pulido que hacía que los rayos de luz rebotaran entre las llamas, mientras que una estrella tomaba forma junto con la sensación de haber finalizado el camino de retroceso que venía recorriendo desde la muerte de Abayubá, y que sus almas volvían de la oscuridad en la cual se habían perdido aquel siniestro día.

Mientras Atzaya me contaba esto sacó de una bolsita de cuero que tenía atada a su cintura un paquetito envuelto en una piel blanca y negra. Al abrirlo reveló la pieza más mágica y encantadora que jamás había visto. Fascinada por el brillo de las ágatas me pregunté cómo una piedra era capaz de transmitir fuego y hielo a la vez con tanta perfección. Jamás había deseado poseer algo con tanto anhelo.

Capítulo XIII

Sebastián cumplió su primer año, y él y Yandibé se pasaban las horas jugando con las carretas y los animalitos tallados de madera, las muñecas de trapo, y las piedras y plumas que encontraban junto a la laguna, donde los llevábamos a menudo para que lo vieran a Yací en su campamento cercano. Yandibé se colgaba de las ramas para demostrarle al padre lo fuerte que estaba. Atzaya tiraba flechas con las cuentas que quitaba de su collar, hasta que llegó el día de mandar la última. Una noche más y Yací volvería a reunirse con su familia.

Atzaya, Wimencaí y yo estábamos en mi casa con don Ernesto preparando la comida que compartiríamos para festejar, cuando Cararé golpeó a la puerta.

—Dejaron esto en los portones.

Era una piedra, envuelta en la página de un libro, y con mi nombre. En los márgenes había un breve mensaje en letra de niño o de alguien que recién había aprendido a escribir. El mensaje era simple: «Orlando tiene viruela».

Me hubiera desplomado si Cararé no me tomaba en sus brazos.

«¿Por qué permití que se fuera? Si hubiese estado conmigo no se habría contagiado. ¿Por qué lo devolví al quilombo en vez de mantenerlo a mi lado?»

—¡Debo ir!

—Iré yo —dijo don Ernesto—. Nunca me he contagiado. Tú debes pensar en Sebastián.

—¿Y si se muere y jamás lo vuelvo a ver? —lloré.

—¿Y si mueres tú? ¿O Sebastián?

Don Ernesto tenía razón, pero deseaba estar con Orlando, poder cuidarlo, rodearlo y protegerlo con mi amor, asegurarme que todo lo posible se hacía para que estuviese cómodo. No pude hacer más nada que abastecer la canoa con mantas y velas, carne, queso, y fruta. A don Ernesto lo cargué con papel, plumas para escribir, y tinta, insistiendo que tenía que dejar una carta en la orilla todos los días con detalles acerca de Orlando.

Su primera comunicación me llenó de ira. Contaba como a Orlando y a otros en el quilombo los habían contagiado los soldados con mantas y ropa contaminada. Era una fórmula antigua para disponer de los despreciados —dijo—, dejando que la viruela los matara. Aniquilaban una aldea tras otra de esta manera. La enfermedad había reclamado a Lauro, el compañero de Zulema, y al hermanito de Orlando. Orlando seguía igual. La fiebre quemaba, pero por ahora no mataba.

Día tras día quedé a la orilla de la laguna mientras Garzón cruzaba para recoger las cartas. Una mañana vi que lo esperaba don Ernesto, con Orlando en los brazos, y Zule a su lado. Garzón lo tomó y lo puso en la canoa volviendo rápidamente a mí.

—Ya no es contagioso —dijo—. Pero ha muerto Zulema.

Al acostarlo en la enfermería pensé en ella y en como jamás la había perdonado por haberse llevado a Orlando. «¿Sabía él que su madre había muerto? ¿Estuvo presente cuando murieron ella y su hermanito?» Avergonzada, lloré al recordar mi resentimiento. Ella merecía conocer a su hijo, de la misma manera que Orlando merecía aprender su historia y entender que sus padres lo quisieron. Fue Zulema quien me inspiró a dar a luz en el quilombo. Fueron sus cicatrices, la marca del hierro sobre su seno, y el cuento que me hizo la anciana sobre el primer niño, que me habían dado la idea. No había conectado a ese primer hijo con Orlando hasta que Zulema vio el tatuaje, solo sabía que quería que mi hijo naciese allí, en ese lugar donde había visto el coraje personificado.

Le estaba mojando las cicatrices con agua de rosas al otro día, cuando Orlando abrió los ojos.

—No llores, Isabel —murmuró—. No me volveré a ir.

Garzón y yo lo alzamos y lo llevamos a casa, donde montamos guardia noche y día. Quería ser maestro —nos dijo—, casarse, y vivir con su esposa y sus hijos en Caupolicán. Cuando muriese quería ser enterrado en el cementerio con una lápida que dijera «Orlando Zumbí, maestro y erudito».

—¿Zumbí es tu nombre africano, Orlando? —le preguntó Garzón.

—Me nombraron por el último jefe de Palmares. Era cojo como yo, y su imperio yacía junto al río Itapicurú, en Brasil, una colonia de esclavos fugitivos. ¡Treinta mil de ellos! Duró casi cien años hasta... —Orlando se vio apenado—. Hasta...no recuerdo la fecha.

—Mil seiscientos noventa y cinco, hijo —le recordó Garzón.

—¡Mil seiscientos noventa y cinco, sí!

Fueron necesarios nueve mil hombres y muchos cañones para destruir Palmares, y el brillo de la ciudad quemada se vio hasta Porto Calvo. Los portugueses creían que si mataban a todos extirparían todo recuerdo de Palmares.

—Ha ocurrido todo lo contrario. Mi madre dijo que Palmares vive en el alma de todos los esclavos, y en el corazón de cada quilombo. Un día yo escribiré la historia de Palmares. Don Ernesto me ayudará. ¿Y quizás tú harás las ilustraciones, Isabel?

—Yo las haré, Orlando Zumbí.

—

Le mostré mis cuadros a Yací y algunos de los colores le resultaron intrigantes así que le enseñé como mezclar los tintes. Combinó colores que jamás me había imaginado y pintó con ellos rocas, pedazos de madera y su propia piel, paseándose por el poblado como un lienzo vivo. Sabía que a Orlando le gustaba verlo pintado, así que cuando lo visitaba usaba los diseños más coloridos.

Atzaya siempre le pedía a Garzón que le contara acerca de sus viajes, aunque lo acusaba de haberse imaginado las hormigas que construían ciudades y cultivaban plantas, y los lagartos y los peces que cambiaban de color. Yací creía en las maravillas e igual que Orlando nunca se cansaba de escuchar acerca de los peces voladores, de los monstruos marinos y de sus tentáculos, y de ballenas tan enormes que empequeñecían a los buques.

Un día le preguntó a Garzón si conocía el cuento del dios Coniraya, pero Garzón recordaba únicamente que Coniraya tanto había amado a una mujer que la siguió durante varios días a través de la selva. Yací dijo que él conocía el resto de la historia y nos la contaría.

Igual que Garzón, el dios Coniraya se había enamorado de una mujer de una tierra lejana. La siguió, atravesando bosques, tropezando sobre raíces, pisando espinas, y lastimándose sobre las piedras. Cuando el zorrillo vio sus heridas se rió y le dijo a Coniraya que era un tonto, que no existía un amor merecedor de tanto sacrificio.

—Entonces Coniraya se detuvo y le contó al zorrillo acerca del sol que brilla por dentro.

Yací abrió la mano izquierda y nos mostró como en la palma de la mano había dibujado dos soles entrelazados. Los seres más afortunados —le dijo Coniraya al zorrillo— encuentran un sol gemelo. Si se reconocen mutuamente, y si tienen el coraje y están dispuestos a sufrir por su amor, se les permite vivir y morir juntos, renovando el sol con su fuego.

—Por no poder entender que hasta los dioses deben sufrir para obtener esa dicha, Coniraya convirtió al zorrillo en maloliente viajero nocturno, y hasta el día de hoy merodea buscando su sol gemelo.

Yací abrió el rollo de pergamino que yo le había hecho, una pintura de él y Atzaya bajo un ceibo, ella con una corona de flores de ceibo rojas y él pintado con todos los tintes que yo le había regalado, con Yandibé a su lado, las ágatas celestes en las manos. Él había agregado un brillante sol amarillo.

—Ahora nosotros tenemos un obsequio para ti —dijo.

Atzaya colocó en mis manos el bolso de piel de zorrillo y mis dedos sintieron la forma de las ágatas por dentro. «No las puedo aceptar —pensé—. Las he deseado demasiado».

—Pertenecían a tu madre y deberían pasar a Yandibé —dije.

—Las almas de mi madre descansan por fin —dijo Atzaya—. Queremos que las ágatas sean tuyas.

Las vertí sobre la cama de Orlando y el sol las hizo titilar como estrellas recién nacidas.

Todos queríamos ver la señal divisoria que establecía la nueva frontera entre los dominios de España y de Portugal. Los sobrevivientes del clan de Yací y Atzaya habían elegido establecerse cerca de allí y cuando Yací llevó a su familia a unirse con ellos, el padre Manuel, Garzón y yo los acompañamos.

Sobre el lado español decía «Hispaniae rege catholico» y sobre el portugués «Lusitano rege fidelissimo». Un sencillo mojón de piedra en medio de un campo abandonado, luciendo las palabras por las cuales habían muerto miles, y que nadie más que los historiadores del futuro se molestarían en leer. El pasto de las pampas ya lo rodeaba y pronto el viento y el clima harían imperceptibles las palabras y la señal se convertiría en una piedra más.

Nos quedamos mirándolo un largo rato, cada uno pensando en lo suyo.

En la cercana fortaleza portuguesa, las tropas habían acampado. La bandera blanca de tregua había reemplazado la rosada de guerra, pero Yací sospechaba que los soldados no pensaban irse y aguardaban el momento para volverlos a atacar. El padre Manuel le explicó que las órdenes tomaban meses en llegar y que el rey había reemplazado a todos sus ministros.

Al padre de Atzaya esto le sonaba como una excusa para no cumplir con su palabra. Calelián quería reunir a los guerreros para montar un ataque a retaguardia. El padre Manuel le rogó que pensara en cómo un ataque pondría en peligro el acuerdo de paz y les proporcionaría a los portugueses la oportunidad de romper el acuerdo. Calelián rió. Los portugueses —dijo— jamás habían precisado una razón para romper los acuerdos y había llegado la hora de dejar de bailar como títeres cada vez que los reyes de España y de Portugal cambiaban de idea.

El padre Manuel se encontraba en un aprieto. No les tenía afecto a los portugueses y él tampoco confiaba en ellos ni en sus propios compatriotas. Pero sabía que el decreto dando la orden de retirada era verídico, y quería creer que la paz era posible.

Decidió visitar la fortaleza para informarse, y se enteró que la carta con las instrucciones que aguardaba el comandante había llegado.

A los pocos días, los soldados se marcharon detrás de las carretas que llevaban sus provisiones y a sus heridos. El padre Manuel volvió al poblado aliviado, hasta que me encontró aguardándolo con otra carta de Charlie.

El Padre Manuel recibió la información que compartí con una incredulidad paralizante.

El rey había cambiado de opinión.

Si los indios de las siete misiones que les había dado a los portugueses regresaban a sus tierras, serían expulsados. De la misma manera que lo habían hecho sus antepasados, el rey Fernando llamó a los guerreros de las misiones no afectadas a formar el pilar del ejército que marcharía contra sus hermanos desposeídos.

———

Sobre el altar, el padre Manuel puso su rosario de semillas, su casulla bordada, y la copia de los escritos de Bartolomé de las Casas que había pertenecido al hermano Andrés. El estandarte de Cararé yacía donde lo había puesto después de su triunfo, sobre uno de los altares, junto con su espada. Cararé estaba de pie, inmóvil a su lado, vestido con su ropa más sencilla y no con el uniforme azul que en una época le había dado tanto orgullo.

El padre Manuel hizo su genuflexión, le dio la espalda al altar y descendió los escalones hacia nosotros. Garzón tomó la espada y ayudó a Cararé a abrochar la hebilla mientras yo deslicé una bolsita de cáscara de naranja en el bolsillo del padre Manuel como recuerdo de su hogar entre nosotros.

En la plaza, los hombres cumplían con la misma ronda de preparativos que antes, esta vez sin ninguna anticipación de victoria, ninguna esperanza de poder establecer la paz que tanto deseábamos.

Garzón los acompañaría, y para la despedida, fuimos a la misma cumbre donde nos habíamos detenido la primera vez que vimos la laguna juntos. Las praderas estaban cubiertas de sombras y el ganado pastaba en la brisa. Las ovejas bebían del arroyo y una ovejita balaba, subida al lomo de su madre recostada en el pasto. Alrededor del poblado vimos los campos y sus cultivos, con una espiral de humo del quilombo y más lejos, los minuanos aguardando a los hombres de Caupolicán.

Dominando la laguna, el castillo de Charlie, las piedras grises reflejando el sol como recordándonos de la incongruencia de estos cuatro mundos que el destino había unido.

El oro, la plata, los cueros y las piedras preciosas que le robamos al río de los pájaros pintados no nos trajeron más que discordias, como todos los obsequios de la Madre cuando, según el abuelo de Garzón, se usaban sin honra. Él había creído que cuando todo el oro y la plata sagrada hubieran desaparecido, los hombres encontrarían las plantas venerables, y si todavía no habíamos adquirido sabiduría, nos caería encima una peor calamidad al descubrir que la Madre nos daba estas poderosas esencias para ayudarnos a obtener la perfección, no la riqueza. Pero mientras le dejáramos la interpretación de la sabiduría no a los sabios, sino a los inescrupulosos, continuaríamos cometiendo los mismos errores.

Sabía que no era posible volver al pasado, a ese momento en que los hombres empezaron a plantar más de lo que necesitaban y a cosechar lo que no plantaban. Lo único que podíamos hacer era buscar esos corazones y esas mentes que cuestionaban y dudaban, y honrarlas, pues solamente ellas nos podrían salvar.

Al sonar las campanas, llamando a los hombres a las armas, Garzón tomó su lugar junto a ellos, y salió a unirse con los minuanos. Nosotros quedamos en los almenajes igual que la última vez, pero sin la esperanza, acompañados únicamente por el silencio de la desesperación.

Los hombres se encaminaron hacia el norte, buscando a Alejandro, el comandante oriundo de las misiones norteñas. Él y sus hombres acababan de perder una batalla contra los portugueses y cuando los hombres de Caupolicán lo alcanzaron, encontraron a los soldados misioneros atando las balsas en las cuales habían escapado a través del río Iguazú. Tan apresurados estaban que dejaron del otro lado las pocas municiones para los cuatro cañones que quedaban. El fuerte portugués que Alejandro pensaba atacar tenía el doble de ese número, pero él conocía los puntos débiles del fuerte y sabía ejecutar las maniobras necesarias para distraer a los soldados mientras sus hombres abrían una brecha en el portón de atrás.

A pesar de sus tácticas expertas, no lo consiguieron, y durante el segundo intento una bala mató a Alejandro.

Se hizo cargo el cacique Sepé, y aun cuando la mitad de los hombres yacían muertos alrededor de las paredes, el asalto continuó. Fueron los portugueses quienes pidieron tregua. Sepé se retiró para formar su escolta, eligiendo a veintidós hombres, entre ellos el padre Manuel, Cararé y Yací, para acompañarlo. Antes de dirigirse hacia el fuerte, los soldados misioneros se bañaron en el río y se arreglaron los uniformes. Limpiaron sus botas, lustraron los botones y se ajustaron las fajas. Yací y los hombres de las tribus libres ensartaron los caracoles y las semillas que decoraban sus polainas, y bañaron a los caballos.

Antes de entrar a la fortaleza, ataron los caballos y dejaron atrás los mosquetes y los sables, las lanzas, los arcos y las flechas. Al son del tintineo de los caracoles y las semillas que adornaban los tobillos de los guerreros, las puertas se abrieron. Detrás de ellos, sonaron los barrotes, y los hombres se encontraron en el centro de un anillo de mosquetes, un segundo anillo sobre los almenajes.

El padre Manuel apenas le había gritado «¡Traidor!» al capitán portugués cuando lo maniataron.

El capitán rió, y sacudió la cabeza.

—¡Oigan! —dijo—. ¡Un sacerdote español luchando junto a un grupo de indios renegados llamándolo traidor a un oficial portugués que lucha por su rey!

Al ver que a Sepé, Yací, Cararé y sus compañeros les ataban las manos y los pies a las estacas clavadas en la tierra, el padre Manuel vio que a él le perdonarían el mismo castigo, e intentó arrancarse las cuerdas que lo ataban, mordiéndolas hasta que la boca y las muñecas le quedaron bañadas en sangre.

«¡Sí!» —gritó—, era traidor, haciendo guerra contra su rey y rompiendo sus votos. Deberían castigarlo a él no a Sepé y a sus hombres, y jamás, rogó, a Cararé.

Se ofreció en lugar de su amigo amenazando excomulgarlos a todos si castigaban a uno de los sujetos más fieles a su rey, pero no lo escucharon.

El aire, antes tan tranquilo, se llenó de llanto. Tan cerca estaba el padre Manuel de las victimas, que él, igual que el soldado que le relató la historia a Garzón, podían oler el sudor de los hombres que usaban los látigos y sentir el calor de la sangre que los salpicaba.

Se ponía el sol cuando cayeron los últimos latigazos sobre las inertes, irreconocibles masas de carne. Yací y los demás habían perdido el conocimiento tiempo atrás, y la voz del padre Manuel no era más que una aspereza en su garganta.

Aceptó con beneplácito las balas que terminaron su vida, y cuando tiraron su cuerpo junto con los otros fuera de las murallas, los soldados solo se preguntaron por el aroma a naranjas que perfumaba el aire. Uno de ellos, aterrado por haber sido testigo del asesinato de un sacerdote, y creyendo que el aroma era señal de algo sagrado, envolvió el cuerpo del padre Manuel en una manta y se lo entregó a las tropas que aguardaban cerca con Garzón.

Cuando fueron a recoger los cuerpos de sus compañeros no podían creer que estuviesen vivos. Atribuyeron su sobrevivencia al padre Manuel y en el futuro, este sería considerado el primero de sus milagros. Les lavaron las heridas y comenzaron el doloroso viaje de retorno a Caupolicán.

Cararé no recobró el conocimiento antes de morir, pero Garzón mantuvo la escolta junto a su carreta hasta que llegaron a Caupolicán.

Una vez que habían puesto a Yací y al resto de los heridos en la enfermería, Garzón preparó un montículo para Cararé y el padre Manuel al estilo charrúa, y les pidió permiso a las mujeres para colocar la estatua de Juana de Arco sobre ellos. Las mujeres asintieron. Guerrera, igual que ellos, Juana los acompañaría en su viaje al mundo de los espíritus donde Wimencaí estaba segura que les aguardaba un lugar muy especial, junto con todos quienes han muerto en desesperanza.

Junto a Cararé enterramos su arpa y su espada, y vestimos al padre Manuel en la casulla que le había hecho su madre cuando se había hecho misionero. Cantó el coro, y Orlando y Garzón bailaron. Wimencaí preparó todas sus comidas favoritas, y después del festín, ella, Garzón y yo los velamos bajo las estrellas mientras Sebastián y Orlando dormían sobre el montículo de la misma manera que habían dormido tantas veces sobre el regazo de Cararé y del padre Manuel.

En cuanto pudo hablar, Yací pidió su estatuilla y Atzaya y yo la fuimos a buscar.

Los ciervos estaban en celo y el aire alrededor de la cueva estaba impregnado con su olor. Un macho había marcado el lugar y se sentía un aroma a ajo. Dentro de la cueva, excavamos hasta encontrar la estatua.

Las manos le temblaban cuando Yací abrió el cuero y tomó la llavecita dorada, desesperado por oír la música hechicera que tanto le gustaba, pero a pesar de todos sus esfuerzos la estatua ya no cantaba.

La última batalla de la Guerra Guaraní en la cual pelearon los indios de las misiones fue en Caaibaté, mientras las tribus pamperas cabalgaban a apoyarlos. Cayeron tres africanos, cinco hombres nacidos en la colonia, y dos mil quinientos indios. También cayó un compatriota mío, con su estandarte rojo y blanco.

Las fuerzas imperiales sufrieron pocas bajas. Tres hombres dieron la vida por los reyes de España y Portugal.

Mientras escuchaba los tambores de los batallones portugueses y españoles, deseaba que llamaran por la paz y la solidaridad, una reanudación de la libertad, y no una conquista sobre mi querida tierra de los pájaros pintados.

Sigo creyendo que no hay guerra que pueda terminar con el sueño que representa Caupolicán. El canto de la cosecha y del arpa es más perdurable que el grito de batalla.

Alrededor nuestro crecen los hogares de los sobrevivientes y el rendimiento de estas praderas generosas nos mantendrá en tanto nosotros les mostremos la misma generosidad.

De noche, cuando Garzón y yo subimos a las torres, vemos luciérnagas bailando a los pies de Juana de Arco.

Don Ernesto tuvo razón. Vinieron hombres a reclamar las tierras junto a la laguna y los detuvo el documento que proclamaba que yo era esposa de Charlie. Así como lo había deseado, él y su castillo nos protegen después de todo.

Glosario

Estas palabras aparecen en el contexto de la historia. El glosario ofrece detalles.

Fr. – francés, Gu.- guaraní, In.- varios idiomas indígenas, La. – latín, Port.- portugués.

acaiari, In.goma del árbol *hayawa* tree, usado para producir un humo aromático
acuero, In.especie de palmera
agouti, In.un roedor
caá parí, Gu.árbol del paraíso
camilucho, jornalero que trabaja en el campo
caraguatá, Gu.planta fibrosa
carao, Gu.ave zancuda
cupay, Gu.aceite
chalona, In.muchacha
guazú birá, Gu.pequeño ciervo
guazú pucú, Gu.ciervo de los pantanales
Hispaniae Rege Catholico, Lat.Rey Católico Español
Lusitano Rege Fidelissimo, Lat.Fiel Rey Portugués
macaguá caá, Gu.pasto de víbora
mboy caá, Gu.otra especie de pasto de víbora
miriñaque, prenda interior rígida, almidonada y armada con aros
monsieur, Fr.señor
ourah, In.La. *Arundinaria schomburgkii*, caña
pacoú, In.La. *Myleus pacu*, pez
Pa'I Mini, Gu.sacerdote secundario
perai, In.piraña, La. Serrasalmus piraya
porahei, Gu.canción sagrada
Rey Fidelissimo, Lat.rey fiel
une robe à la française, Fr.vestido al estilo francés
sacha barbasco, In.La. *Serjania piscetorum*, planta usada para pescar
samourah, In.La. *Ireartia setigera*, una palma

senhor, *Port.*señor
tontillo, soporte hueco hecho de alambres con cintas en la cintura
*urutaú, Gu.*pájaro fantasma
wimen, *In.*sabia
wourali, *In.*curare
wourari, *In.*los ritos para el uso del curare
*zuyñandy, Gu.*árbol coralino

Hasta fines del siglo XVIII no existía un sistema uniforme de pesos y medidas. Cuando se comenzó a usar un sistema más organizado, los países, y las zonas dentro de ellos, mantuvieron su propia manera de indicar pesos, distancias, y otras medidas. A menudo se usaba el cuerpo humano, el pie por ejemplo, y del latín para <brazo> - la brachia. Dadas estas razones, en este libro se usan pesos y medidas modernos.

El «dólar español» remonta al siglo XVIII.

Gratitudes

Entre los muchos encuentros extraordinarios que ocurrieron durante las décadas de viajes e investigaciones para este libro, el más notable e inesperado ocurrió en el estado de Minnesota.

Sabía que la Biblioteca James Ford Bell en Biblioteca Wilson de la Universidad de Minnesota tenía en su colección de libros y documentos raros, volúmenes de escrituras de los jesuitas de la época y lugares que yo estaba investigando.

Estaba sentada, con lápiz y papel en mano, y rodeada de documentos en español, latín, y portugués, cuando la conservadora de la biblioteca, Carol Urness, se acercó y se presentó.

Carol me explicó que a la biblioteca siempre le interesaba saber cómo los investigadores usaban sus recursos. Con mucho gusto compartí con ella que estaba leyendo las narrativas escritas por los jesuitas durante sus viajes desde Europa a Sudamérica, y del legendario sistema de misiones que establecieron allí. Carol me contó que la biblioteca recientemente había adquirido un documento escrito en castellano por un sacerdote jesuita, y que creían ser el único relato escrito en primera persona que existe acerca de la Guerra Guaraní de 1754, un evento importante en este libro. Nadie lo había estudiado todavía.

Unos momentos después, volvió con una caja, y me entregó el documento. Lo he vuelto a tener en mis manos, pues aún me asombra la confluencia de eventos que pusieron la narrativa de un jesuita español del siglo XVIII al alcance de una escritora uruguaya en el siglo XX. Ninguno de los eventos posteriores resultaron tan extraordinarios como este, pero gracias a una beca otorgada por el Central Minnesota Arts Board, con fondos de la McKnight Foundation, pude viajar a lo que queda de las misiones jesuíticas en las selvas de Paraguay.

También les agradezco a Tracy y Nicolás Carter, que me presentaron a Edgar y Noemí Araújo, mis guías en Paraguay. Ellos me llevaron a todas horas del día y de la noche a las ruinas abandonadas, que no han perdido el poder de comunicar las maravillas intelectuales, musicales, artísticas y arquitectónicas que surgieron de la relación entre los jesuitas y los indios, y que resultaron en la creación de estructuras, tallados de piedra y de madera, y obras de arte sin par por su profundidad y su belleza.

En Uruguay, Florencia Ochiuzzi y Raúl Rodríguez, meticulosamente y con la intuición de los viejos amigos, organizaron los viajes a las zonas incluidas en este libro.

Lucía Todone compartió conmigo su inmenso conocimiento acerca de las aves, la flora y la fauna del Uruguay. Rosario Cibils de la Biblioteca Nacional, me guió y me asistió en encontrar libros y documentos pertinentes al siglo XVIII.

En Irlanda, sacerdotes católicos y bibliotecarios, particularmente Kieran Burke en la ciudad de Cork, compartieron conmigo sus conocimientos, objetos, y documentos. Antoinette O'Leary de Inniscarra encontró música y letras de la época.

A Patti Frazee y Sylvia Crannell, mi profundo aprecio por proporcionarme todo lo necesario para terminar este libro. Y como siempre, gracias a Carolyn Holbrook por haber sido desde el principio la mentora de esta escritora muy agradecida.

Durante todos los años que han pasado investigando esta historia, mi hermano Dion Bridal, su esposa Marcela Dutra, y mis sobrinas Victoria y Antonia, me han recibido en su casa y soportado mis idas y venidas desde lugares distantes y variados.

Siempre generosa, Bertha Jackson me transportó por todo Montevideo, y ella y su esposo Juan me proporcionaron un refugio y un descanso en su estancia en Río Negro.

Mis hijas Anna y Kate me acompañaron durante estos viajes,